GOBOOKS
& SITAK
GROUP©

文學新象 287

複製人妻

The Echo Wife

莎拉・蓋利（Sarah Gailey）◎著
蕭季瑄◎譯

高寶書版集團

獻給所有迷途中的人們。

此作品純屬虛構。書中描繪的所有角色、組織與事件皆為虛構，純然源自作者的想像。

第一章

我的禮服很美，如實反映了它的高昂價格。我不討厭它，畢竟是件美麗的衣服，但也說不上喜歡，因為它是殘酷的象徵。穿上這件禮服純然是為了因應今晚。

早在諾夫曼晚宴前六個月我就買下它，奇蹟中的奇蹟是，竟然跟當初第一次試穿時一樣合身。這六個月來物是人非，唯有我的身體維持原樣。至少身形還能始終如一。

儘管如此，試圖拉上拉鍊時還是搞得我肩膀差點脫臼。這十五分鐘我都在忍著不咒罵，都在做這件如果有人幫忙的話十秒鐘就能搞定的事。但最後我還是獨立完成了。有人協助可以省事許多沒錯，但我不需要。

截至目前的人生中，我有兩次穿上華服的機會。這兩次我都被包裹在繁複錦簇的織物中，以證明自己了解該時刻的重要性。這件禮服是悔悟的化身，往身上一披揭開了一場華美的表演，向前來認可我的人們贖罪。這些人前來看我，為求眾人的目光，我必須出言賠不是，必須盡一切努力確保看著我是一件賞心悅目的事情。不論這禮服如何令我感到窒息、不論價格多麼高昂、不論有多麼不切實際，這場交易勢在必行：我煞費苦心帶來一場美麗的饗宴，好贏得在場人的尊重。如此，人生中那麼兩次，我以代價不菲的衣裝交換大眾的認可。

接下來戰勝鈕扣的過程讓我分心了，穿上鞋子後，我才意識到沒有好好檢查自己是否足夠迷人好達到這場盛宴的要求。我用一把料理用的刀子割開全身鏡的外包裝，覺得自己真是愚蠢卻又機智。撕開外頭保護鏡面用的塑料包裝後，我看到了自己的映像。

我允許自己滿意地鬆口氣：很好。

這件黑色絲綢禮服裙擺垂墜的弧度完美，腰際間的皺褶讓布料覆蓋住我的臀部，隨後才垂墜成了硬挺的百摺。絲綢裡的我仍舊是原來的我，但這件禮服賦予了我享受注目禮的權利，也給了將至的傍晚一個完美的交代。

我歪著頭確認耳環不會太過誇張，手指輕撫過禮服的船型領口。

任務完成了。成果很不錯。

轉身離開鏡子的時候已經六點了。再四分鐘我的車就會抵達。我關掉屋子裡的燈，步入黃昏時分灰白色的光線中等待。

我的婚紗同樣美麗且昂貴，但和這件為了諾夫曼晚宴購入的禮服截然不同。婚紗的布料是綢緞而非絲綢，緊到令人窒息。過去那件純白的婚紗剪裁優美，低胸的衣領處綴有阿朗松蕾絲。它曾經柔軟到令人驚嘆，堅決地象徵希望的來臨。

然而，白紗無比脆弱，如今的諾夫曼禮服卻透出一絲嚴峻。白紗柔情似水，諾夫曼禮服剛硬無情。

我身披較為溫和無害的禮服那天，奈森悄悄溜進我梳妝打扮的套房，他偷偷摸摸，腳下的皮鞋在打了蠟的木質地板上發出短促的喀喀聲響。送到我眼前的是一個裝有項鍊的絲絨盒子，鍊條尾端完美懸吊著一個墜飾。那時他不應該見我的——他本想儀式結束後送我項鍊，但實在是等不及了。他希望我儘快擁有這份禮物。

他在身後替我扣上搭扣、迅速吻了我的臉頰後就一溜煙離開，我完全來不及指責他違反婚前不得見面這項禁令，來不及提及這條我們倆都不在乎、但都決議要遵循的傳統。走往紅毯另一端時，一縷漂浮在半空的陽光映照在吊墜的藍寶石上，折射出的光線正好穿透了奈森父親西裝的袖口。

典禮結束後，奈森笑著輕觸我的咽喉，是那抹專屬於我的秘密微笑。

在那之後，印象中我沒有再戴過那條項鍊。實在是奢侈到荒謬的地步，我哪時候配戴過藍寶石了？

然而，我始終盼望那抹微笑。每次為了約會或某些場合精心打扮、每次開完會回家、每次吵架後和好，我總期待著那個笑容。每次我們倆沒辦法面對面時，我總將那抹笑靨藏在衣袋之中，好助我度過眼前的難關。

那時，我知道自己不能沒有它。

＊＊＊

穿上諾夫曼禮服三個半小時後，我已準備好想卸下這身衣裝。絲綢布料緊勒住我的肋骨和腰部，顯得身形婀娜多姿，但簡直跟道德委員會一樣強硬不肯妥協。我幾乎沒辦法好好深呼吸一口氣。宴會廳人山人海，全都盯著我、討論我，要不就是想著有關我的事。或者也可能更糟：完全沒把我放在心上。我一直不小心跟人們對到眼，臉上一閃而逝的笑容顯得生澀又怪異。

我很好奇現場的氧氣量是否足夠供應所有人。我想知道通風系統有沒有出問題，屋內的二氧化碳濃度是否正逐漸上升。房裡的所有人每隔幾秒就會吐出氣息。這沒辦法，所有人都需要呼吸。

隨著他們呼出的每一口氣，我感覺空氣變得越發沉重。

人們不斷跟我講話，一刻也不停歇，還有幾個小時得熬呢。而後幾個鐘頭人們都將盯著我瞧，張嘴出聲的同時也一邊抬高眉毛，等著聽我講出一些足以媲美我這人在他們心中形象的話語。這幾個小時充斥著眾人的意見、溢美之詞以及費解難懂的羞辱。而我必須全程面帶笑容。

宴會上有七人與我同桌，閒來無事的侍者們不停替他們將酒杯斟至半滿狀態。坐在我左手邊的是遴選委員會的資深法學家。他和所有人一樣和我搭話，而我也設法讓表情看起來愉悅且興致勃勃。這人很重要。我應該要知道他的名字才對。

大衛？不對。丹尼爾？

「我真的是大開眼界，」那人這麼說道，「妳的技術所展示出來的成果令人欽佩不已。我從未看過調節神經心理狀態的賀爾蒙能得到如此精準卓越的控制。」我笑著點點頭，假裝吃一口燉飯，彷彿我真的嚥得下去似的。那口飯如同藥丸一般卡在我舌頭上，嚐起來索然無味，就跟我上顎的血肉，或者是眼前的玻璃酒杯別無兩樣。我食不下嚥，但必須吞下。左手邊的男士（道格拉斯？）看著我，正等著我接受他的讚美。

還有好幾個小時才解脫。

過了好長一段時間，那口燉飯才滑下我的喉嚨，然後我終於想起那人的名字了。「謝謝您……戴德里奇，」我回應。「當然了，一切都是團隊努力的成果——」

「胡說，」他說，我的喉頭一陣緊縮，每當相同領域的人以這句話打斷我的發言時，我總是這個反應。「妳的團隊相當傑出，毫無疑問——但是，考德威爾博士，這是屬於妳的成果。妳的傑作。榮耀歸妳，這麼說沒錯吧？**妳**才是考德威爾法的先驅。至少在今晚，沉浸於如此的榮耀中無妨。」

他舉起酒杯，我也義務性地舉杯碰了碰，因為**別當個婊子，伊芙琳**。這舉動吸引了桌邊其他人的注意，很快地，大家都將高腳杯舉至半空中，臉上寫滿了期待。戴德里奇帶頭乾了一杯。「敬伊芙琳．考德威爾博士，改變了全世界。」

我終於想起他姓什麼了，費德勞。戴德里奇．費德勞，怎麼能忘記呢？太蠢了，實在太蠢了。

六個人複誦我的名字舉杯相碰，清脆的聲音響徹沉重的空氣。我對面的女士一邊呼氣一邊吞飲，鼻孔周圍的玻璃凝結了一層水霧。她對上我的目光後笑了笑，而我根本沒有還以笑容便別開了頭。

宴會廳內的光線逐漸昏暗。一盞聚光燈打亮了前方的舞台。

空氣未免太沉重了。

我屏住呼吸幾秒鐘才將口中的酒嚥下，但願心跳可以慢些。實在沒有緊張的必要。不會有什麼出乎意料的事。舞台上螺旋升起的銀色獎座上刻有我的名字。我已寫好接下來一個小時要發表的演講，內容是關於我自己以及我的工作。宴會廳中高掛的海報上印的是我的臉。

尊崇與慶祝伊芙琳．考德威爾博士的一晚，雕版印刷的請柬上也是這段文字。

一切都很順利。所有事情都在計劃之中。一切都是為了我。

妳的成就，費德勞這麼說。就在今晚，我將因此走入世人的記憶中。我的頌詞將聚焦於這點，而不是其他事情，不是不久前那些拜奈森所賜的可恥人生災難。沒有人會討論那些——有關奈森和他的軟弱。只有這才是重點，我的工作、我的研究以及我的成功。

我抬手將一縷髮絲塞到耳後，卻在半空中停下了動作，奈森的聲音自我的記憶中竄出。**別這樣坐立不安。妳焦躁的樣子像極了妳媽。**

確實如此。針對這點他很嚴苛，且是刻意如此嚴苛，但他說的一點也沒錯。我看起來已經夠像我媽了，早在研究生時期這就蔚為一則笑話。**哇，看來複製人的研究相當順利呢！**跟那女人一模一樣毫無色澤的髮絲、宛如洗碗水的灰色眼珠，以及薄薄的嘴唇，這些已經夠糟了。行為舉止可不能再像她。

很久以前我就擺脫了她的影子——不再跟她一樣，每日毫無波瀾地做著同樣的事。我將這一切拋諸腦後，自此不再回頭。

冷靜。就是這樣。不要顫抖。別坐立難安。冷靜。

我的手垂放在大腿上，一手握拳，另一手緊緊包覆住拳頭。沒人看得見我手握成拳，指甲深陷進掌心柔軟的肌腱凹陷處中。就算是在被我遺忘的費德勞眼中，我也顯得泰然自若。

屋裡有無數雙眼睛，我提醒自己肯定有辦法躲過在場所有人的注目。我懂得悄無聲息地移動。我知道如何神不知鬼不覺開溜。我很清楚如何表現出眾人期待的樣貌，知道他們想看到的是什麼樣的人。

必要時，我藏得住自己。

我順利度過了前一年痛苦至極的挫敗，自發現、背叛和所有苦果中倖存。這場宴會不算什麼。

舞台上，一位我從沒見過的女士正在講述我早期的研究。她以讚揚的語彙說明了我工作成果的初始階段，發白的指關節緊緊掐住麥克風，完全透出了站上舞台的恐懼。坦白說，場面實在很尷尬。神經心理學、神經生物學、賀爾蒙調節——聽起來都是相當粗淺的入門字彙。但在當時看來，這似乎是世界上最舉足輕重的事。每晚深夜與奈森留守實驗室，一邊吃外帶餐點一邊看著樣品在重力離心機中旋轉，似乎都值了回票價。

舞台上的女士稱這是項傑出的成就，我得竭力忍住驚愕的笑聲才行。當時的我們如此年輕，埋首於膝上寫滿字跡的研究筆記，小心翼翼不將一旁的麵條灑到上頭。相愛的兩人。我們曾夢想過這樣的夜晚：我身披晚禮服，一旁是穿上正式宴會服裝的他，兩個名字一起印刻在銀色的雙螺旋狀獎座上。

共享一項成就。

發現自己下意識地緊緊捏住手心中揉成一團的紙後，我將它撫平，小心翼翼地折好放到餐盤邊，改以交握著雙手。*冷靜，伊芙琳*。我不停告誡自己。*冷靜*。

這場宴會本就是專屬我的夜晚。今夜無需悔恨；只消心滿意足。發生了這麼一連串事情，我還不配擁有這些嗎？

我翹起一條腿，輕啜一口紅酒，露出一抹親切的笑意昂起下巴面向舞台。此時此刻，沒有必要糾結於十年前的伊芙琳渴望的事物。我提醒自己當年不過就是個孩子，過著不一樣的人生，擁有截然不同的目標。

事過境遷。

往事已逝。

如今，這裡是一座高知識份子滿座的宴會廳。現場的葡萄美酒、侍者、鮮花、節目；租來的禮服與不舒服的鞋履；發表的演講與座席安排，全是為了表揚我。一切都屬於我。

我忍住不顫抖雙手，忍住不緊咬牙關，忍著不爬上椅子自肋骨處撕裂包覆著我的絲綢，也壓下了對著那堆破碎爛事、遺失的過往嘶聲裂肺尖叫的衝動。

沒什麼好心煩的。一切都很完美。

第二章

我邁開步伐走往接待處，眼前卻是一位又一位我素未謀面、但顯然認得我的人不停將一杯杯香檳送進我手中。大家都想為我遞上一杯新鮮的美酒，都想拿拿我的獎座，也都想與我攀談。幾個小時過去了，仍舊有漫漫長夜等在前方。我與大門之間至少還站有一百個穿著出租禮服的人。今夜沒有盡頭。現場的人多到彷彿數以千計，我不可能逐一應對，只好輕啜手中的香檳並報以微笑，讓自己可以被人群簇擁出現場，而非被淹沒在其中。

「那個不重嗎？」

「妳接下來的計畫是什麼？」

「我有個問題想請教，是關於您使用了仍在發展階段的認知圖。」

「妳是如何想到這方法來迴避莫爾困境（Mohr Dilemma）？」

「奈森人呢？」

最後這個問題像一叢半路殺出的荊棘般緊鉤住我；逼得我趕緊阻止自己垮下臉。說話的人是羅娜．凡．斯楚普——想當然，她也遞來一杯香檳，原本我手中那杯喝到一半的已經被拿走了。

羅娜是我之前的指導導師，開發了以端粒融資（telomere financing）延長受試者壽命的方法，同時也是教導我如何優雅地扭轉學術界性別歧視現象的人。羅娜高挑結實，大多數同儕都認同她智商高得嚇人。在我眼裡她就是膚色較黝黑的茱莉亞．柴爾德。她那宏亮的嗓音在一片嘈雜的祝賀聲中異常清晰，而她眼前那群我不記得名字的男人們一瞬間鴉雀無聲。每當羅娜一開口，大家就會自動靜默。

照理來說，眾人的沉默應該是種解脫——羅娜不容忽視的存在成了一座避風港。但她的問題懸在半空中，簡單明瞭，我卻毫無招架之力。我對著她舉起酒杯，勉強擠出雀躍的語調盡全力轉移話題。「謝謝妳的香檳呀。剛剛那杯已經在我手裡十秒鐘了！氣泡都要變橢圓形了。」這是當初我和羅娜為了慶祝成果發表，第一次一起喝香檳時的笑話。當時我們喝到整個人都傻了，開始對著逐漸消去的氣泡咯咯笑；稱這種狀態叫做2D平面香檳。像我們那樣喝到醉茫茫才會為此樂不可支，往後幾年每當憶起那日的笑聲，這則笑話就會更顯幽默。

但這招無效。羅娜一如往常態度堅決，令人惱怒地執意於那個我不願回答的問題。我敢說所有人一旦出了我的聽力範圍之外，全都在竊竊私語討論這件事。

「奈森呢？」她聲音實在太大，眾人紛紛轉過頭來豎起耳朵，原本狀況外的人們現在都被勾起興趣了，且即將要議論這件事。**去你的，去你的，去你的，羅娜。**「我整晚都沒看到他，想找他談談三個月前他指派給我的研究助理。根本完全達不到我的標準，真不知道是怎麼想的——」她伸長脖子四處張望，不是為表揚我，而是想逮著機會責罵奈森。當她逐一列出研究助理的缺點時，在場不少人都失了興趣，謝天謝地。

「他沒來。」我說。禮服的縫線處無情地扎進了皮膚中。「可能和他未婚妻待在家裡吧。」

「他的誰？噢，」羅娜意會過來後，立刻露出了極為憂心的神情。「我知道了。那麼，他現在算是我們的仇人嗎？」

「不，不，當然不是。」我稍微更用力握住手中的雙螺旋銀獎座，力道剛好足以讓聲音保持穩定。不知道自己究竟醉了沒，真希望可以大醉一場，就這麼一醉了之。「我們和平分手。」

羅娜抬起一邊雜亂的白色眉毛。「這週找時間一起喝杯咖啡吧，到時妳再告訴我詳情。同時呢，我會開始**有一點**憎恨他，好用來為之後恨死他做個開場。」

「好啊，我也想來杯咖啡，」我這麼說，感到雙頰一陣麻木，就在我準備說些*不過呢，真的沒必要恨他，不過是事情沒有按照原定的計畫進行*時，一隻手抓住了我的手肘。我只得忍受再一次急切的自我介紹，以及又一杯新的香檳。再次轉過頭時，羅娜正在和別人講話。

某種程度上這是種解脫。今夜如旋風一般讓大多數人沒來得及問起奈森。我不認為在羅娜面前自己有辦法替他說好話。雖然專業上看來應該要這麼做才對。若被人看見我將私人生活與職涯混為一談，藉以損害奈森在學術界的聲譽，那麼後果不堪設想。其實我有**正當理由**這麼做，但現在這場合無論什麼理由都不重要；不行，我必須謹慎些。

在這個我們自己選擇的領域中，我已經見過一百次同樣的狀況。我很清楚誰將背負離婚的重擔。奈森承受得住，不論整體情況多麼明顯是他的錯，他都能毫髮無傷。而不論我身為受害者這點多麼顯而易見，若我倒下了，就算只是一次，若我看上去受傷、憤怒或傷心了，這場夢魘都將伴隨我走過接下來的職涯。我必須把持住自己高尚的情操，也就是說，每當有人問起，我都得堅持一切安好。我很好。奈森和我都很好。**好聚好散**。

希望沒有人問起。我內心掙扎不已，不知究竟該做正確的事情、誠實的事情，還是誘人的事情，現在我只想擺脫這些，一晚就好。我想躲起來。

人群之中有多個藏身之處。

隨便換成其他一夜，光是我研發合成羊水的故事就足以讓適合這主題的觀眾全神貫注整整一小時——但當然了，現在這群人想聽的不是羊水，也不是在不破壞骨骼完整性的前提下讓初期樣本的骨頭加速生長。都不是，觀眾們之前就聽過，也都知曉這些了。他們想來點不一樣的，來點更精彩的。他們想知道的是讓我贏得諾夫曼獎的成果。

繁殖出一個成年複製人，並決定該將何種人格寫入他們的神經結構中：這是我的成就。只屬於我一人。

無眠的夜、研究過程的意外、漫長無邊孤身一人的實驗室。然而，沒有人在乎那些孤獨、那些毀滅性的失敗。他們不想聽這些，而是想知道那靈光一閃的瞬間。我的那瞬間相當不錯。「當時我正在做早餐要吃的蛋，」我會這麼說，「我看著那幾顆蛋由下而上慢慢熟成，靈感突然就竄進了腦袋：關鍵是要在下丘腦細胞核凝固前開始編程。我趕緊跑去寫下這個發現……完全忘了爐子上還在煎蛋。結果實在燒焦地太嚴重，只好把平底鍋給扔了。」

其實還有一些我從未告訴過大家的細節：把鍋子丟掉的是奈森，也是他將廚房窗戶打開通風，然後跑進書房面紅耳赤地大吼。他完全不想聽我的重大發現就衝出屋外。以及，之後他好幾天都沒回家。關於這部分的故事情節，我該用「丈夫」還是「前夫」來稱呼呢？我完全沒辦法下定論，所以總是將故事描述為我正在做自己一人的早餐。

那是我的重大突破。是我的成就，不是我們的。當時的奈森已經一頭栽入學術界了。榮耀只歸我。

考德威爾法從來不是我倆共享的成果。

「但妳不擔心大腦邊緣系統在初期階段會發育不良嗎？」這個問題來自一位穿著皺巴巴西裝、戴著無框眼鏡的男士，也是我從未見過的人。我巧妙地回答問題，假裝沒有被這個徹底反對我的研究的暗示給惹惱。**才不呢，你這混蛋，**我沒有這麼說，**我根本完全不管那該死的大腦邊緣系統，如此重大的突破，就在這裡，讓我拿到了研究補助金。**

冷靜。耐心。態度好些，伊芙琳。

我應付群眾，好好回答問題並跟大家合照，有人請我簽名也來者不拒，心裡卻覺得相當可笑。我只想回家，但猛然想起那個「家」已經不復存在了。我只想逃離這一切。不過，到了這麼做的時候，我才意識到逃離那群令人窒息的群眾竟是世界上最糟的事。

但我別無選擇。這夜終於結束了，而那個家正等著我。我一手拿著獎座、一手抓著那無用的小手拿包爬進黑色車子後座頭倚著車窗。眼皮之後，香檳啵啵的氣泡聲變成了一陣隔日早晨將會非常猛烈的頭痛。一閃而過的街燈被冬日的冷冽空氣暈染，光線模糊成一團。我試著想起為什麼會有這個現象——空氣中的冰晶？不對，那是月亮外圍的東西。可能我自己眼睛有問題吧，應該要視為某種警訊才對。**應該要知道的，**之後我會這麼說。**從來沒人提過路燈的那一圈光暈。**

踏進我租來的透天小別墅的後院、用力關上身後大門時已經超過凌晨兩點了。在玻璃拉門邊踢掉鞋子後，腳掌平貼地面舒服到我不由自主發出了一聲嘆息。地毯是新的，簽下租約前才剛鋪設完畢，此時腳趾能踩進柔軟的物體無非是種解脫。我將銀色螺旋獎座放在剛組裝好的全新餐桌上。

我早上才剛組好這張桌子，搭配艾倫內六角扳手和附插圖的說明書花了半小時完工。它存在的目的是為了兩個物品：我的獎座，以及一疊一英吋厚、上頭貼滿標籤紙的文件。

相比從前，現在更容易查出奈森在做些什麼。一旦查找的方向正確，結果便呼之欲出。他完全沒打算將「她」藏起來不被我發現。他那端的床頭櫃塞滿一堆收據——不曾出現在家裡的衣服和珠寶，以及我從未有時間踏進的餐廳的收據。他根本沒打算找藉口解釋晚歸的原因，甚或是肩膀、背部的瘀傷與抓痕從何而來。他的衣領上有口紅印嗎？我有仔細觀察過嗎？

不知道他是不是覺得我很蠢，完全沒發現他在幹些什麼，或者說他根本不在乎會不會被我發現。

現在，我腳踏過這間陌生飯廳的磁磚，走到開放式廚房在咖啡杯中裝滿水。喝光它，沒錯，必須認真補充水分，喝完後再次裝滿一杯帶回桌邊。我的腹部因為大量水份而脹得難受。

看來，此時一如往常是個好時機。我趁著還有點醉意，再加上今晚被捧得高高在上的自尊心，簽署了那些文件。我會完成這件事，到了早上，可能什麼都不記得。

我從每天背去上班的皮製肩背包中取出原子筆。這個包包大到能裝進幾件襯衫、幾套內衣褲、一條長褲和一支牙刷。同時也小到不會被別人發現我要外宿一週，就在發現奈森外遇之後。我本來就常在大家都離開實驗室後多待幾個小時，隔天最早出現在實驗室內大家也見怪不怪。沒人有必要知道，那痛苦的一週我都是睡在自己的辦公桌前。

我將筆尖壓上第一張紙的底部，黃色便簽紙上方寫有我名字。我的夫姓。我的所有出版物都是用這個姓氏，就連博士論文也不例外。我年紀輕輕就嫁給奈森了，滿心相信他就是我夢寐以求的好對象，也真心以為我們能攜手對抗整個世界。當時的我準備好要放棄與父母共享的姓氏，準備好迎接一個嶄新的身分。

我的餘光瞄到閃閃發光的獎座，銀色雙螺旋獎座在廚房的日光燈照耀下閃爍不止。我將它放到厚厚一疊離婚文件上，讓其重量壓制住這一落紙。

「值得，」我喃喃自語，讓手中的筆逕自掉落地面。我可以等到早上再簽，可以一邊喝咖啡一邊吃阿斯匹靈緩解蠢蠢欲動的頭疼。我決定到時就那麼沉浸在痛苦中，打造一個純然哀戚的場景。

上了樓後我蜷縮在床，連棉被都沒掀開。我猛力撕扯禮服，直到肩胛骨處的鈕扣全數蹦開。擺脫這身絲綢後我深吸一口自由的空氣，接下來的數個小時肋骨全都得以放肆舒展開來。

我可以呼吸了。終於可以呼吸了。

第三章

週末被週一給取代，宛若霧氣在陽光下慢慢消散。我心懷過多感激之情開車前往實驗室，離開這間從未渴望過的房子令我尷尬不已地鬆了口氣。相比之下，實驗室才是我渴求的，就好比許多女性渴望孕育下一代一般。

這是一場極其艱難的勝仗。阿提米斯公司原先並不想提供我專屬的研究室——他們聲稱，在獲得軍方合約之前，我的工作爭議性太大難以獲利。前前後後我花了好幾年說服他們這項工作還能運用在別的領域，能自私營資源那賺取龐大利潤。多年來我計算出了自己能夠創造出何等規模的風潮。這浪潮足以讓話題持續延燒，但又不致於大到讓我陷入**麻煩**。數年來我和一群永遠無法理解我的工作的人共享研究空間。當然，賽耶德是個例外。他總能理解所有工作，也總能理解我。

然而，到了某一天，這些紛爭都不存在，實驗室建好了。注滿人造羊水的鋼化玻璃管、桌子材質並非鋼或鋁，而是鎢製、必要時氣櫃的大小足以容納一具成年人標本。當然了，我每年仍然需要爭取經費，但紐夫曼晚宴過後可能就沒有必要了。晚宴的結果或許能改變這一切。

不論如何，我的實驗室都比至今所擁有的家更有家的感覺。

「帶來了嗎？」賽耶德從來不說「哈囉」打招呼。他視這種禮節為浪費時間。這也是我當初聘請他的原因之一。

賽耶德大半個身軀已經探進氣櫃裡，我得行經氣壓過渡艙，穿過吹散我幾綹髮絲的正壓氣流後才看得見他——但一如往常，我可以聽見他的聲音。只要一聽見我輸入進門代碼後的果斷嗶嗶聲，他就會馬上開始講話。

走入實驗室，氣櫃出風口送出的氣流令他低沉的嗓音迴盪不止。「當然帶了，」我回答，將諾夫曼獎座放在一張空出來的實驗桌上。「沒帶你會辭職吧。」

賽耶德爬出氣櫃，一手高舉刷子、一手扯下覆蓋他下半張臉的防毒面罩。他身材矮小削瘦，一張圓臉彷彿還是個大學生。他下顎正中央的一小撮鬍鬚經過細心修整，驕傲得展現了這男人臉上唯一生長得出來的毛髮。他以批判的目光緊盯銀色雙螺旋獎座說道：「比我想像中來得小。」

我將所有物品一股腦放上桌，要他習慣這點。「只要你持續不懈地保養氣櫃，將來你就能獲得十個獎座。」他以一根手指向我致意，戴回面罩後馬上又消失在了氣櫃裡。「但你在裡面做什麼呀？」我問。「有東西爆炸了嗎？」

「沒有，」他回覆，「嚴格說來是沒有。別擔心，我已經訂好更換零件了。」

我其實不擔心。我從來沒擔心過賽耶德要我別擔心的事情。有一些同事很震驚我竟然如此相信一個助理，但賽耶德完全值得信任。他很聰明沒錯，但每個人都很**聰明**。我從來不雇用愚昧的助理。我要求的不只是才智方面——這只不過是跟上我實驗室節奏的最低標準，跟不上的人完全無須考慮。如此是非常危險的。

賽耶德擁有的不僅僅是聰明才智。他能幹、獨立、無所畏懼的態度與我如出一徹。奈森第一次邀他來家裡吃晚餐時我就相中他了，當時的他僅是個即將成為奈森徒弟的研究生。那晚他詢問了許多有關我的研究的問題，且並非只是出於禮貌。他伶牙俐齒、渴求知識，奈森所能教予的完全滿足不了他那貪婪的求知欲。

那晚，我讓他明瞭這點，也提供了一個可以助他成長茁壯的工作機會。我忘記奈森是否有生氣。我想，那時的我根本就不在乎這些小事。

大多時間都只有我倆一起工作，而這一下子就成了我所擁有過最棒的共事關係。就跟相信自己的判斷力一樣，我也完全相信賽耶德的。我毫無保留地信任他。

所以我完全沒打算知道他到底在氣櫃裡做些什麼，而是抓起標本槽旁的書寫板，檢視那位我沒打算雇用的實習生週末時紀錄的養分更新表。我很討厭由我或賽耶德以外的人負責蒐集數據，但基於勞動法不得不這麼做。

標本槽內的樣本，4896-T，已經進入成長過程的第八天，足以辨識出是成人人形。看來她發育地相當順利，但生長激素的數值很不穩定，這點頗為令人憂心。我看了看樣本大腿部位的主要肌肉群有沒有萎縮的徵兆——這是樣本的肌肉成長幅度超過了其他組織的靈活度進而導致腔室症候群的唯一可見指標。

當然了，等到真的萎縮就為時已晚了。若沒有萎縮，則需要採取一些嚴重的侵入性診斷程序才有辦法斷定是否產生了腔室症候群。如此的程序將會阻斷這個研究過程，令樣本變得無用武之地，更會成為阻礙我申請明年預算的惡夢。我將手中的原子筆夾上書寫板，在心裡盤算各種選項。

奈森很討厭這個習慣——一邊思考一邊打節拍。只有在自己的實驗室內我才放縱自己這麼做，而他再也不會出現在這裡了。這感覺宛若手指拂過一塊完整蛋糕上的糖霜，重新找回失竊的奢侈。

「有人打電話找妳，」賽耶德出聲打斷了我的節奏。我壓下怒火：我沒有在他完成工作前找到方法解決生長激素的問題，這不是他的錯。不過，轉向他時我也沒有撤下惱怒的表情。在賽耶德面前無需這麼做。我只要一有情緒他就會立即表露關切。在我的實驗室中，皺個眉頭沒什麼大不了。

「是打來恭賀我的吧?就不用回電了。」我這麼說道。

賽耶德抓著一堆破布爬出氣櫃，手臂平舉著走到高壓滅菌器旁邊的生物有害紅色垃圾桶前，將那堆破布和長及手肘的手套扔掉。接著他用赤裸的手摘掉面罩，稍微想了一下也將之扔進垃圾桶。「一個叫『瑪蒂』的人。」

書寫板的金屬邊緣扎進了我手指柔軟的血肉中。

我費了好大的勁才鬆開緊抓書寫板的手，小心地將金屬片的孔洞掛上固定在標本槽玻璃壁面的塑膠掛鉤上。書寫板碰撞玻璃發出喀噠聲響，裡頭的標本晃動了一下。而我跟著一陣瑟縮。「賽耶德，幫我個忙，用毛氈將實驗室裡所有書寫板固定成一列，用不顯眼的顏色黏在背面的邊緣就行。」

「沒問題，」賽耶德說，一邊用抗有害微生物的肥皂搓洗前臂和手肘。「期限呢?」

「今天之前，」我回頭說，並沒有等他的答覆。

我走向實驗室內的電話，在那旁邊的地上有個裝留言便條紙的垃圾桶——自從聘用賽耶德後，他用了許多方式簡化實驗室內的系統。電話旁的便簽紙上寫了所有叫外賣的紀錄。S、E、S、E、S、S、S、E、E、S、E。這一列英文字母旁賽耶德寫了『瑪蒂』和一組電話號碼。他的字跡工整到足以媲美建築設計圖。「她有說要幹嘛嗎？」

「沒有，」賽耶德回答。

「只有要我向妳問好，以及『請妳盡快回電』。怎麼有人會這樣講話？」

沒有人會那樣講話。

我媽會。

瑪蒂會。

我道了謝，聲音顯然透出了一絲不安，因為他問我是否還好。他從來不會這樣問我，從不。他只會問我是不是真的跟語氣聽起來一樣崩潰。再次強壓下怒氣後我說我沒事，「我的意思是，我不太好，但沒事。」我這麼補充道，已經開始厭惡即將開始的談話。

「好吧，了解。」他說，語氣平穩到彷彿我說的是一件稀鬆平常的事。彷彿他真的相信我。

我想，這正是我願意告訴他真相的原因。我原本沒打算要說的，但賽耶德顯然相信我，顯然認為我有辦法安然度過這個時刻。「瑪蒂是奈森的未婚妻。」

我不喜歡談論奈森。特別是工作的時候，對象是賽耶德更是如此，因為我已經徹底切斷了他和奈森的聯繫。但此事就發生在賽耶德能親耳聽到的空間內：**瑪蒂是奈森的未婚妻**。這是我第一次大聲說出這個精確的句子，講完後舌尖上有股後勁，像是錫和鹽水的味道。

賽耶德咂了下嘴。「他訂婚了？媽的，我很抱歉，這真是天殺的糟透了。」

「是啊。」他說得沒錯。聽到某人這麼說有股莫名的滿足感，但說的一點也沒錯。這**真的**天殺的糟透了。「他們在一起一段時間了。我沒有真正和她說過話。」我搖頭。「不知道她為什麼打到這裏。」

賽耶德靜默了一下，手中的滴管懸停在顯微鏡載玻片上。「員工名冊上有妳的名字。」他非常小心地維持中立，深怕說錯話。真是不像他。「這或許是她所能想到最有禮貌的聯繫妳的方式。」

頭疼蔓延到了太陽穴。我分不清是新的痛楚，還是香檳宿醉的餘波。「嗯，不是，我的意思是我不知道她為何要打給我。」

「只有一種方法能釐清原因。」他淡淡地說。

我盯著他，但他只是專注在眼前的工作，幾秒鐘後這目光顯得有點太造作而毫無意義。我撕下寫有電話號碼的便簽紙塞進胸前口袋。再等等吧。

瑪蒂要說的想必不是什麼急事。

推遲回電給瑪蒂這種令人不快的事相當容易。實驗室內有一堆當務之急——評估賽耶德的組織樣本、調整標本槽的液面、取出並測試4896-T新的液體樣本、制定方法以平衡幾個棘手樣本的激素水平。我還欠實驗室主任一份支出報告，還得想辦法解釋報告中所有增長的成本都是合理的花費。我們用光物資的速度遠遠超乎所能負擔的範圍，而金錢是唯一解法。

要不是口袋裡那張皺巴巴的紙條和腦袋裡閃爍不停的燈光：*瑪蒂打電話來。瑪蒂打電話來。瑪蒂打電話來。*拖延戰術根本是輕而易舉。

瑪蒂到底為何打來？

第四章

午後，賽耶德坐在我旁邊的凳子，替我抽掉手中緊握的鉛筆。「嘿，伊芙琳？」他低著頭，用那雙棕色大眼耐心地看著我。

「嗯？」

「我快被妳搞瘋了，」他用鉛筆在書寫板側邊敲出一個斷斷續續的節奏，聲響又大又不平均，著實會惹惱人。他坐在椅子上轉動，先是看向實驗室的電話，又看向書寫板，接著又繼續用鉛筆敲打。「妳整天都這樣敲個不停，」他說。「早該打給瑪蒂了。」

一股羞愧感襲來。冷靜。「沒錯。真不知道我為何——呃。我馬上就打，行嗎？」我差點就要道歉了，但及時住口。這是我的其中一條準則，打小父親就灌輸予我的準則。在研究所時期、實習生階段，以及那些為贏得尊重與認同而無止盡的抗爭中，是這條準則帶領我過關斬將。在實驗室裡絕不道歉。在工作場合絕不道歉。

絕不。

「加油，老大。」賽耶德給了我一個鼓勵的微笑，像是被燒灼般刺痛了我。「妳是伊芙琳．究極考德威爾欸。妳才剛贏得諾夫曼獎耶。那位小姐哪嚇得了妳。」

我扮了個鬼臉，但認同地點點頭。賽耶德叫我「老大」，就是在以一種嚴肅的方式替我打氣。

他盡力了。

對於不知情的事，他幫不上忙。

＊＊＊

我從來都不是個樂觀主義者。

所有跡象都指向消極的結果時，我從來不會期待一個好的結局。

只有一次例外。

有一次我向樂觀主義投降，結果大錯特錯。

那天，我耐著性子嘗試一件相當不明智的事，與羅娜的另一位研究助理相約在博物館。那位助理每天騎腳踏車來回實驗室，每頓午餐都吃生菜沙拉。他身材高瘦，像是一列被鬆散肌腱包裹住的金屬框架。就算沒有發展出真正的友誼，也是個能讓我練習交際的對象。我已經忘記那人的名字了——可能是克里斯，也有可能是班。

我在等待同事從永恆的廁所之旅歸來時和奈森相遇。他悄悄走近站在對撞機原理圖前的我。當時他頭髮長過衣領，向後紮成了一條馬尾。他都還沒開口，看到那條馬尾的我就先翻了個白眼。之後，就在婚禮前夕，他把頭髮剪了，而我因為想念它哭著睡著。

「妳這次約會好像沒有很開心。」這是他說的第一句話，聲音低沉到第一時間我沒發現他是在對我講話。我瞥向正斜眼看著我的奈森，他的嘴角彎成了一個帶酒窩的淺淺微笑。

「這不是約會，」我語氣不太友善。「只是同事而已。」

「他好像以為這是約會，」他說。「可憐的傢伙顯然覺得妳也這麼認為。他一直想牽妳的手。」我警戒地盯著他，他趕緊舉起雙手後退一步。「我沒有監視妳或跟蹤妳之類的，我們只是——我只是注意到我們好幾次都參觀相同的展覽。抱歉。」

他雙手往口袋一插轉身欲離開，但被我叫住了。「這不是約會，」我說，完全沒有放低音量。「他很清楚這點。我們只是同事。」接著那個非約會對象走出廁所，四處張望後才看見我。他穿過展覽廳時我突然一陣焦慮。「事實上，」我說，「你應該給我電話號碼。馬上。」他笑著接過我的手機，逕自打了個訊息。**嗨，我是奈森，將妳拯救出一個尷尬的局面。**

他打完字時同事剛好走到我們身邊。我朝奈森眨眨眼，想做個調情又大膽的表情。之後他告訴我其實那模樣看起來非常焦慮。

「打給我。」他說，目光輪流看向我和可憐的克里斯，或者班，或者管他到底什麼名字。

我得到需要的結果了——一種讓我的同事明白他的期待終將落空的方法。我爽快地告訴他自己有約了，並說些希望有更多機會和同事出遊之類的話，假裝沒注意到他的臉一瞬間垮下。

我完全沒理由打給奈森。

但我還是這麼做了。完全沒有任何好的藉口，也沒有任何數據支持這項決定。就姑且一試吧。

當時的我抱有最棒的期待。

＊＊＊

才響兩聲瑪蒂就接電話了。她的嗓音高亢、輕盈又溫暖。毫無威脅性。聽到這聲音我宛如將滿腔的怨恨都給吞了回去。

「哈囉，這裏是考德威爾家，我是瑪蒂。」

我強迫自己忽略她使用了奈森的姓氏，彷彿這是她的姓一樣。彷彿她也是考德威爾家的人。彷彿她必須要用這個名字。我下意識地換成開會時那種低沉粗魯的音調。「我是伊芙琳。我的研究助理說妳有來電。」我什麼問題都沒問，絲毫沒有流露任何不確定感。權威感。毫無歉意。**不慌張。不道歉。**

她透出的不僅僅是禮貌，更帶有一絲興奮，聽起來像是在跟一位老朋友談話，而不是老公被搶走的正宮。**這不公平。**我在心中譴責自己。**這不是她的錯。**我表示自己時間不多，試著讓自己聽起來有急事，而不是像在逃避。

「噢，在我忘記之前——我知道得先說聲恭喜，」瑪蒂這麼說，聽起來毫不費力。我忍不住欣賞起她的談話方式，其策略相當高明。她訴諸了憐憫之情：打斷我，讓我不必自己承認想掛電話這種粗魯的行為。這種失禮的行為反倒助我不必感到難為情，也減緩了我的不安。是種最謙恭有禮的姿態。

我認得這種精心安排的伎倆。正是出自我母親的劇本。

瑪蒂詢問我願不願意與她喝杯茶。我沉吟了很長一段時間，致使她以為我已不在線上。

「是的，我在。」我清清喉嚨。「為什麼想跟我喝杯茶呢，瑪蒂？」

她笑了，一陣輕盈、銀鈴般的笑聲，就是那種讓派對上所有人賓主盡歡的笑聲。我母親笑起來也是這樣。「噢不，很抱歉造成妳的困擾，伊芙琳。我只是希望藉由喝杯茶的時間更認識彼此一點。我知道跟奈森有關的事情不是什麼好事，但也不希望我們倆的關係就此一團亂。妳覺得我們當朋友會不會比較好？」

我差點笑出聲。「朋友？」

「我很想認識妳，」瑪蒂這麼說，彷彿這是一個完全合理的請求。我曾是奈森的妻子，那個由於瑪蒂的出現人生頓時被打碎的女人，而她竟說想要認識我。當然想了。何不呢？

她再次詢問，這次語調裡帶有一絲懇求。「就喝個茶。一個小時就好。可以嗎？」

我沒有詢問賽耶德的意見，但想當然他要我拒絕。

「我沒有選擇。我答應她了。」

「別跟這女人喝咖啡，這太詭異了。妳明知道這很奇怪，對吧？」

你絕對不懂到底有多奇怪，我心想。「她是說喝茶，不是咖啡。且我必須去。」

賽耶德的目光從正要黏上書寫板的毛氈上移開。「妳為何欠她這些？妳可不是破壞別人家庭的小三。」

「她——這很複雜，賽。再者，我已經答應她了。」

「妳什麼時候要做這件客觀上看來非常荒謬的事？」

「明天早上。所以我需要你處理液體取樣。」

他抬起一邊眉毛。「妳的意思是，在妳做那件明知不該做的事情時，我得負擔妳的工作？」

「就是這樣，」我說。「麻煩了。」

「很棒。」他把書寫板放回所屬的樣本槽上，從下一個槽箱抓一塊還未黏有毛氈的板子走回來。「太完美了。因為我做的還不夠多。」

他在生氣，且理所當然。我掙扎著要不要告訴他實情——我無法拒絕瑪蒂的原因，我到底欠她什麼，以及為何必須見她。但光是讓他知道瑪蒂是誰就已經太超過了。他知道了奈森出軌這件事。

一想到要告訴賽耶德瑪蒂的真實身分就令我畏懼不已。「我十點前會到。」我說。

「妳有見過她本人嗎？」他這麼問道。「要是她是，比方說，是殺人犯怎麼辦？」

我想起那天指關節敲響奈森的另一間秘密房屋的紅色大門，這回憶一浮現我的臉部立即一陣扭曲。門把轉動後，迎接我的是瑪蒂的笑臉，她的眼神木然但有禮，幾秒鐘後我們因認出彼此而震驚萬分。「我先前見過她，」我回答。「她很正常。」

賽耶德搖搖頭，一邊擱下一塊毛氈。「我還是覺得妳不應該一個人去，」他的語氣柔和，「但我的意見不重要。」

最後那句話不是嘲諷——而是道歉。他知道自己介入了，說了些不合時宜的話。同時也知道他的意見其實是唯一重要的建議。他可以質疑我，也能提供見解。他被允許在督察會議中發言，即使我正陷於籌不到資金的風險中，即使那幾次會議無疑是場生存之戰。

我尊敬賽耶德。他能與我並駕齊驅，是唯一一位得以發表意見的人。

「我知道不應該那麼做，賽，」我這麼說，看著他在書寫板背面黏上膠水。「但無論如何就是得去。」

我不能對瑪蒂置之不理。

我不能逃離她，就像我沒辦法逃離自己一樣。

第五章

瑪蒂選的茶館很可愛。空間不大，有不搭調的傢俱和笨重的天鵝絨沙發，櫃台後的黑板菜單上是手寫的粉筆字，收銀台後的架子上陳列了一排裝滿茶的罐子。整個空間的氣息夾雜著蒸氣和木頭拋光劑的味道。一旁還有塊布告欄貼滿了各式各樣褓姆、瑜伽課、免費傢俱廣告的手寫傳單。

這間茶館恰巧就在我們家的中間。推開門時一陣明亮嘈雜的鈴響宣告了我的到來。我忍著別找尋她但是徒勞，因為人就在眼前。

她已經入座，雙手包覆著一個蒸氣騰騰的馬克杯，眼神專注於一本書上。她沒有抬頭，沒有注意到我正杵在那兒——只是全神貫注在閱讀上頭。茶館內的空氣似乎很稀薄，我的呼吸變得非常急促。我在衣架前慢慢脫下外套、解開圍巾，觀察著瑪蒂的一舉一動。她的手指在準備翻頁的幾秒前就已將頁角掀起、輕啜一口茶前先吹了吹蒸騰的熱氣。

我看得出神。瑪蒂的舉止和我截然不同，那些都是我費力留心避免表現出來的動作。縮起胳膊和雙腿讓自己顯得嬌小不那麼突兀；顯得優柔寡斷的微妙小動作。只要稍有遲疑，同事們就會以為他們有權質疑我。

然而還是有些相似之處。無庸置疑，我知道自己閱讀到某個與心中的假設相違背的句子時，也會下意識咬著嘴唇。我知道自己將玻璃杯放上桌子時，也會同樣小心。我知道自己關注某項事物時，下巴會不自覺指向它。

站在櫃台前點餐時，服務生不自覺多看了我兩眼。他一邊點單一邊抬頭瞥向我。就在我覺得自己快要忍不住吼叫時，他趕緊一面搖頭一面道歉。「對不起，」他說。「只是——妳和人約在這裡碰面嗎？」

「對。她。」我手往瑪蒂的方向一指，期待接下來的問題。

「妳們是雙胞胎嗎？」服務生問道，將熱水倒入馬克杯中暖杯。「太神奇了。」

「沒錯，雙胞胎。」撒個謊很容易。「好了後可以麻煩你送過來嗎？」

「再一分鐘就好了。」他回答。但我已經轉身離開了，同時間感到一陣驚恐。雙胞胎。當然了。

＊＊＊

我逮到奈森偷吃的方法實在很蠢，簡直是世界上最蠢的事情。老套到不行——我發現一根頭髮。

我的髮絲顏色黯淡，是那種不會反光的金髮，太陽穴處光禿禿的，讓我的前額看起來簡直跟都鐸王朝的人一樣高。我母親的頭髮。

能發現另一根頭髮完全得歸功於一次荒謬的巧合。

那天我若早一分鐘或晚一分鐘想起某件事，就不會有這個巧合。我將被蒙在鼓裡，一點線索都不會發現。

那天我準備出門上班，踏出門的前一秒突然想到我需要一根頭髮向那些前來觀摩、且希望能遞交履歷給我的研究生們展示抽樣技術。每年我都會請研究室送來一批學生，以表示我友好的一面，而這是種可以讓他們觀看又不必擔心有人會因此昏倒的技術。我可以用舊的死亡細胞展示，頭髮就是最完美的素材——細小、難以追蹤，也不好操控。

時值仲夏，我紮起頭髮，才不會因為潮濕而黏了一堆髮絲在臉部及脖子上。出門前我在奈森的外套上找到幾綹掉落的毛髮，趕緊拾起並慶幸不必上樓拔梳子上的。我用口袋裡的一張收據包住它，是有次買了奶油、抱子甘藍和棉花棒的收據。

在一群睜大雙眼的學生面前展示抽樣技術時，我發現事情不太對勁。我的測序結果顯示的是我和賽耶德用來標記樣本的特徵，那是一組傻氣的代號，翻譯出來意思是**它是活的**。這是我們的小玩笑，我們小小的識別標記。

真希望有那麼一瞬間我可以否認這個結果，這個我堅信不可能發生的結果——然而，真相不會說謊。

我知道了。我立刻就知道了，宛如知道醫生即將說出口的是壞消息一樣。我忘不了那一刻胃部下沉的感覺，以及那股灼燒感是如何衝上我的喉頭。

糟了，我心想，真的糟了。

我沒打算裝傻。我要的是查證。學生一離開後，我又再次測定樣本的序列。還有很多頭髮可以用。我測定了三次，第三次我向賽耶德展示了這項結果。他立刻講了那句識別標記。

我坐上椅子，緩慢深長的吐氣。「嗯，這不尋常，賽耶德，」我的聲音打顫。「但這應該不是我的頭髮。」

接下來——私人徵信、一疊裝滿奈森走進陌生房子的照片的信封、夜半時分檢查他的簡訊和郵件，試著找出任何蛛絲馬跡，隨便一個名字、一個理由都好——這些記憶全部雜揉在了一起，一團模糊的畫面已化成狂暴的怒火和決心。

只有那次對峙的場景依舊清晰：我敲響那間陌生房屋的大門的瞬間。**另個女人**應門的那剎那，再加上觀察到的數據，在在坐實了我的假設。出現在眼前的是我的鏡像，身上掛著一串珍珠，露出一抹茫然友好的笑容。

＊＊＊

我連招呼都沒打，就逕自坐在瑪蒂對面，腦中無限循環著**絕不道歉**這句話。

瑪蒂抬頭露出笑容，完全沒做記號就闔上書本，在我看到書名前就將之放進手提包內。「伊芙琳，真的很謝謝妳撥空過來。我知道妳很忙。」

桌面下是我緊握的拳頭。「很忙」二字似乎可以解讀成「工作到沒空挽救婚姻」。她不是這個意思。想當然是我反應過度了。但是，對象是瑪蒂，難道我沒有權利反應過度嗎？我強忍下所有想說的話語。「沒什麼，」我回應道。「至少這是我能做的。」

瑪蒂拿著馬克杯時將手腕擱在桌緣，而不是手肘。手肘的話看起來很粗魯，但手腕就好多了。我認得這個姿勢，隨後坐得更挺些，且不自覺因一陣嫌惡噘起雙唇。她似乎沒發現這表情，對著送來飲料的服務生露出微笑，並替我道謝。服務生離開前還多看了我們倆一眼。

我輕啜一口飲料。太燙了。我再喝一口，讓滾燙的液體流入喉嚨。

「我想問妳一些問題，」瑪蒂說完垂眼盯著杯子。「但在那之前可否允許我失陪一下？我有點太早到了，喝了茶後想去個洗手間。」

我本來要說我不介意。我當然不會介意，她隨時可以起身離開，就算想跳下高橋我也不在意。但我還來不及開口，瑪蒂就起身了，一看到她站起來，我嚇得差點忘了呼吸。

她露出淺淺一笑後便走往洗手間，一邊撫平她略微圓潤的腹部外的襯衫。

我總算輕輕地「噢」了一聲。

所以這就是她想說的事情。

第六章

我跟奈森之間最激烈的爭執並不是關於瑪蒂。

那次吵架，最嚴重的那次，在瑪蒂出現前就發生了。甚至是發生在我們結婚之前。那時我們已經一起工作了兩年，約會了三年。我們同居、共用一間研究實驗室，以及——我自以為——懷著同樣的美夢。

然後我懷孕了，也發覺到自己有多麼反感。

他沒有陪我去診所，不是因為他不想，而是我根本沒有告訴他這件事。這是我的錯：我應該要讓他知道自己並不打算留下孩子，這點應該要表明清楚才對。我們共事了那麼久，我很清楚奈森會非常難以理解這個顯而易見的決定，於是乎我應該要像分配吸量管和處理超薄手套一樣，獨自面對這件事。

某種程度上，我想，實在沒有必要什麼事情都告訴他——在我心中，我希望某些事情，隨便哪件事都好，就算沒有我的詳細解釋他也能理解。

但不知何故，奈森不明白孩子的出現將會打碎我們的夢，將會摧毀我們一手創立的事業。即使已相識三年、即使他看到我這樣日以繼夜工作、即使他見證了我在該領域就快要功成名就——縱使如此，他仍舊無法認清我永遠不可能留下孩子的事實，不明白事業就是我唯一渴望的榮耀。

我腳步不穩且一陣噁心想吐地離開診所，到家後發現奈森正喝著氣泡蘋果酒等我。他說要告訴我個好消息：他接受了一份能更快獲取終身教職的助理教授職務，說有辦法分擔家計了，要我暫停工作個幾年。

那場爭執漫無邊際，雙方刻薄地互不相讓。他責怪我不理解他為求「穩定」而放棄了自我的野心。我直指他是個懦夫，只想在無疑會仰慕他的孩子們中尋求慰藉，說他的同事永遠不會知道他的實驗室有多麼草率沒用、他的夢想是何等狹隘。他推翻椅子衝我怒吼，看著我的神情彷彿想一拳揮過來。

我對著餐桌吐出一小口膽汁，暈頭轉向的我眼前只剩下一團白濛濛的光暈。

他將一卷紙巾扔在我大腿上，咒罵我無比自私。我朝他的頭部扔回去，回敬他不過是個天真幼稚之人。

糟透了。

吵架本身已經夠糟了，時間點更是晴天霹靂。經歷這樣的一天後，我幾乎沒辦法穩住自己。一部分的我希望他揍我，讓情況惡化到最糟——但他卻只是衝到外頭抽菸。半個小時後，我才意識到他沒有回來。

我在他回家前清好了餐桌，沖了個熱騰騰的澡，然後就上床睡覺了。中途醒來是因為他打開了我床頭櫃上的台燈，叫喚我的名字。

「伊芙琳，醒醒，」他說，聲音柔和且冷靜，一手輕撫著我的背。我記得那時腦袋抽痛，他那蘇格蘭威士忌混雜香菸的臭味似乎跟著太陽穴處的劇痛一起襲來。

奈森表示他很抱歉。

若我當時狀況好些，或者沒有那麼想睡的話，這聲道歉將會迎來另一場爭執。奈森總是道歉，好讓我因為發怒而心懷愧疚，或者迫使我在某個癥結點上讓步。

正常情況下我就會說，他的道歉真是懦弱不堪。

但我沒有這麼做，我的尖刻狠毒已經消失在了那寂靜的空間中。他說他愛我，將一枚戒指放上床頭櫃——沒有盒子，只有戒指，夾在他的大拇指與中指之間。這枚金屬碰撞上木頭發出了**喀噠**一聲，然後他就不發一語離開房間了。

我聽見浴室水龍頭被扭開的聲響，緊接著是蓮蓬頭的水流聲。我一面聽著水柱流經小公寓牆壁內老舊的管線，一面戴上戒指。這小巧的圓環是黃金製，鑲有兩顆綠寶石，不至於緊到尺寸不合的程度。

我戴著戒指睡著了。隔日在艷陽的照耀下，那閃爍晶光令我著迷不已。

這場最猛烈的爭執，以訂婚作結。

在那之後，奈森和我從未真的因為要不要孩子這件事吵架。我們不再爭吵；吵架會迫使我除了「不」以外，還需要進行其他的溝通。

獲得終生教職前不久，他又再次為了孩子的事情焦躁不安，而我告訴他，我沒打算僅僅因為他對自己的工作感到厭煩了，就跟著將我的事業擱置一旁，結論就是這樣。這個話題再也沒有出現。

我們達成協議了。

我這麼認為，直到進入茶館的這一天。

＊＊＊

直到瑪蒂離開視線之外，我才允許自己垮下身軀，但只癱坐了幾秒便立刻挺直背脊；不能讓瑪蒂看見我頹然失敗的模樣。

不可能。

瑪蒂懷孕了。肚子還不是很大，但無疑是懷孕了。不可能啊，怎麼可能，根本不可能有這種事——但她隆起的柔軟腹部就是確切的證明。

瑪蒂不可能懷孕。

瑪蒂懷孕了。

過了一會，我開始氣自己竟然如此驚慌。我得冷靜才行。但瑪蒂回到桌邊坐下後，我的第一個反應仍是如此。

「這不可能。」

她假裝沒聽到我說話，試著繼續剛才的話題，好讓我有機會彌補這一刻。

「我剛說——」

我打岔。「這**不可能**，」這句話一再說出口。我知道自己太大聲了，但完全控制不了音量。我傾向桌面另一端，全身被強烈的懷疑緊緊揪住。「妳不能懷孕，不行，這不——」話還沒說完，我就迷失在了自己的憤慨之中。

瑪蒂的嘴角揚起，露出一個蒙娜麗莎的微笑的同時一手覆上心窩。「我懷孕了，所以，我想我是可以的。」

我搖頭，直勾勾盯著她的腹部。「這不可能，」我喃喃地說。「不可能。」我在腦中審視一連串數字與數據，試圖找出任何紕漏，但完全想不透究竟哪裡出了差錯導致現在這個局面。到底是怎樣？怎樣？**怎樣？**

瑪蒂的臉色稱不上嚴峻。但那個表情凝結了，彷若蛋黃自流質狀變成半凝固狀態。她仍舊敞開心扉、熱情好客，但事實證明，我已急速將她的善意消耗殆盡。

「我有些問題想請教，」她再次開口，但我旋即抬起一隻手。我沒辦法回答問題。在我搞清楚這事怎麼會發生前沒辦法做任何事——究竟我的成果出了什麼差錯。她怎能如此徹底地將之破壞殆盡。

「妳不了解。」我說，試圖爭取時間。

「我完全了解，」瑪蒂回答，語氣逼近冷酷。

「不，」我猛地反駁，就跟對待賽耶德之前那堆不稱職的助理一樣沒耐心。「妳不懂。奈森會為此坐牢。我也逃不了關係。這——這完全**違反**了倫理道德，這是**違法**的，這是——」

「奇蹟。」瑪蒂接口，臉上那抹笑容恬淡聖潔。她洋溢一股熱情的光彩，而我只想焚毀這一切。

「不是，」我氣憤反駁，轉頭環顧四周。「妳不能懷孕。複製人沒辦法受孕。」

瑪蒂再次輕輕撫平腹部處的衣裳。「看來是可以的，」她的笑容隱去，「我們可以。」

第七章

我和瑪蒂的早茶聚會，餘下的時光並不怎麼順利。我一直都不喜歡所謂的「需要」喝杯茶——這感覺太像我父親了——倘若真的有那麼一個「需要」喝一杯的時刻，絕非現在。

我將一把剪刀插進三層紙箱上的密封膠袋。剪刀刺穿膠帶後不負期待進一步穿透了裡頭的薄紙張。將刀刺進紙箱中有一種絕對的快感，是那種最原始坦率的快感。我沿著膠帶割開後猛力一拉紙箱，手勁大得將一部分給扯了下來。我周圍堆有多個貼著「廚房」標籤的半開封紙箱，開口處無一不是一堆紙張和氣泡包裝紙。

奈森確定要搬去和瑪蒂同居時，我僱了人來打包我的東西。這種服務很便宜，但依據不同房間貼標籤的服務相當周到實用。搬運工人不發一語，什麼問題都沒問；只是進屋來用灰色紙張打包了我的所有家當，然後用顯然有點過多的膠帶密封好紙箱，最後默默地收下支票就離開了。

我一手伸進成堆的包裝紙中，一股勝利的快感伴隨著厚重玻璃的涼意同時襲來。**終於**。我抽回手臂，手中緊握著一個墨綠色酒瓶的頸部，接著手肘一轉好閱讀上面的標籤。這不是什麼特別的酒，也沒有特別要留給其他場合，剛好是在堆積如山的廚房用品紙箱中找到的第一瓶酒罷了。再次伸手摸索後我挖出了一個附有折疊小刀的開瓶器，可用來割去瓶身上的鋁箔紙。我迫不及待地拔除瓶塞。

事後回想起來，真不知道當初怎麼會以為奈森不會選她。她很完美——集所有他渴望的特點於一身。他自己精心打造的。之前他肯定沒料到需要在我倆之間做選擇，當這一刻到來時，他選了瑪蒂。

瑪蒂懷孕這事確實令人難以接受，但撇除這點，光是她身為奈森的外遇對象就足以令人難受了。就算他們兩人本就有私情，但懷孕這事才真正是個沉痛的打擊——這將是證明他不忠，永久且千真萬確的證據。

但不該是這樣。

瑪蒂照理來說沒辦法懷孕。

不可能有這種事。

奈森不知如何找到方法規避了複製人整體結構中不孕的設計。這是我的工作合法且合乎道德倫理的其中一項因素：每個複製人都是個別一座孤島，沒有繁殖能力，最後終將被遺棄。這就是這項研究的基石。

複製人沒有家人。

但不知何故，奈森——奈森，早在十年前就放棄此研究投身學術界的懦弱失敗者，那個照理來說根本達不到我的工作成就的人——竟然找到方法違背這項準則。違背了**我的**準則。

如果只是這些那就算了。如果只是這些，我還能保持鎮定。如果只是這些，我就不會說出那些已經出口的話語。

但事與願違。所有事情同時間攪和在了一起。沒有一件事是陡然間發生的，但感覺卻像是一記記猝不及防的耳光。我把酒倒進上禮拜用過、手洗乾淨的杯子裡，沒打算將軟木塞塞回去，接著雙手捧著斟滿紅酒的杯子一屁股坐在地上。

我沒有細細品味就倉促嚥下，並傳了則訊息給賽耶德——不太舒服，今天待在家，明天見——接著是第二杯，但這次喝得慢了些。我將手機置於膝蓋旁，頭往後靠向牆壁，強迫自己正視整件事情。

讓我更加心碎的不是專業遭到羞辱，不是得知我和奈森還同住一個屋簷下時他便已經讓瑪蒂懷孕。原來，真正痛擊我的是，他創造瑪蒂並不僅僅是為了實踐一個幻想、不僅是想打造一個更順從的妻子，擁有我所缺乏的時間和耐心陪伴他的妻子。

瑪蒂扮演的角色就是一個更易於掌控的我，關於這點我早已心知肚明。幾個月前發現她的存在的那一刻，聲淚俱下、尖叫怒吼的激烈爭執讓我們的婚姻劃上了句點，早在那時這個震撼彈就迎面痛擊了我。然而，現在有了全新的麻煩：很明顯，奈森創造瑪蒂來執行我不會為他做的事。我絕不妥協、竭力避免的事情。很久之前我已明確表示自己不會讓步，我以為他就此打消了念想。

奈森打造瑪蒂，為求一個家庭。

我誤以為他已全盤放棄了這件事。事實證明，這個夢依舊盤旋在他心裡。他只是放棄了**我**。

我如喝藥一般猛灌紅酒，想辦法不要因為對瑪蒂說的那些話感到懊悔，不要自覺話語中的殘酷。那些話不該說出口，我明白，但就如同嘔吐一樣，一股腦湧出才能暢快。將腹中的毒素一掃而空感覺對極了。

妳甚至不是真正的人類。

妳只不過是個科學實驗。

妳只不過是不會張牙舞爪的我。

瑪蒂神情受傷，甚至可說是驚駭。她的組成結構中應該不包含毫無道理可言的惡意言詞。奈森沒有將這點納入她的模板。這正是其中一項他很討厭的我的缺點。我「吐之不盡的毒液」，他這麼形容。「妳就像隻大黃蜂，」他好幾次這麼對我說，「憑著妳擁有的能耐刺傷他人。」

將瑪蒂一人留在茶館後，我獨自坐在公寓地板上，鑿挖著內心深處的悲傷，相伴一旁的只有一瓶紅酒。

我本可以忽視那些傷痛，但受挫憂傷、受虐般的感受久不退散，我想要比悲傷更悲傷；我想直搗傷痛最深處，讓其驚人的重量榨乾我肺內的空氣。我蜷縮著身軀，任由悲慟環伺。

要是哭得出來，或許就能宣洩掉促使我對瑪蒂惡言相向的怒火。我指的是那些話語，那些無疑是最糟的部分。但我知道就算是最惡毒的言詞，終究只不過是口無遮攔的後果：妳覺得妳為何存在？妳有存在的必要嗎？

瑪蒂雙手輕放在腹部，面對我來勢洶洶的言語霸凌始終維持溫和的中立狀態，直到最後一句話才有了反應。她的表情驟然陰沉，我衝出門外，一點也不想看到我的複製人流出一顆顆我擠不出來的淚珠。

婚姻走向盡頭後，奈森不再叫我大黃蜂，而是改以一種更簡單明瞭的稱呼，直接叫我婊子。前者更令人印象深刻，一方面是因為它很特別，另一方面是我一天到晚都被稱作婊子，有時候這其實是種稱讚呢。

但奈森口中的婊子可不是在誇我——他就像是一隻瑟縮在角落咆哮的狗，自以為發出點噪音就能顯得更威武。

我竟然過了那麼久才發現，到現在我為還為此尷尬不已。每件事就這麼赤裸裸地攤在陽光下，毫無保留地攤在我面前，我仍舊花了一大把時間才看清枕邊人。

我過了太久才開始恨他。

現在，我一再按壓那些痛處——瑪蒂下顎扭曲的樣子、前額緊皺面露傷心的表情，還有她將雙手自腹部放回桌上的動作。

羞恥。那一刻我希望瑪蒂感到羞恥，且成功達到了目的。我看見羞恥陷入那一張屬於我的臉上的紋路中，感到心滿意足。

淚水依舊沒有湧現。當初從她的頭髮驗出的序列顯示了屬於我的特徵時，腹部一陣痙攣的我同樣掙扎著擠不出一滴眼淚。

我的雙眼灼痛，在喉嚨深處打了個呵欠，但始終流不出淚。

我手指撫過髮絲，緩慢的呼吸。我需要哭一場，然而每當熱淚即將盈眶時，骨子裡就會浮現那深沉久遠的老調：**不准哭，不然我真的想辦法讓妳哭個夠。**

不論多麼努力，我都戰勝不了那道命令。

又是另一個挫敗。

手機亮了。發完訊息給賽耶德後它就一直躺在地上。**奈森．考德威爾**，螢幕顯示。我知道若不接聽，等一下就得聽他那一連串喋喋不休的留言——每次我都要他直接傳訊息，但他就偏要留些沒用且又臭又長的語音留言。要是不接，等等我還得刪掉留言，還得考慮要不要回電。我緊咬牙關，按下接聽鍵。

首先傳來的是沉重雜亂、濕漉漉的呼吸聲，然後是一陣咳嗽聲和夾帶著嗚咽的吸氣聲。不是奈森。是別人。「是誰？」

「伊芙琳？」那頭的聲音相當沉重，一點也不像那輕盈毫無攻擊性的嗓音。那串嘶啞幾乎是在咆哮。「是我，瑪蒂。」

「妳還好嗎？」我下意識這麼問——瑪蒂那崩潰的語氣讓我的狠毒不由自主消失無蹤。

「出事了。就在屋子裡。我需要妳過來一趟，拜託。現在馬上。這——事態緊急。拜託妳了。」

我本想問到底發生了什麼事，但瑪蒂已經掛了電話。

我盯著手中的手機，再望向櫃子上開瓶的紅酒。我沒必要過去。瑪蒂憑什麼打給我？她有權做任何事嗎？她根本不是合法的人類，更別說是**朋友**了。但仔細一想，瑪蒂打給我，在我說了那堆鬼話後她還是打來了。

這代表瑪蒂也是孤身一人。

我叫了輛計程車，鞋子穿到一半時它已經停在外頭了。午後已經轉涼。踏入日暮時分稀薄黯淡的光線中，陡然間清醒過來的我太陽穴一陣劇痛。不是那種能讓我安全駕駛自己的車的清醒，不是，而是猛然意識到現實的重量，嚇得自己差點迷失了方向。此感覺宛如大夢初醒，但這場夢卻真切地反映了現實。*沒錯*，我告訴自己，強迫雙腳邁向外頭的車輛。*妳踏出這間新的房子，好去幫助那個丈夫製造來取代妳的懷孕複製人。沒錯，千真萬確。是的，這*

就是妳正在做的事。

計程車後座有免費瓶裝水。我很快喝掉一瓶，努力忽略那股塑膠味。我打開車窗讓冷空氣拍打雙頰，緊咬牙關止住顫抖。到達目的地需要二十分鐘，時間剛好足夠讓我認為自己是個白痴。瑪蒂的語氣實在不對勁，我心想。我沒必要去——這是個很糟糕的先例，代表複製人只要打個電話我就隨傳隨到。再者，我告訴自己，若她真有急事，應該是打給奈森才對。他才是那個惹來一堆麻煩的始作俑者。說瑪蒂是麻煩很無情，但卻是不爭的事實。要是複製人遇到問題了，那就是奈森的責任。若奈森自己遇上麻煩呢，當然也是他自己要收拾。這就是離婚的意義所在。

給司機小費的同時，我在腦海中組織了等等要對瑪蒂說的話。我多麼後悔在咖啡廳失去理智，對此稍微道個歉。我承認有些地方做得不對，但也必須強調瑪蒂和我無法做朋友的事實。*我更傾向各自過生活*，我在腦海演練。*我們倆當朋友有弊無利，且以後最好不要再打電話來了。*

父親的聲音在腦海中迴盪。*這事到此為止*。這是他在我面前說的最後一句話。

穿越將沾滿露水閃閃發亮的草坪一分為二的小徑時，我腦中不斷排演著這幾句話。*有弊無利*。我看了看房子外觀，像極了可愛的薑餅屋，鑲有鉛框窗玻璃和蔓生的常春藤，門廊外還設置了鞦韆椅。這是棟一層樓高，以磚石木瓦打造而成的英式小屋，矗立於完美無缺的美式草坪之上。換作是我也喜歡。這跟過去我和奈森生活的房子截然不同，那是間更現代、更容易打掃，且也讓人毫不留戀、棄之如敝屣的地方。眼前這是棟適合孩子們玩耍的住宅，瑪蒂非常努力地維護整潔。**不是什麼好事。**前廊寬敞到可以排一列南瓜燈，正面的凸窗外靠著一株高大的北美冷杉，不知奈森是否打算開始慶祝聖誕節了。

我踏上寬廣、一塵不染的前廊，滿腔的話語緊緊抵在我的牙根處。我舉起拳頭，但還來不及敲響紋路精美的木製前門，大門就已敞開。眼前盯著我看的是瑪蒂，就跟上一次造訪的情形一模一樣。

這次，她臉上掛著的不是空洞熱情的笑靨。

眼前的瑪蒂顫抖不止且一臉慘白，以一種如動物般狂野的眼神緊盯著我。她披頭散髮，一綹捲曲的髮絲上掛著一個搖搖欲墜的髮夾。她的頸部有一圈斑駁的紫紅色瘀傷。她的右手緊拽門板，彷彿那是暴雨沉船後僅存的唯一一片殘骸。

她的左手，抓著一把菜刀的檀木握柄。

哪怕只是一瞬間，我也不得不低頭看。我得親眼證實我所見到的景象：瑪蒂洋裝的裙襬處被鮮血濺濕，一路滴落至她的腿部。一道紅血在她的腰際與胸前劃出一道弧線；小腿肚和腳踝處的血跡已經半乾。而那裙擺，已經被鮮血浸溼至飽和狀態。

再次對上她的視線時，看見的是全然的恐懼，同時間我心知肚明，自己確實必須前來一趟。

「謝謝妳過來，」瑪蒂喃喃地說，語速相當緩慢。她清了清喉嚨，彷彿很痛苦般畏縮了一下。「發生了非常糟糕的事。」

第八章

修整複製人相當需要毅力。

打造複製人無疑是以基因為基礎。從樣品到真正具有知覺需耗時一百天，其中每一項構成要素都是建構於本尊的ＤＮＡ之上。每具樣本都是源於原始素材的端粒處於衰退狀態下進行的羊膜穿刺術：複製人的歲數與本尊一樣，或多或少差個幾星期。端粒融資意為複製人老化的速率和本尊不同——複製出的組織衰老速度較為緩慢——但所有複製人都僅僅被使用幾個月，所以這其實不重要。

一百天後，我的實驗室內可以創造出任何一個人類的完美翻版。一切都是基因遺傳學的產物。

過程中的問題在於，假如沒有任何人為干預，複製人就會發育成預設的最理想狀態。人類很少能夠發展成完美的狀態。我的工作大多數是聚焦於真真正正的複製人——與本尊一模一樣的產物。舉例來說，替政治人物製作替身必須得惟妙惟肖才有辦法幫忙挨子彈，否則那天價未免太過不合理，否則整個研發過程的高昂成本也不合理。

所以說，「修整」過程必不可少。發展過程中必須密切控制營養水平、過敏原以及重金屬的接觸：在成長與成熟的初始階段中，這些都至關重要。

但其中的要素可不只這些。本尊有可能鼻子斷裂沒有完全癒合，或者是有道與眾不同的燒傷痕跡；也可能少了一隻手臂；半瘸的腿部導致的跛行；酒吧鬥毆或行凶搶劫時被打斷牙齒等等。

面對這種情況，修整過程需要的是一隻穩定的手、耐受力強的胃，以及拆解移除的知識。法律上來講，複製人不能算是人類。他們是沒有人權的樣本。他們是替身，是有機養殖場，或者只是研究的課題。他們只是暫時的，一但失去效用後就成了生物醫學廢棄物。他們只是一次性的物品。只要心態正確，修整複製人就和其他研究項目沒有兩樣，感覺上就像是將幹細胞植入老鼠背部的表皮底下，或是剪斷烏鴉的翅膀，讓牠們在控制室中動彈不得。血跡和不適感在所難免，但……

都是工作的一部分。

敲響瑪蒂家前門之前，我已有多年修整成年複製人的經驗，將失敗與成功的樣本如廢棄物一般丟掉更是熟能生巧。

這時不能慌。「發生什麼事？」我問道，可不能永遠杵在原地，得說點什麼才行。只有強迫自己行動，時間才能繼續推移。行動勢在必行。

「我們吵了一架，」瑪蒂的聲音刺耳。未免也太多血。

「他很生氣，」她繼續說。「我告訴他，我們一起喝茶，然後問他那些妳說過的話。關於我被製造出來的目的。」

我想說些什麼——不是道歉，我不會道歉的，只是想承認自己的言詞太過苛刻——但卻完全插不上話。

「不，」她打岔。「妳說的沒錯。我是出於某種目的才被製造出來的，但卻未曾思考過這項事實。我從來**沒有**問過自己到底想不想要這個。」她指了指自己隆起的腹部。「所以我問奈森……」瑪蒂勉為其難地吞嚥，一手撫上自己的喉頭。「要是我想要的是別的東西呢？要是我不想當媽媽呢？我這麼問他。」她投來一記猛烈的目光。「我想當媽媽沒錯，毋庸置疑。勝過一切渴望。我只是想知道自己有沒有表態過。」

我相信她。畢竟奈森渴望此事勝過一切，才會設計出她的程序。然而，他應該要把她設計成不會問「要是……」這種問題。換作是我就會這麼做，倘若我要製造一個完美溫順的替身，就會這麼做。我忍不住一陣自滿：想當然奈森那馬虎鬼會偷工減料了。

「那他怎麼說？」

「他氣炸了。一直說忽略了我的缺陷真是一場失敗。當時我在做晚餐，轉身想拿刀子卻找不到，回頭一看才發現在他手上，然後，」講到一半她突然打住低頭看向手中的刀。「噢，」她驚呼一聲，彷彿那把菜刀是突然出現的荊棘一般趕緊扔掉。「噢不、噢不、噢不、噢不，」驚呼聲逐漸失控。「噢不，他——他拿著菜刀靠近我，我只能尖叫著揮開那把利刃，然後他就緊緊勒住我的喉嚨，然——」

我用力拍了一下手，嚇得瑪蒂趕緊住嘴。「深呼吸，瑪蒂，」我說。「剩下的我知道了，不必再說了。深吸一口氣，很好。看著我，別盯著地板，看著我。」我語氣嚴厲，現在可不是溫柔的時候。這招是為了壓下她那不斷湧現的恐懼。一大票沒辦法應付活體標本修整過程、被我拒絕錄用的研究助理都領教過這招。「現在，朝我走近三步。」瑪蒂豪不猶豫聽從指令，盯著我的雙眼眨都不敢眨。

我抓住她的手臂進屋，肌膚上還黏有半乾的血跡。「浴室在哪？」

「走廊另一頭，」瑪蒂低語。

「好。走吧。」我的語氣威嚴，讓瑪蒂明白有人正掌控情勢。讓她知道那人就是我。**一直都是。**

我們踏進由淡紫色和鼠尾草色妝點的浴室，裡頭所有肥皂液都裝在配有鋁製壓頭的裝飾玻璃瓶中。我扭開浴缸水龍頭和蓮蓬頭，等水變熱的同時幫瑪蒂脫掉衣服。

簡直像在玩洋娃娃。瑪蒂蒼白的雙唇不發一語，眼神彷彿要洞穿面前的牆壁。我解開鮮血淋漓的洋裝任它落至地上，在瑪蒂腳踝周圍形成一個不會流淌的水坑。她的內衣褲很不錯，肯定不便宜：繡有白色絲線的黑色蕾絲。我聽見腦袋中想起自己在茶館時說的話：**妳存在的目的為何？**

我盡可能不碰觸到她的肌膚解開內衣，也試著不去看她隆起的腹部，或者是因為懷孕而顏色變深的乳頭。我拉著我本人的替身的手臂，引導她踏進浴缸站到蓮蓬頭下方。她打了個冷顫，我趕緊將水溫再調高些。

「這樣，」我看著瑪蒂腳邊的水被暈染成粉紅色，完全不顧自己襯衫的袖子也被浸濕。我的替身低頭看著排水孔周圍的那團血色漩渦。我用力眨眨眼。「好多了。妳會洗澡嗎？」

她默默點頭，但直到我遞給她一罐去角質沐浴乳她才有動作。她機械式地搓洗自己身軀，粉色肌膚上的深棕色血塊慢慢剝落。

她不像我有些雀斑和疤痕，肌膚光滑無暇，一點雜毛都沒有，甚至連妊娠紋都沒看到。

我盯著眼前這個我丈夫渴求的女人，徹底明白了她跟我不是同一人。又是另一種偷工減料：奈森根本沒有認真修整她。

搞不好他是故意的。可以完美的話，誰會想要一個膝蓋上有疤的老婆呢？何必花時間弄斷她的手腕再小心翼翼接回去呢？他要的並不是另一個**我**。瑪蒂是完全不同的東西——完全不同的人。

她就是奈森遍地尋找的女人。他找多久了？我只是他參考用的草稿嗎？

我伸手覆上瑪蒂的手腕，她才停止搓洗的動作。「夠了。洗好了。」

瑪蒂在水柱下轉身，沖掉手臂和臉上最後殘餘的肥皂泡後，彎腰關緊水龍頭，她緩慢移動手臂手掌，相當虛弱無力。

我拿一條紫色的浴巾包裹住瑪蒂，她在我懷裡雙眼緊閉、不住顫抖。

「這是我想要的，」她囁嚅道。「勝過一切。我只是想知道到底是不是我自己的選擇。僅此而已，我發誓。」

「我明白，」我喃喃地回應，用腳把浸血的衣物踢到馬桶後面。眼不見為淨。地板磁磚上留了一灘粉紅色血污。「我相信妳。」

「我發誓，」她重複道。「我發誓。」

我留瑪蒂裹著毛巾獨自坐在床沿，雙眼緊盯自己的手。我得在她落淚之前離開。我有能力應付大把事情，但對她的眼淚沒有半點耐心。

瑪蒂獨自啜泣。

進入廚房後，眼前是奈森的屍體。

我看著他一動也不動的背脊，彷彿不是那個過去十年來的枕邊人。只要他一直面部朝下，就能是任何一人的屍體。

我避開地上的血跡進入廚房，案發現場不知何故竟然這麼狹小又陳列簡單：砧板旁有顆剝了皮的洋蔥正等著被切開、爐子旁有袋塑料包裝的雞腿。一旁的刀架被慌亂攻擊瑪蒂的奈森撞倒了。當然了，現場血跡斑斑。

在實驗室訓練研究助理執行修整程序時，我都要他們看著我將一小瓶血液灑到地上。十毫升——不到一湯匙——但濺上地面後，場面卻是驚心動魄。此教學目的在於不要被大量鮮血嚇壞。早在大家開始擔心之前，我就讓他們知道樣本經歷修整時將會流失大量血液。我替他們接種了疫苗，預防看到鮮血飛濺上衣物、磁磚和金屬時油然而生的恐懼。

研究過程中我花很多時間思考血容量，那數字一直都烙印在我的腦海中。奈森是成年人：體內血液含量大約是十二品脫。現在他死了，不僅僅是失去意識。死亡，也就意味著流淌在廚房地上的血液至少有六品脫。搞不好更多。

我想起剛開始交往不久，晚上我們倆經常一起去廉價酒吧，灌下一壺又一壺濃度低的啤酒、投擲飛鏢、暢聊著將要一起建構的未來。回憶突如其來，幾乎帶有撫慰人心的作用：六品脫血在地上。一壺啤酒是三又四分之三品脫。也就是說地上灑了接近兩大壺的鮮血。看來也不算太多，連兩壺都不到。

一如往常，這人看起來矮小又空洞。

我盯著眼前的男人和血灘，等著被將至的悲傷擊潰。我確定它終究會襲向我。儘管他惹怒我——我恨透了他變成這副模樣，做了那堆爛事——但他終究是我的丈夫。那個星期六傍晚，我和他在所有親朋好友的見證下面對彼此，身上穿戴著的是白紗禮服與他送的首飾。我們的命運相依。我可以嗅到自己的悲傷，彷彿自遠風捎來的一縷輕風，雜揉著一股煙硝味。

但那縷微風還未拍打我身。我只看到他的背、他的血，所有知覺所及僅是眼前這個擔子的重量。

不能報警。這點再明顯不過；如此只會換來腥風血雨的結果。最輕微的後果是我的研究經費會被凍結，倫理委員會將調查出原先堅不可摧的複製人已然出現瑕疵。而我難逃公開的羞辱。科學界將不再視我為這個行業的專家、先鋒及天才。

從今以後，我只會是那個研究成果被丈夫用來製造一個更好的老婆的女人。

撇開這些不談，根本沒有證據能顯示到底出了什麼事。若瑪蒂決定撒謊，就不可能有辦法調查出她是謀殺奈森的凶手。我們擁有相同的DNA。況且，心中一個聲音嗡然響起，**是誰有明顯的犯案動機？是誰叫的車？人死後哭的是誰，清理現場的又是誰？**

不。將瑪蒂交給當局根本不可行。

我把雞腿扔進垃圾桶——天知道已經放在室溫多久了？——將洋蔥放回冰箱的保鮮抽屜後繼續思考後續。

在實驗室，樣本會跟醫療廢棄物一起火化，但處理廢棄物這項環節受到嚴密監控，我沒辦法再多扔一具屍體。我試著回想犯罪影集的劇情、小說裡失手行凶的人，還有喝得爛醉的友人和我，夜深人靜時是如何開玩笑點出那些藏匿屍體的最佳方法。人們通常會想到拿去餵豬，說得好像每個該死的路口都有養豬場一樣。

想到可行辦法前，我就這麼讓他繼續趴著，反正也沒翻過來的理由。時機未到。瑪蒂進門時我正在洗刀子。

「妳還在啊。」她站在門邊，髮上繫著頭巾。看起來和我更相像了。「我以為妳走了。」

我對著她眨了幾下眼睛。真是萬萬沒想到。她打電話過來——我接了，然後來了這裡。一種類似悲傷的情緒令我的腸胃突如其來一陣痙攣，幾秒鐘後我才明白是罪惡感。它一直存在，隱晦、陣痛，卻微弱到難以察覺，但瑪蒂那赤裸坦率的感激神情卻將它磨得鋒利，逼得我再也無法視而不見。

我之所以留在這，因為這全是我的錯。

要不是我是那隻大黃蜂（那種**婊子**，回憶適時提醒了我），奈森就不會死了。若我沒把全部心力投注在研究，他就不會輕易放棄這段婚姻。要是沒有這項研究，就不會有瑪蒂的存在，更不會讓他有理由開溜。

我可以直接扔下那灘血和那該死的複製人不管，但事實終究揮之不去：是我害死奈森的。所以我對她露出笑容。

「當然還在，」我說。「我不會讓妳獨自面對這些。」

我望著全心相信我的瑪蒂——相信最好的我，相信我的良善。我將她眼中的信任收進心底，隨後便別過頭。我抓起奈森的腳踝，抬起臀部施力，實驗性地拉拽一下。地板相當光滑。

拖拉這具遺體一點都不難。

第九章

我的母親是位園丁。

大部分時間她都待在花園裡，雙膝跪在衣物和土壤之間的特殊板子上。弄髒衣服萬萬不可，和雜亂的花園一樣難以接受。為了維持手部肌膚的柔軟和乾淨的指甲，她都會戴上手套。她在花園裡邁著小心謹慎的腳步，以一種從未在別的地方展示的權威掌控野生花草生長的方向。她握住玫瑰花苞的花莖，靈巧地置於剪刀刀片之間後喀一聲剪短，整個過程中她那顫抖的雙手變得如此平穩。

還是個小女孩時我多麼渴望能了解她，跟著她進到花園，趁她工作時問著各式各樣的問題。為什麼這盆要澆水，那盆不用？為什麼要討厭蝸牛，但喜歡螳螂？其中最令我困惑的是修剪的問題。她的葡萄藤、玫瑰和杜鵑花全都生長得健康又快樂，豐盈茂密的花葉枝枒恣意盛開。為什麼呢？我問，妳會剪掉它們嗎？為什麼要剪掉玫瑰叢的花朵呢？

這是她教給我的唯一真正有用的東西：壓力刺激生長。有時候，為了讓事情朝正確的方向發展，受點傷在所難免。她將一把剪刀放進我手中，指著一株丁香的某幾個部分，告訴我哪些花朵逐漸凋萎。她說，若現在不將美麗依舊的花朵摘掉，明年就見不到它們了。

她耐心地等我開始行動。

我剪掉她手指向的每一朵花。

我將這些花朵放進裝了水的杯子中，想等父親回家後送給他。我的母親在那之前將花束插進了花瓶中。隔天一早醒來，花束已經被扔進垃圾桶——夜深人靜之時花朵已然殞落，在父親看見之前，母親趕緊讓它們進入垃圾桶。

瑪蒂的花園跟過去母親的庭院一樣美麗。樺樹、薰衣草灌木叢、攀緣葡萄盛放。棚架上爬滿了藤蔓，底部的捲鬚正一步步包裹住上了白色漆料的木架。地面上種滿了草莓。一切是那麼的精確且悉心照料。不僅是蔥蔥鬱鬱，而是精心修整；不只是繁花錦簇，更是一絲不苟。目光所及的景物安排地令人愉悅，我也因此而舒心，然而，瑪蒂的費心栽植並沒有種出什麼驚天動地的成果。

我以不同的方式替瑪蒂的花園帶來全新的驚人創作。但毫無美感可言。

那晚雨水濺落在我腳下的泥土上，雖然冷得叫人直打哆嗦，但依舊是個方便行事的夜晚。雨不大，只是如薄霧般的絲絲細雨。瑪蒂家後院的土壤相當鬆軟，非常適合園藝栽種，且隨著泥土被浸濕，鬆動土壤更是容易。但挖洞可不如想像般那麼輕鬆，我將雙肩所有力量全放到了鏟子上，過沒多久就完全忽略了滴落在頭髮上的點點細雨。

距離我幾英尺外，裹著奈森屍體的毯子開始積水，就算死人的鮮血沒有滲入棉布中，如此大量的雨水也足以毀掉這整塊布。

屋內，瑪蒂正用漂白水清理地板。將奈森的遺體翻到毯子上著實是個考驗。看到他那雙仍然怒瞪圓睜的雙眼，瑪蒂忍不住衝到廁所嘔吐。而我看到那空洞地瞪視，雖然沒有感到不適，但卻也比想像中難受。我知道最好不要闔上他的眼皮，電影裡的英雄雙眼被蓋上後，下一秒總又立即睜開，如此便能眨也不眨地緊盯眼前的任何人事物。

我讓瑪蒂負責清理血跡，說服自己那比挖洞簡單多了。要是想太多，我就沒辦法搞清楚到底是哪項任務比較輕鬆。雖然我很明白自己的偏好，但要她清理室內並無半點私心。清楚簡單的工作，目標再明顯不過：讓地板恢復成奈森體內之血濺灑在上頭之前的模樣。

我將鏟子倚靠在洞穴邊緣，甩甩雙手好讓凍僵的手指回溫。我才挖到一半雙手就痠痛不已了。某種程度上這挺令人欣慰：身體力行以示懺悔。我說服自己除了那些攻擊瑪蒂的殘酷言語外，沒有其他需要後悔的——這層疼痛甚至助長了我心中狠毒的一面。我渾身泥濘、肩膀疼痛地似在尖叫、渾身濕透挨凍，但沒有關係。

沒關係，沒關係。我不住重複這句話，但挖掘的過程中卻禁不住一再碰到那罪惡的瘀傷。瑪蒂的存在直接反映了我的失敗，在在說明了為何奈森會認為我倆的關係不值得繼續；徹底顯現在他眼中我是何等不足。

我用手背抹去眼中的一綹濕髮，狠狠咬著那一連串的自責，讓其像毒藥般奔騰流竄過我全身。**就是因為妳不生小孩才把他害死，**我這麼罵自己。**他會死都是因為妳太自私。都是妳的錯，怨不得人。要是妳乖乖當他心目中的好妻子——**

「妳打算挖多深？」

我看向房子。瑪蒂站在從後門延伸出來的小懸吊物下，雙手捧著一團淡粉色布料。我認出那布料袖子處的格紋：是奈森正式場合穿的襯衫。意識到瑪蒂做了一件多麼實際的事時，我震驚到肅然起敬。她用奈森的襯衫擦拭廚房地上的漂白水和血污。消滅證據時萬萬不可浪費任何布類，反正襯衫遲早要扔掉。那塊布擦拭起來真是驚人地有效率。

我母親的聲音自回憶中跳出。勤儉節約，吃穿不缺。

「應該快了，」我回答。洞口已經到了我的下巴處。這洞穴是個難看的橢圓形，邊緣參差不齊且高度不一。但現在不是講求美感的時候，裝得下屍體就好了。

瑪蒂端詳了一下洞口邊緣，接著伸手將懷中浸滿血的襯衫丟進洞裡。這動作詭異地像個小孩的行為：她打直手肘、手臂伸長看著衣服掉落洞中的模樣似乎有點天真。下一刻她蹲在洞口邊的泥地上，朝我伸出一隻手臂，一股漂白水的強烈氣味刺鼻而來。她的手指因為刷洗廚房地板被凍得發白。我漠然地盯著那手指幾秒後才猛然回過神抓住她的手腕。當我的複製人一把將我拉出這座我親手打造的墳墓時，我的雙腳同時也倉促地攀爬過滿坑泥濘。

兩個人合力的話，奈森其實不算太重，但濕透毯子的重量讓整具屍體變得很難搬運。話雖如此，沒有人打算扯開毯子。與其看到他那張赤裸、木然的臉緊盯滴滴落下的雨水，倒不如蒙著他的臉多費點力搬運。

把他扔到他那件破爛的襯衫上後，我完全沒有多看他一眼。我不想看到他矮小僵直躺在洞穴底部的身影。反之我隨即拿起鏟子埋葬，但瑪蒂要我先停手。

「怎麼了？」我問。她舉起一隻手，眼神放在墓中，我只得忍住不發怒。若她是想再跟他共處片刻，那麼應該要在我抵達、屍體冷卻前這麼做吧。我忍不住想，殺人之前瑪蒂應該要跟他好好道個別。

現在可不是感傷的時候。這件事得趕緊完成。

我想著要怎麼催促瑪蒂趕快說再見，但又不會聽起來像個無情的怪物——但我還來不及說出口，瑪蒂就跳進墳墓了。那動作既粗魯又陌生，我有點震驚她竟然會有這樣的舉動。我問她以為自己在幹嘛，盡可能大聲到讓她聽見我的低語，但她不曉得是沒聽到，還是刻意忽視我。

洞底，她跪在奈森的屍體旁。天色太黑了，我看不清她到底在做什麼，應該是傾訴一段最後的訣別吧——但她突然挺直身軀，雙拳緊緊拽著濕淋淋的毯子猛力一扯，奈森的屍首順勢跌上泥濘的土地。她將毯子揉成堆扔在屍體一旁，下一秒，沒有我的幫助便順利爬出了洞口，她將雙手往爛泥裡一撐，整個身軀便出了墳墓。瑪蒂滿身污泥、氣喘吁吁，一個箭步走向花園另一端的棚屋。

她猛力拉開門，在壁板上留下幾道污痕。棚屋裡一片漆黑，堆滿各式袋子與工具。其中一堵牆邊自地面到屋頂堆滿了白色的盒子。

「這有用，」瑪蒂雙手各拿一個白色盒子走回來，完全沒有放低音量。她將其中一個盒子遞給我，上頭也被沾染上了幾道污泥，然後打開了自己手中的盒蓋。我看了眼盒身上的標籤。**有機園藝用石灰**。

「你們要這麼多石灰幹嘛？」我一邊問一邊打開盒子，將內容物往墳墓裡倒，突然像是回到小學四年級餵教室裡的魚吃飼料的時候。

「玫瑰喜歡酸性的環境，」瑪蒂說，空出來的手指往廚房窗外底下一排四叢玫瑰花。她讓白色粉末呈拋物線撒到奈森屍體上頭。我意有所指地看向棚屋裡頭成堆的盒子，心想照顧幾叢玫瑰花根本用不到這麼多石灰。「這裡的土質是強鹼，」瑪蒂平靜地說，順手將空盒扔進洞裡。

我也將手中的盒子往內扔，旋即抓起鏟子。雨絲輕柔地落下，不偏不倚打在石灰上讓白色的粉末變成一團黏稠液體。當我將第一鏟土覆上奈森時——有點刻意先蓋住臉——瑪蒂又走回棚屋。

「這真的有用嗎？」她回來後我這麼問，微弱的光線之下，勉強看見她聳了聳肩膀。她從棚屋多拿了一把比較小的鏟子。「不知道效果如何，但電視上這麼演，」她說。「反正沒壞處，不是嗎？」

她竟然有在看電視，這點嚇到我了。不應該嚇到的。她是複製人，不是機器人。奈森沒看著她時，她不會只是進入休眠狀態。但感覺還是有點怪異——想到她坐在電視機前，盯著某種週末無聊時我會看的神祕遺體與自命不凡但神經質調查員的劇。我想像她盤腿、腿上覆著毛毯、一手握有紅酒的模樣，一旁還有奈森摟著她的肩膀。

我們一起埋了他，持續不斷的雨打聲讓整個空間更顯寧靜。當我們用鏟子灑上最後一團泥土時，雨勢更為劇烈了。我們倆被淋得像落湯雞且顫抖不止，渾身麻木僵硬地回到屋內。

第十章

漂白水讓室內的空氣刺鼻難受；我不由自主呼吸地相當淺薄。我一手拉開脖子上柔軟的髮絲，一回頭發現瑪蒂的動作一模一樣——我們不約而同手肘朝著空中彎起弄掉頭髮，脖子同時向前傾好避免濕淋淋的不適感。從眼角瞥到自己的鏡像，我突然一陣暈眩。她和我是同一組行為模式，知道這點我一點也不開心。我實在不喜歡這樣。

我別開頭說道：「得盥洗一下才行，」聲音相當怪異且緊繃。

「妳可以用走廊的浴室，」瑪蒂回答，一邊脫掉滿是泥濘的拖鞋。她的嗓音又變回之前那樣柔和友好，禮貌到惱人的地步。「那裡淋浴間比較大。我用主臥的浴缸就好，反正我今天已經洗過了。」

我頓時停下脫鞋子的動作。這就是整個程序碼的成果——瑪蒂被設計成一個完美的女主人，過度的有禮以及自我犧牲。即便是現在這樣，親手埋了自己的丈夫後，她也是先替別人著想。

「謝謝，」我說，沒打算跟她的犧牲抗辯，因為我們不一樣。我想要大一點的淋浴間。我想要趕緊暖和起來。我想要用香草味的肥皂，將自己裹進灰綠色的浴巾中。我想要這些，才不在乎她是否也一樣。反正我要定了。

奈森總說我自私。看來一點也沒錯。

但是，當我踏進浴室並轉上門鎖時，我不禁想到，不論他說的對不對，一切都不重要了。就是這麼簡單。就在他停止呼吸的那一刻，他的意見就毫無立足之處了。用完就丟了。

就跟樣本一樣。

我一再這麼告訴自己，強迫自己相信這個論點。

我雙手抱胸，等著臂膀停止顫抖。

好冷，我心想。放慢呼吸後疲憊感也跟著襲來。挖墳墓是件費力的工作。這天真是漫長。我累了。現在我需要的只有熱水澡和一夜好眠，然後這整件事就與我無關了。

我轉開水，直到蒸氣濃厚到看不見自己在水龍頭上的倒影才站到水柱之下。我閉上雙眼靠近蓮蓬頭，直到滾燙的水流麻痺我全身每一寸肌膚為止。

絕不道歉。

絕不回頭。

向前吧，伊芙琳，向前進。就是這樣。

＊＊＊

我從瑪蒂的衣櫥借了一件T恤，濕髮上的水珠不斷滴落肩膀，走進廚房時，料理台上已經擺了一瓶開了的白酒和一只高腳杯。是霞多麗白葡萄酒，瓶身的乳白色標籤上以金色字母拼寫出釀酒廠的名稱。冷凝的水珠讓厚重的綠色玻璃結了一層水霧，但還不至於滴落到台面上。

我一鼓作氣斟滿了高腳杯。

瑪蒂在客廳等我，背對著門口坐在奈森和我分居時他堅持帶走的那張藍色沙發上。她在頸背處綰了一個低髮髻，恰恰好就在睡衣的領口之上。

我接近時她稍微轉頭，彷彿一直在留意腳步聲。

這感覺彷彿回到九歲那年，半夜我偷溜下床看到母親正在等待父親的歸來。父親到家前她是不會上床睡覺的，倘若他必須工作到破曉，那麼母親就跟著徹夜未眠。我的母親是個無時無刻都在等待的女人。

在那些被夜幕滲入的清晨裡，我腳穿襪子躡手躡腳踩過厚實的木質地板，母親一聽到聲響便會像瑪蒂那樣轉頭——這樣我就知道自己露餡了，就算距離遠到她沒辦法看見我也一樣。那樣我就知道該偷偷溜回床上了。

這如此相似的動作讓我的耳膜內轟然一陣巨響，突如其來一股幼稚的抗爭襲上心頭：瑪蒂不能叫我回去睡覺。她不能命令我去任何地方。當然了，這念頭很荒唐——畢竟她替我留了一杯酒，正等著我的加入。

一如往常。

我坐上沙發扶手，不知何故顯得有點咄咄逼人。這沙發出現在這間客廳感覺真怪——簡直跟在雜貨店巧遇小學老師沒兩樣。這整件事情的前因後果都太不對勁了，在我毫無防備之時攻得我措手不及。

這張沙發是我和奈森一起買的第一件物品。一路跟著我們從單間房的小公寓搬到更大一點的公寓，再到後來的房子。這是我們生活的一部分，更是我們家庭的一角。多年來我們倆都是在這張沙發上吵架、吃飯和歡笑，也是奈森生氣不讓我進房間時我睡覺的地方。而後的爭執越發激烈，他在放棄婚姻前假裝一切安好，卻也同時建立了全新的生活。

在這裡，這張沙發彷彿換了一個樣子，再也不是那個我睡覺的地方。現在，這是瑪蒂盤著腿、看電視學習如何用石灰埋藏屍體的地方。

這一瞬間我恨透了這沙發，挾帶的是一股突如的狠毒恨意。它看著我的婚姻分崩離析、它出現在這裡，即是背叛了我。我要看著它被焚燒殆盡，我要用高壓水柱沖刷掉灰燼，看著一切殘骸在空中灰飛湮滅。

「妳竟然還醒著，」我說。

「才八點，」瑪蒂輕聲回答。她雙手捧著一杯水，雙眼盯著杯緣上的唇印。我很好奇她睡覺都會帶妝嗎，還是有客人在的緣故？「我都是九點半睡覺，如果現在上床了，就會躺到九點半才睡著。」

「噢，」我應聲，眼前這位溫柔安靜的女人一臉尷尬，若我的生活天翻地覆、完全變了一個樣，臉上的表情大概也會是這個樣子。「那等一下吧。」

我覺得很不自在且憤怒、傷心又疲憊。每件事情都太超過了。瑪蒂杯沿上的唇印彷彿概括總結了一切。她一看到我盯著那片印記，馬上用大拇指塗抹，雖然這樣根本解決不了問題：現在，口紅印跑到她的手指上了。她小心翼翼地豎著那隻指頭，以免弄髒了其他地方。

我現在什麼都不想做，只想抓住她那完美無缺的手腕，用她那根陌生的手指頭擦過這張藍色沙發的每一角。我要毀了這面料，我要藉**她**的手行摧毀之實。

「為什麼我九點半前都睡不著？」瑪蒂對著水杯發問。

我不確定她有沒有意識到自己講得很大聲，直到她抬頭，雙眼圓睜茫然地盯著我看。「不管我怎麼做都沒辦法。我一直覺得累，尤其又懷著寶寶。晚上我隨時可以醒來，但就是無法小睡。我睡不著。永遠都睡不著。只有晚上九點半到隔天早上六點這段時間例外。為什麼？」

我喝下一口酒，液體流入喉嚨的聲音令我不自覺皺眉。「可能是因為妳的程序設定。他肯定採取非晝夜節律的方式。這是——一種早期的方法，幾年前我們就不這麼做了。」

「妳有辦法修改嗎？」瑪蒂低聲詢問。

「不曉得。」我回答。

「怎麼會不曉得？你們已經不用那種方法了，那妳一定知道怎麼修正。」她的嗓音高亢顫動，透出一絲絕望。她緊握水杯的力道之大，傳來了玻璃嘎吱作響的聲音。

「我已經沒有那一代的樣本了。」說到樣本二字時，瑪蒂的雙眼瞇了一下。「但我會研究看看。可以試試看。」

瑪蒂將水杯放上咖啡桌上的杯墊然後起身。「我幫妳收拾一下客房，」她語氣平緩。「妳肯定累壞了，經過這一整天。」我還來不及答話她就消失在屋子後端。

我喝著酒等待，手指撫過沙發扶手上的滾邊。我將指甲插進滾邊的縫線邊緣，拚命扭動拉扯到一陣痛感襲來，而後聽到縫線啪啪啪斷裂的聲音才罷手。

我趕緊收回手，告訴自己夠了，別再製造更多破壞，但事實是，對於這親手製造的微小、不易察覺的傷害，我感到心滿意足。這是我憤怒、野性的一面——我自己不願意想到，也不願意仔細觀察的一面——希望幾個月後滾邊的縫線可以全部鬆脫。我希望瑪蒂自責，完全沒發現一開始是我搞的鬼。

我要她感到困惑，感到那種原本看似無堅不摧的事物突然分崩離析的突如其來的恐懼。我要她好奇自己遺漏了什麼，要她好奇還有什麼事情是毫無預警就會如一盤散沙般全數崩毀。

我這麼做並不公平。這並不是瑪蒂的錯。她不是那個摧毀我婚姻之人。但我就是要傷害她。

奈森已經死透了，感受不到那股疼痛，我希望有個人來承擔這些發生在我人生中的爛事的重量。

我離開扶手，離滾邊遠一些，努力思考那個重新編程複製人的問題——修正問題，而非把樣本丟棄重新開始。我之前就有想過，顯然這就是我下一步的研究方向，沒理由現在不著手進行，但我似乎沒辦法專注將此視為一個急需解決的問題。樣本都是用過即棄的，執著於上頭的問題顯得有點愚蠢又太過縱容。我完全想不出任何執行的理由。

但一想到瑪蒂問我為何無法睡覺，我的下腹部就一陣扭曲。我想像她躺在一片漆黑中——懷孕初期、疲憊不堪，知道無論怎麼做都沒辦法獲得多一分鐘的休息時間，也知道孩子出生後，可能連片刻喘息的機會都沒有。

沒有樣本能夠活得像瑪蒂這麼久，也沒有樣本需要承擔這樣的責任。複製人全是為了某種目的被創造，一旦任務完成了，就是該被銷毀的時候。

腹部那股扭曲感不是愧疚。我一點也不後悔——何必愧疚呢？瑪蒂的持續存在本身就是一場錯誤。這無疑是在羞辱創造她出來的這門科學。她本身的編程是個變種。現在，由於如此——由於奈森決定要改變我的成就，想創造一個長生不死的女人——我被迫處理這項錯誤。這個物件被使用的方式史無前例，而如此濫用正放大了我的研究的缺陷。不可饒恕。

這不是愧疚。但也相去不遠了。

我喝乾杯中的酒後走回廚房拿酒瓶。我側耳傾聽，四週一片靜寂。我好奇奈森是否把她設計成安靜地做事、安靜地哭泣。

我甚至很懷疑，他設計的程序是否有哭泣這項本能。

第十一章

離開瑪蒂家後，我渴盼的是解脫的感覺，但回到的卻是一間幾乎不屬於我的房子。這棟別墅如同嶄新但會咬腳的鞋子一般令我煩躁，瑪蒂躺在那平滑無皺的被單上以及使用帶香氣的肥皂的同時，我卻在一堆紙箱和包裝紙中跌跌撞撞。

我想這樣的地方就是屬於我的住所。小時候住的地方充其量只是間屋子，而不是一個家。它的外觀越趨老舊，石造外牆爬滿母親盡忠職守以棚架支配的常春藤，以免房屋的地基遭受破壞。屋裡有裸露的橫梁、深色木頭搭配白色牆面，以及多到不合理的壁爐。房間全都又寬闊又通風，天花板和走廊則是低矮窄小。每個衣櫥都設有嵌入式的層架，但深度都不太夠且距離也靠得太近。

在我的印象中，那房子大到令人困惑，滿是陰暗的角落和得以躲藏的空間。我猜從前那樣的生活經驗蒙蔽了我的記憶，如果擁有截然不同的成長記憶，那麼那地方其實可以非常迷人。

＊＊＊

小時候，父親的書房在我眼裡是個神奇的地方。那整個空間全是他工作的地方。屋裡的其他房間都是相通的——客廳和廚房都有能通到飯廳的敞開拱門，臥房則全部在樓上，上了樓後沿著窄小的走廊就能抵達所有房間。但父親的書房卻是自成一格，得推開樓梯後方厚重巨大的橡木門才能一窺此空間。

書房大門緊閉時，我和母親就必須保持安靜，以免打擾到父親工作。大門敞開後，大家則是各有不同的原因繼續維持沉默。

書房裡有兩張椅子——一張是我不被允許踏上、在書桌後方的椅子，另一張則置於桌前。第二張椅子的存在只為一個目的：我們的定期會面。每週一次，只有一次，我會被邀請坐上那張椅子問我父親一個問題。

之後我母親告訴我，之所以會有這個會面是為了童年時期我那源源不絕的好奇心。我努力不懈，她這麼形容。我想知道為什麼每件事情之所以如此的理由，如何才能改變這些既定的規則。藉由這個方法，建立一個允許工作被打斷的時段，才能避免我纏著他打破沙鍋問到底。父親將所有我製造的干擾趕入同一個空間，將之變成一段段離散的時間，這些時段內我被允許博得他的注意力。

這是我母親的說法。父親的版本是，之所以有這些聚會，全因為他看見了我的「才智擁有無限潛能」。他很喜歡這樣描述事情，藉以突顯他的敏銳觀察力。

我父親還說了，什麼問題都可以問。當然了，這只是個謊言。六歲的某一天我就學會了哪些問題才是可被接受的。那次會面我永遠不會忘記。

那天他用磁鐵講解有關科學的問題。我坐在對面，雙腳在椅子邊緣晃來晃去。我摳著手指甲，那是在他面前唯一可以安心摳挖的東西，只要把手放在膝蓋上，他就不會注意到這個令他煩躁的動作。他的解說簡潔直接又徹底，從不表現出居高臨下的態勢。他是位好老師。

他花了將近三十分鐘講解和畫示意圖——我很確定，因為桌上有個三十分鐘的沙漏，確保我的每個問題都獲得差不多時間的解釋，而沙漏的上半部幾乎空了。

父親講解磁性告一段落後看著我，問我還有沒有問題。他總是這麼問，我應該要回答沒有，因為沙漏幾乎流光了，時間不夠再進行額外的討論。但當時我沒搞清楚這個規則，便相當愚蠢地說我還有一個問題。

我問他為何母親整天都躺在床上。

我不是故意這麼無禮——當時我不知道會面只限於討論學術方面的問題。那時我不了解的事情多到數也數不清。他說什麼都可以問，我便以為有關母親的問題也不例外。

他那漠然的灰色雙眼盯著我看，憤怒閃過他看似毫無波瀾的表象，彷若是母親花園池塘中那些忽隱忽現於水面的魚鱗。

他一手越過桌面緊抓住我的下顎，手指緊緊掐進柔軟的肌膚中直至觸碰到骨頭。那一瞬間我才意識到臉上的嬰兒肥還沒消去，能夠有這層防護，我覺得有股相當難堪的如釋重負感。

「再說一次，」他說，語氣裡的要脅凍結了我的血液，我記得自己那時望著他的臉，試著搞清楚到底做錯了什麼。是我問問題的方式不對嗎？我的語氣不對？我說了什麼不好的字眼嗎？

我用力吞嚥，下巴因為被緊抓疼痛不已。我再試一次，聲音因為動彈不得變得呆板。「對不起，」我說道，他才終於放開我。我猶豫著下一步該如何是好。**再說一次**。他是這麼說的，所以我必須再問一次。這次不能再出錯了。沒有犯錯兩次這種選項。我的下半張臉因滾燙血液而發熱，被他手指掐過的地方想必已發紅。

我再問一個問題。「有人能改變磁鐵兩端的磁性嗎？」

他露出個笑容後，我的胃部因如釋重負而下墜：這次對了。他將沙漏翻過來，又花了大約半小時解釋磁性操作的多個理論，關乎這個問題已經進行了諸多實驗，但科學界擔心若此實驗的規模再擴大，將會帶來風險。我仔細聆聽好再提出更多疑問——要夠仔細，等一下他考我時才回答得出來。但我心中還存有一絲恐懼，那個下顎被緊緊抓住的恐懼。我害怕他那難以壓抑怒火的雙眼所透出的徵兆。

父親送我上床後再次抓起我的下巴，這次溫柔多了，但我仍舊瑟縮了一下。這次的觸碰沒有任何憤怒的成分。他看著我，確定我有專心聽。

「永遠不要因為別人生妳的氣而道歉，」他說。「永遠不要為了安撫別人而道歉。」他輪流盯著我的雙眼，速度快到我跟不上他的視線。「沒人會尊敬弱者，伊芙琳。絕不道歉。聽懂了嗎？」

我點頭後他即放手。我得承認，就在那時，我知道了母親從不下床的原因。我並不是真的想要一個解釋，而是想要一個說法，說明事情為何不能是另一種發展。即便我母親屈尊於他的每一個要求，兩人為何還是爭吵？為什麼他們吵架後，我母親就一整天沒辦法和我說話，為什麼這事無法避免？

這才是我真正想要的答案，才是我真正想知道的。而那次和父親談話後，我才知道有些問題不是用來問出口的。

不是所有小孩都能學會這點。若不得不與對此一無所知的人交談，那無疑是種難以形容的痛苦。那些人沒有體會過錯誤答案的痛苦，也沒有見識過唯一能告訴他們真相的大人眼中一閃而逝的怒火。

離開奈森數個月後，當時我還住在一間租來的公寓，在我簽下這間只有牆壁、地毯和混凝土露台的空蕩別墅的合約之前，我親身體會了那股怒氣。朋友、同事和打過交道的人的疑惑排山倒海而來，窮追不捨問我究竟出了什麼事，事情為何支離破碎，以及誰才是那罪魁禍首。每一次，我都感覺到雙眼中如魚鱗片轉瞬而逝的怒火。

我不能要求那些出於好心的朋友及同事再問一次，不能抓住他們的臉直到骨頭喀噠作響，也沒辦法解釋這些問題不該問。

他們不怕我。

他們沒理由怕我。

所以我就得禮貌地回應，說整件事不是任何人的錯，於此同時這話就像一根銀色的骨頭扎進我的喉頭。我盡一切所能重建生活，讓自己免於再次嚥下那種苦痛，但在我維護奈森名譽的同時，他顯然未曾替我著想過。他一有了瑪蒂，應該就再也沒有想過我了。

＊＊＊

奈森死後一週，我讓瑪蒂感受那骨鯁在喉的痛感。她成了那個必須解釋為何奈森沒有回電給同事、為何沒有去上課的人。然而，沒有人教過瑪蒂，遇到不對的問題時需要發怒。她年輕、溫柔又膽怯。從來沒有人教她該如何蔑視他人以及那些人的好奇心。

我得承認，埋葬完她丈夫的隔天傍晚，她打電話來時我才知道自己誤解了她的恐懼。奈森的朋友來電確認晚餐聚會時，瑪蒂替他取消了約會。「他們以為我是他的秘書，」她的聲音打顫。「他們總是這麼想。我告訴那些人奈森沒有辦法前往。這樣做對嗎？」

「當然，」我心不在焉回答。樣本 **4896-T** 的生長激素問題越發嚴重，此刻我正發愁，下次實驗室主任問我為何進展如此緩慢、為何速度不能快些、所需費用為何不能少一點時，到底該如何解釋。當時我心想自己沒有時間照顧她，她總該學會該如何轉移旁人的好奇心。

畢竟她都被藏匿一年半了。沒有我的幫助肯定也能處理事情。

「感覺就是這樣嗎？」她這麼問。「我第一次做這件事。」

「什麼，妳是說殺人嗎？我也沒有經驗，瑪蒂。」我暴躁不耐地回答。我一點也不想為瑪蒂提供有關謀殺的諮詢。我是有銷毀過樣本沒錯，但可沒有殺過**真人**。

「不是殺人，」她氣惱地說。「是說謊。」

我愣住。

她從未說謊。從未有理由這麼做。她沒有露面，要人們相信那些不實之詞，也從未說過一句假話。

嫁給奈森後，我們的生活充斥著各種小小的謊言，全是那種有助於我們安然無恙度過一整天的謊言。我好奇，她到底是怎樣一個人，才沒有辦法對奈森撒謊？不知道可以這麼做？他到底用了什麼方法決定了她的思想念頭，如此便不會與自己的意見想法相抵觸？

若「再問一次」還是出錯，經過多少次她才學會了要懂得害怕？

不論對象是誰，她從未撒謊。一想到她為了生存下去必須學會多少事物，我就感到一陣不耐。

「熟能生巧，」我告訴她。「妳會習慣的。」

＊＊＊

那兩週瑪蒂不停打電話來，告訴我有誰來電找奈森。大部分的人都以為和他們講話的是秘書，瑪蒂自己也沒有否定這項假設。這似乎就是她被藏匿起來的原因：奈森沒有告訴任何人她的存在，也沒有人想得到有個秘密妻子碰巧替他保管了行事曆。

她告訴所有人奈森病了。他的教學助理代課了五天，很想知道奈森什麼時候能回去。和系主任的午餐聚會也取消了，還有一個朋友在高爾夫球場等了一個小時，參加一場奈森安排的比賽。這些人全都獲得一樣的答案：奈森去山上旅行了，會離開一段時間，等他一回來就會和他們聯絡。

瑪蒂打來第八通電話後——幾乎和第一通一樣驚恐，帶來的破壞也不亞於那時——我真是受夠了，便跑到她家去。我大步踏上屋前的小道，未扣上的大衣隨著腳步飄揚起伏，強風襲來，觸動了我的敏銳與警覺，但這應該是個假象；無論何時我應該都相當敏銳警覺才對，只不過是喜歡這種冷風刺上臉龐與喉嚨的感覺。

瑪蒂一開門我就走了進去。她披頭散髮，雙手手指在身前緊擰成一團，指關節以一種看似很痛的方式交叉重疊。我努力不看她的腹部，但仍舊瞥到它脹大了不少。比起上次，現在的她看起來更像孕婦了。她毫無疑問懷著孩子。不知怎的，那個根本不該**存在**、甚至根本沒辦法**存活**的孩子還在持續成長。

她還沒流產。她應該會流產才對。

那嬰兒應該是顆大腫瘤，應該是個漫天大謊。他不該生長的，這怎麼可能。

我強迫自己嚥下「到底是如何」這種問題，先面對眼前的當務之急。我提醒自己，「如何」這問題可以之後再解答；現在手邊有更棘手的事。

「我們需要他的行程表，」我說。「妳不能永遠跟別人說他去旅行，也不能只會打給我。」

瑪蒂在我身後門上門，而後搖搖頭。「我不知道他放在哪。」

「他的書桌在哪？」我問，她帶我走向廚房外的小角落。那裡有一張奈森舊的卷蓋式書桌，是結婚第一年的某個週末我們一起找到的古董。那時的我們週末仍會一起外出冒險，一起尋找各式物件，仍舊狂熱於各種家具。我打開左邊抽屜，找到一本奈森用來記錄各項約會的黑色筆記本。「這裏。」我遞過去。「找出他所有行程。找出即將失約的那些。告訴那些人說……」

「說什麼？」瑪蒂問。

我木然盯著她。我還沒想那麼多。找到行程表、弄清約會、取消所有。

但是什麼藉口可以取消這麼大範圍的約會？之後又該怎麼做，那個藉口的有效期限到了之後該怎麼辦？每個藉口能維持的時間就那麼長，之後呢？要通報失蹤嗎？會不會有人這麼做？警察上門調查失蹤的奈森時——當他們看到懷孕的瑪蒂——他們會知道眼前這人是什麼嗎？

就法律而言，她甚至沒有身分。她不存在。但考量到之前我這麼輕易就發現她，就算調查奈森消失案的是最糊塗的警察，也肯定一下子就能找到這裡。

要是不想辦法阻止任何人尋找奈森，那瑪蒂的存在等同於是紙包火。若她被發現了，我的研究——我的成就——終將不保。

「馬的，」我低聲咒罵。「這樣行不通。」

「怎樣行不通？為什麼不？」瑪蒂問。

聽到這問題我不住怒火中燒。我深呼吸強壓下憤怒。「不能取消那些約會。我們得從長計議。」瑪蒂愣愣望著我，等著我下指令。

我緊閉雙眼克制怒火。我不是氣惱她那種本能的屈服，那種順從。她等待指令全是因為她那被設計成溫和順從的編程。但當我壓下那一閃而過的怒氣時，突然意識到她的疑惑、她想不出屬於自己的答案，似乎有著比表面看來更複雜的原因。

去你的奈森。

瑪蒂沒有這些能力，全是拜他那懦弱無能的編程所賜。我不能直接拋下她，也不能將她交給警察，因為一旦寶寶被發現，我的事業將會毀於旦夕。這全是他製造出來的爛攤子，現在還得由我替他收拾殘局，不論發生何事，後果都是由我承擔。

一如往常。我們在同個實驗室共事的那幾年，早在懷孕、爭吵、戒指，以及他為求安定感逃離之前，事情也都是這樣收場。他總是走捷徑，只願接受最簡單的答案。我們共同研究的過程多次針對他那草率的技術起爭執，只要他碰巧得到了想要的結果，便會對此深信不疑。他嫌我囉唆，指控我過度干涉他的數據，但要是我沒有在那裡替他檢查那些數據，就會被一起拖進那堆爛攤子中。

就像現在。他製作瑪蒂時我沒有在實驗室像保母一樣照顧他，現在嚐到苦果了。一如既往，我的工作量增加了。全因為奈森。

我允許自己有幾秒鐘的時間大發雷霆。睜開雙眼後，瑪蒂仍舊緊盯著我，仍在等待我的指示。我開口，有耐心到近乎可笑。

「瑪蒂。奈森有沒有過……」我差點講出「使用妳」這句話。「奈森有沒有**要妳幫忙**腦力激盪？」

「無時無刻，」她的回答相當肯定。「我很擅長。」

想當然了。奈森可搞不定比他聰明的老婆，但若是有人幫助他將腦袋裡的點子化為有用的形體呢？他很需要。

「開瓶酒吧，」我說。她立即走往廚房，看到她這順從的速度，我立即有股可恥的滿足感。「我們得好好思考一下。」

＊＊＊

最後，瑪蒂證明自己是位極有價值的動腦夥伴。我實在非常不樂意這麼讚揚奈森：他替自己打造了一個傑出的助理。我們從各個角度探討了手頭上的問題——多個小時下來地點從客廳轉移到廚房，期間瑪蒂會打岔，指出我為支撐論點提出的邏輯和聯想的漏洞。直到黎明她都沒有提出任何自己的意見。

「我們需要奈森。」她說。

我抬起埋在雙手中的腦袋，感覺生命線在雙眉上印了痕跡。「我們不需要他，」我回應。「我們自己就聰明到能夠想出辦法。」

瑪蒂對著我搖頭。她拾起一只空了許久的高腳杯，拿到流理台用浸滿泡沫的海綿刷洗。她以一種順暢有規律的節奏搓洗，手腕在水柱下來回轉動。「不是。我們不是用他來想辦法。他**就是**我們的辦法。」

我憤怒又嘲諷地舉起雙手。這女人，我的替身，腦袋瓜應該要跟我一樣才對，應該要擁有我一出生就擁有的潛力才對——真不敢相信那顆腦袋竟然會蹦出這種愚蠢沒用的念頭。「嗯，沒錯，瑪蒂，」我這麼說，語氣滿是嘲諷，「奈森在場肯定很有幫助。事實上，那真是解決了所有問題。要不是奈森是具**屍體**，我們也不必在這裡發愁。」

瑪蒂並沒有因為我的酸言酸語畏縮。她關掉水龍頭，抓了一塊擦碗布擦拭杯子，一邊朝我的方向慢慢轉了半圈。「沒錯，」她說。「若有辦法，我們要的是一個活的奈森。」

她將杯子高舉到燈光下檢查。我現在明白了，她是故意放慢動作等著我意會過來。等著我跟上腳步。那一刻我真想掐住她的喉嚨。就在她忙著擦拭玻璃杯上不存在的唇印時，腦袋中的點子悄然成形。

我直覺的反應是恐懼和難以置信。「不行。」

「好吧，」瑪蒂溫和地接受，萬分小心地折好擦碗布。

「不能這麼做，」我接著說道，掌心平貼在桌面上。

她點點頭，指甲劃過洗碗布的摺痕。「我理解。」

「在任何情況下都不行——」

「對。」

「瑪蒂，妳不明白這麼做會涉及到的層面。」

瑪蒂將擦碗布掛上烤箱的把手，輕拉邊緣直到整塊布精準地置於玻璃門的正中央。接下來幾秒她沒有出聲。等到她再次開口，那聲音輕柔到我幾乎下意識地要她重複一次——但她講得很清楚，也很謹慎，我聽到了每一個字。

「妳說得對。我不了解那將涉及到的範圍。或許妳可以解釋一下。」

我盯著她，腦袋頓時一陣眩暈。她以一種我從未有過的耐心對上我的眼神。她的表情很平和。她冷靜地站在原地，仿若她可以等待一輩子，完全無需為此事嘆息。

「好吧，」我終於回應，屈服於她的凝視。「我想第一個步驟是，我們得挖出他的屍體。」

第十二章

面試時，有時我會說科學是我的初戀。這是種善意的謊言。事實是我從未愛過科學。熱愛科學就跟熱愛自己的指甲、肺部或淋巴一樣。我一直都擁有科學，與它相伴也依賴它；我從未有任何熱愛或憎恨它的理由，就跟蘑菇沒有理由喜愛或討厭所生根的土壤一樣。

我的初戀是奈森，早在製造出瑪蒂前，他就把我當傻子耍。

他聰明幽默，我喜歡他觸碰我的方式，彷彿他的雙手寫滿了疑問，而我的肌膚能夠一次回答所有。我們見過彼此的朋友、一起去海邊、一起看電影，也花了大把時間一起讀書。

我們經常談論工作，從彼此身上汲取新點子，漸漸地就一起許下了改變世界的願望。我告訴他自己初萌芽的雄心壯志，是有關開發一種賀爾蒙調節系統，他一聽整張臉都亮了，說我才華洋溢時正是最美麗的時刻。

這不是奉承。這是愛。

愛上奈森相當容易。在他身邊非常自在——他從未讓我感到恐懼，也從未讓我懷疑自己是否有說錯話。那時候就算吵架也能很快和好，只要解決溝通不良導致的誤會，確保彼此都是出於善意就行了。

那些無足輕重的爭吵過後，他總是很快就會示弱，當時我並沒有因此惱怒，反倒覺得他很講道理。

我從未猜疑過他深愛我的內心這個說法。

我還年輕，就這樣習慣了這個與我截然不同的男人。

我沒想到留心一個人脾氣好壞的同時，也得注意他是否懦弱不堪。

＊＊＊

複製一個奈森應該很簡單才對。跟其他主題一樣，都只是常規的序列和複製程序。應該很容易才是。

結果不然。

採樣不是問題。只要挖出屍體，就有大量可用的組織，且他已經死了，採樣會比往常更加輕鬆，無須擔心樣本的尺寸或所在位置，也不必小心翼翼或行事太過保守。

雖然站在瑪蒂後院潮濕的洞穴裡，翻開土壤後那股令人作嘔的腐爛味嗆得我難受，但這真是我採集過最輕鬆的樣本。被掩埋在泥土裡兩週，奈森的屍體變得軟爛近乎腐敗。他的皮膚鬆垮潮濕，像破爛的尼龍布一樣下垂。我採了一大塊樣本，大到足以讓我信心滿滿絕對能獲得完整的序列。採樣時，瑪蒂別開頭不願直視，但當我自他的腹部抽取組織樣本時，那血肉發出的聲音令她猛地瑟縮。她也不願直視我用來存放運送圓柱狀組織的冷藏容器。

樣本的直徑大約只有四英吋，我嚴實地包裹以免運送途中碰撞損傷。瑪蒂給了我裝滿冷水的夾鏈袋——裝這種脆弱、腐爛中的組織，冷水比冰塊好，比較不會意外損壞——但我們包裝好樣本準備運送時，從頭到尾她的視線都在流理台上。她避開一切畫面，即便全是她自己所為。

我猜奈森沒有替她設計個耐受力強的胃部。

前往實驗室的路途就跟採集樣本一樣順利。我們半夜抵達，我猜當時現場只會有保全人員，那些薪資過低的警衛認得我，且會直接忽視我的訪客。我們只需進入實驗室、準備器材、替樣本進行排序就行。將多餘的材料丟掉，讓孵化加速器徹夜運轉，隔天一早回來就能看見幼童大小的鬆散組織塊狀物漂浮在由合成淋巴和羊膜組成的汪洋大海中。

此計畫完美無缺，執行起來應該沒有難度。取樣、處理樣本、研製複製人樣本。

但事與願違。當然沒那麼容易。

午夜過後幾分鐘我將車子駛入專用停車格。空蕩蕩的停車場給人一種似曾相識的廣闊感，簡陋的空間帶有一絲雜亂。瑪蒂安靜地坐在副駕駛座，雙手置於大腿上。我下車打開後車廂時她依舊待在原位，等到我輕敲車窗，將冷藏箱舉到雙眼的高度她才解開安全帶。

敲打車窗沒有嚇到她。她的表情並沒有驟然回過神的樣子，若她迷失在某個遠方，應該就會有這種反應。然而，她僅是一手按下按鈕，輕柔地將安全帶拉過肩膀然後下車。

我替她開門。她一派優雅踏出腳步，撫平裙子後雙眼透出冷靜與耐心看著我。她正等待下一步動作、下一個目的地。等待許可。

我強行吞下一股相當不理性的怒火。瑪蒂是逼不得已；她的程序就是這樣。她就是被設計來等待許可的。她每次自然而然的遲疑，都是在等待許可。她總要先看到我喝下飲料，才跟著輕啜自己杯中的液體，她總是站在門口，等待我倆眼神相接、我點頭後她才跟著進屋。

還有她繫著安全帶坐在副駕駛座，等到確認我的意思後才會踏出車外。

我想到那天她穿著睡衣坐在客廳的沙發上，仔細聆聽我的腳步聲。

我搖搖頭，她會這樣並不能怪她。這是奈森想要的結果，不是她的錯。無論事實多麼令人沮喪，我都不能怨懟她。就像我不能因為鬥牛犬呼吸太大聲就發飆一樣。

她就是這樣被製作出來的，我唯一能做的就是想辦法讓她擺脫這個模式。

她跟著我走過實驗室大樓空無一人的走廊，工業用地毯吸收了她低跟鞋的喀噠聲響。我試著以她的角度觀看這棟大樓，但這裡的一景一物實在太過熟悉了。這就像個專屬於我的地方，使得我沒辦法以旁觀著的角度觀看一切。

我朝實驗室門外的霧黑色掃描器刷卡，**嗶**一聲嚇得瑪蒂瑟縮一下。正常情況下她一顫動我就會忍不住翻白眼，但這次我僅是強迫自己不要跟著猛然一顫。那聲**嗶**聽起來太大聲、太猝不及防了。實在難以想像這麼多年來我每天都聽到這聲響，卻沒意識到有多吵雜。我突然有股衝動，想叫大樓負責人把它調成靜音。這就跟之前賽耶德聽我整天敲打書寫板一樣——但當然了，實驗室有隔音效果。只有站在氣壓過渡艙外的人聽得見，且我很難解釋為何自己想在不被任何人發現的情況下進入自己的實驗室。

「沒事的，」我嘀咕。「裡面沒人。」

「妳確定嗎？」瑪蒂問，雙肩緊繃。

「確定，」我氣惱地說。「這一側沒人值晚班，且我是唯一一個可以在下班之後進入實驗室的人。除了我倆沒有別人。」

「妳真的確定嗎？」我打開氣壓過渡艙外側的門時她又問一次。

我好不容易才忍住抓她手腕將她拽到身後的衝動。「百分之百確定，」我回答，希望我保持柔和的語調能傳達一些耐心的假象。「拜託相信我。」

她跟著走進氣壓過渡艙。我警告她這裡是正壓通風，會感覺到強勁的氣流。我也說了這是為了降低微粒和污染物進入實驗室的風險，也解釋孢子和種子的危害。我放低音量快速講解了源源不斷的資訊，大概比她期待的還要多。

這種反射性開始教學的動作是個神經質的習慣，奈森不再和我一起工作，我聘請第一個研究助理那一刻起便有了這個習慣。我沒有可講話的夥伴，只好對著助理滔滔不絕，每次她觀察我的成果時，我便會從頭到尾將過程講解一遍。詳述我的工作過程和推理對我而言再自然不過，我也發現自己很容易就會情不自禁掉入工作和講解這個有規律的循環之中。

講話時我的心跳放慢。在大廳時啃噬著我的恐懼感已然消退。只要不停帶瑪蒂認識她被製造出來的環境，我就會是那個知曉後續進展的人。我值得信賴。我掌握大局。

她有耐心地站著聽我解釋，等著氣流循環的開始。氣流吹起我的一縷捲曲金髮。她快速眨動眼睛幾下，但並沒有閉眼。她的雙唇動了幾下，但氣流循環的聲音蓋過了她的話語聲。

「妳說什麼？」我傾身，幾縷髮束貼到了臉上。

「我說，妳真的**確定**沒有其他人在嗎？」

我咬牙切齒。「對，瑪蒂，天殺的，」我這麼說，這次並沒打算掩藏怒氣。講到一半時空氣循環停止了，「天殺的」三個字迴盪在氣壓過渡艙內，響亮地相當不自然。瑪蒂的眉毛瞬間一皺，但沒有再說什麼。她的雙唇緊閉。我很好奇這是否就是她生氣的樣子。

我告訴自己這不是重點。瑪蒂可沒有權利對我生氣。我不是故意要大吼的，但就算我是故意的，也是她自找的。我正在替她收拾爛攤子。她要求我的——代替她承擔風險——非同小可。

我有權利吼叫。

況且，我已經講過很多次不必擔心了，我已經講了好幾次這裡沒有別人。我說了，她就是不聽。

那一瞬間，我感到一股野性的不耐，彷彿脖子被一條繩索緊緊勒住，必須猛力咬斷才能重獲自由。**再不聽試試看**，那股不耐低語，雖然說得對極了，我還是努力忽略這個腦中的聲響。希望她別再問還有沒有別人了，因為要是她再繼續下去，我可不敢保證腦中那喃喃自語會變得多大聲。

我努力忽視，告訴自己這不重要，接著打開壓差實驗室內側的門，走過瑪蒂踏進實驗室。我直覺伸手按下電燈開關。

我聽見瑪蒂在我身後關上門。門閂在燈光點亮的那瞬間輕輕發出喀噠一聲。螢光燈閃爍，照亮了我的實驗室。

鎢製實驗桌。充滿各個不同發展階段的羊膜和樣本的隔熱水箱。解剖台。用來應付組織液化的加深水槽。我的大型氣櫃。白板。

置物櫃的門沒關，裡頭雜亂不堪。地上有一盒手術刀，刀片散落在油布上，一旁還有零星幾個吸量管。

有個戴著黑色滑雪面罩的矮小男人，懷裡抱著好幾袋合成羊膜。

我的手滑落電燈開關，雙眼緊盯眼前這抱著我的實驗材料的男人。他愣在原地回瞪著我。

「我可以解釋，」他說了從未對我說過的這幾個字。我們共事這麼多年他第一次說這句話。

在我身後，瑪蒂輕輕哼了一聲。

我一下子明白了。

她一直在警告我。她一直用所知道最好的方式警告我——不會引發爭吵、不會直接頂撞我的方式，如此一肩承擔起煩惱的重量。

她試著警告我，我沒當一回事。

她是對的。

事實上，這裡不只我們兩人。

第十三章

我可以承認人生中、職涯中以及情感關係中犯過的錯誤。別誤會了，這可不是我的本性。我是科學家；檢視自己的錯誤是工作的一環。倘若沒有誠實的自我評估，就不可能有成長的空間。如果沒辦法排除工作中的人為失誤，那麼成果將無關緊要。

我試著不犯錯。對於能取得實質成果的研發投資，我試著讓其中的人為過失降為零。有人認為這樣太過極端，但我可不想為了迎合社會上那些霸道獨裁的觀念就去自找麻煩。從小我就安於沒什麼玩伴，身邊只有一個權威父親；安於獨自待在偌大的石造房子裡，一旁只有擁有乾淨雙手的母親；安於逢年過節時，我是寄宿學校裡唯一一個沒有回家慶祝的青少年。除此之外，長大成人後我的成功多於失敗，實在沒有理由需要依賴別人。

每一次這麼做——每次試著**需要**別人——都沒有好下場。我試著需要奈森，但需要的程度不足以滿足他渴望被需求的貪婪。他的內心深處有一部分極欲承擔我的需求，因此相當惱怒我總是拒絕他人的協助。我想這是他創造瑪蒂的原因。她需要他，真真切切地需要，就跟小狗需要有人將飼料放進牠的碗裡一樣。她不得不需要他，他們的關係完全是建立在這樣的基礎之上：她以我從未做過的方式突顯出他的重要性。

但我老早就學會了，世界上沒有人少了誰就活不下去。父親不在後，母親再也不必承受他的一切，可以將時間用來照顧我。但她沒有這麼做。她獨留我自己長大，一有機會就將我送走，父親離開後從未試著成為那個本來可以成為的母親。對我而言這是最棒的事：我學會了在真空中呼吸、行走於水面之下、獨處於這個廣褒世界。她賜予我的孤獨，教會我永遠不要太依賴任何人，永遠不要依賴別人，就算是丈夫也不例外。

然而，如我所說，我願意承認錯誤。我謹記了母親的教誨，但也非完美之人。我的規則裡有一條特例。

多年來的共事經驗，我開始仰賴賽耶德。

＊＊＊

他迴避我的眼神。

他雙手抓著滑雪面罩，用力扭擰到掌心傳來布料的斷裂聲。我很想一把搶過那面罩扔到地上，強迫他直視我的雙眼。在我看來他並沒有權利感到後悔。我不想給他感到罪惡的機會。

「學貸，」他終於開口，聲音裡滿是羞愧。「真的太多錢了，我想不出付清的方法。然後有人找上我，問我能不能賣些實驗材料，然後……這顯然是椿沒有受害人的犯罪。」

「持續多久了？」我問。「你用我的資金貼補你的副業多久了？」他咕噥了幾聲，聽不見在說些什麼。我等著，沒有要他再說一次。這是我跟父親學來的伎倆，讓沉默蔓延到令人窒息的地步。用這方法對付賽耶德就跟對付小時候的我一樣有效。過了幾秒鐘，他用力吞嚥後再次開口。

「差不多一年。」

我咒罵出聲，嚇得他不住瑟縮。想到過去十二個月我必須極力爭取經費，每一次都得證明實驗室的營運需要高額經費是合理的，每次都得解釋為何需等到下個財務季度成果才能變現。每一次我都必須說我們的產品還未成為主流，一旦成功了，大筆成本即可回收。

與此同時，賽耶德一直在偷我的東西。看他畏畏縮縮，被逮個正著後一副軟弱矮小的樣子，我不禁大為光火。他欺騙我**整整一年**的自信心跑哪去了？我要他好好展現，強迫他為自己的背叛行為感到驕傲。瑪蒂一手搭上我的肩膀。我看向她，一半是為了知道她想要做什麼，一半是為了暫時避開賽耶德軟弱無能的模樣。

她的臉上散發一種平靜感。她憑著本能就知道如何讓我冷靜下來，看起來真是像極了我母親。

我想知道，在那一刻，我看起來是否跟父親非常相像。

我點點頭露出跟她一樣的笑容，接著再次面對賽耶德。「好吧，」我說。「此事無法容忍，但可以理解你為何偷我的東西。」

「很抱歉。」他結結巴巴表示。瑪蒂又輕輕捏了我肩膀一下。

「無可饒恕，」我的語氣小聲但堅決，他又縮了一下。「你賣給誰？」

一陣猶豫。「他們找我，」他重複這句話。「有人試圖在一間共有實驗室複製妳的研究。他們只是需要採購一些我們額外的材料，以及——」

「我們**有**額外的嗎？」我尖銳的語氣打斷他的說詞。「我們有**訂購**額外的嗎？」

他又開始扭擰手中的面罩，喃喃地說：「很抱歉。」

我可以聽見瑪蒂緩慢深沉的呼吸聲，然後發現自己下意識跟著她的節奏呼吸吐納。奈森是刻意設計她用這種方法面對此等情況嗎？用以平息他那與我相仿的怒氣？還是和奈森相處了一年，她自己學會了這種方式？

在瑪蒂第一次這樣做之前，他知道自己需要有個人來安撫他的怒氣嗎？或者是，當他感覺到肩膀上有隻冰涼的手後，才突然放慢了呼吸速度並意識到自己的怒火？

我連雙眼都感覺到了心跳的搏動，但我的呼吸和瑪蒂同步，才不至於在盛怒之下賞賽耶德一巴掌。他肯定感覺到了我的注視，才終於抬頭對上我的目光。

這時他才第一次見到瑪蒂。他有注意到另一人，但專注力大多放在我身上，且又一直不敢抬頭看我，所以沒有看見瑪蒂。還沒看見。

他的眼神在我倆臉上游移。先是看向她，嘴唇微張後又轉向我。仔細比較我倆的樣貌後。他搞懂了。

如同沖蝕海岸的浪花一樣可預測卻又無可阻擋，他的目光接著下移到了瑪蒂的腹部。我看著他的神情由驚異轉為戒備，最後是一種帶有警惕的漠然。他設法換上一副專業的冷靜表情——但一對上我的眼神即刻又露出一絲恐懼。

「這是誰？」他問。

「這位，」我咬牙切齒地回答，「是瑪蒂。」

＊＊＊

賽耶德待在實驗室的時間比我想像中長得多。比任何一位前任助理都要久。老實說，我以為他沒幾個月就會離開。我的助理很少待這麼久的。

當然了，我對他期望很高。這個職位換人的速度實在太快，後來我就沒再面試新的人了——一大疊履歷堆在桌上，助理一離職我就雇用最上面那個人。但賽耶德不同。我親自選上他，將他從奈森那個死胡同博士項目中拯救出來，引領他走向真正研究的璀璨光芒。我看見他潛力無窮的才智，決定親手栽培。

提供他工作機會代表我相信他。為此我跟奈森吵了一架，是一場針對「偷走」賽耶德對錯與否的荒謬爭執。想當然爾，我是這麼說的，除非綁架，不然你沒辦法「偷走」一個人，而我可沒有綁架任何人。那次吵架愚蠢又沒意義，但終歸是吵架，我的婚姻再也承受不起這些了。我應付了這一切，讓賽耶德有機會成為他真正應該成為的人。

帶他進入實驗室後，我以為他聰明但不失天真，以為披著實驗白袍的是一個毫無經驗且無定見的小伙子，以為他跟其他人一樣畏縮、緊張又過份熱切，以為他會礙手礙腳、阿諛奉承騙取我提供指導，或者是因為想換一間要求較低的實驗室而惹惱我。

但賽耶德完全超出我的預料。他立即準備就緒開始工作，幾乎是同時間吸收了所有資訊。只要我開口他便專心聽講，即使是他早已知道的事、即使我只是為了讓空氣中有夠多噪音來掩蓋內心的懷疑也不例外。他問正確的問題、吸量管不會亂丟、不必我提醒就知道要戴雙層手套以避免汰換頻率太高，也不會用完亂丟，或者是天殺的重複使用。

他從未試圖關注我的感受。

他懂得事情的輕重緩急。

賽耶德的判斷能力無可挑剔，總會做出跟我相同的決定並給予有用的建議。與奈森有過無數次爭吵後，我內心別無其他，只有一股強烈的滿足感。當時我心想，我的眼光沒錯，花在賽耶德身上的時間沒有白費。他和我期盼的一樣精明幹練，且能力與日俱長。

一切都很合理，他在實驗室待了六個月後——打破了所有前任助理的短命紀錄——我開始信任他，讓他單獨進行一些任務。他完全不需要時間就適應了日漸增加的工作量，額外的責任似乎幫助他更加茁壯。我們倆合作無間。

奈森離開實驗室後，我第一次感受到這種緊密的專業合作關係。我信任賽耶德，學會依賴他。我讓他成為實驗室內不可或缺的一分子，比起真正的家，這裡更讓我有歸屬感。

他是我有過最棒的助理。

＊＊＊

「她沒辦法懷孕，」賽耶德喃喃地說，雙眼圓睜指著瑪蒂。「這不可能。這——」

「我知道，」我一口打斷，不想再重述一次導致瑪蒂變成殺人凶手的那次爭執。

「伊芙琳，妳**做**了什麼？」

我發現其實自己不必對他說實話，可以直接說瑪蒂是我的雙胞胎妹妹。瑪蒂毫無保留，這點與我判若兩人，他應該會買帳。搞不好他真的會相信，這麼一來事情的發展就大不相同了。我本來可以立刻炒了他，獨立完成其餘的工作，大功告成後一切就不關我的事了。

但我不打算撒謊。就算親眼逮到他的背叛，我仍然足夠信任他，得以全盤托出真相。畢竟跟我最近揭露的謊言相比，偷取實驗室材料實在是小巫見大巫。

或許我還沒準備好和人生中唯一信任的人說再見。離開奈森後，我便決定這輩子不會原諒他。我決定在我倆的關係間重重劃下一刀，劃分我倆在一起之前之後的兩段人生。這個決定千刀萬剮了我的心。

面對賽耶德，我沒辦法再次這麼做。我只有這麼一具身體，能負荷的分離有限。我沒有準備將這兩次背叛都視為無可彌補的過錯。

所以我選擇說出一切，而非撒謊。

瑪蒂自發地收拾散落一地的材料，製造了一堆不必要的噪音，讓我和賽耶德的談話內容不被聽見。我告訴他瑪蒂的身分，她的**種類**，以及她做了什麼。我也說了奈森那姦夫的下場，告訴他有關屍體的一切。

從頭到尾我都直視他的雙眼，試著解讀他對這一切的反應，試著看出他有沒有發現這是我給他的第二次機會。過程中他好幾次來回看向我和瑪蒂，但始終不發一語，只是專心聆聽。說完後，賽耶德的眼神落向我手中的冷藏袋。走進實驗室後我一直沒將它放下。他緊咬雙唇，盯著袋子不放。我還沒說裡面放了什麼，但他顯然已經知道了。

他只有一條正確的路可以選。只有那個方向才是安全的。既然他知道了一切，走錯方向所面臨的風險他承擔不起。若他將此事透露給這個小圈子的其他人，我不知道自己會做出什麼事。

我猜我會無所不用其極。

他果斷點頭。

「我們需要一個水箱，」他說完時我沉思了一會。「4896-T應該差不多沒救了。她的CPK（肌酸磷化酶氨基酶）提高，肌紅蛋白也是。我本來打算早上告訴妳的。」

CPK和肌紅蛋白是肌肉萎縮的指標——這兩者都是被釋放進入血液中的廢物，是預示著組織正在死去的輓歌。我擔心的腔室症候群果然發生了，這阻斷了流往樣本骨骼肌的血流，導致大塊的組織都成了廢棄物。萎縮。換作是另一個稍後會被判斷為肌肉無力或無法移動的樣本，或許還有機會存活——但這具樣本早就到了該離開水箱準備開跑、準備戰鬥的時間了。她早就要能夠移動了才對。關於樣本的下一步命運，總要做出個抉擇。

雖然傳來了4896-T的壞消息，我還是有股如釋重負感，因為賽耶德給了我對的答案。他證明了自己仍舊清楚事情的輕重之分。

重要的是，下一步該怎麼做。

「解剖4896-T然後進行文書作業。將她歸類為無法按照標準生長，」我下指令。看著那一大排昏暗的水箱，我在腦中重新演示了一遍創造4896-T時所規劃的替代方案。實驗室裡至少有三個故障安全裝置，靜態組織群正等待被用來彌補4896-T這種不可預測的失敗。「啟動4896-V。它的進度足夠被用來完成目標了。這次給的營養劑量適度就好，不要讓組織的負荷太大。」

賽耶德已經撕開摺疊整齊的實驗袍外的塑膠包裝。他第一次進到這裡時以為自己隨時都得穿著袍子，但現在只有在桌邊工作他才會穿上，所以每次他需要防護時我都讓他穿新的。袍子現在還是潔白無瑕，但到了傍晚就必須被扔進生物危害廢棄物的垃圾桶。

他披上白袍扣上扣子，口袋的地方因為有滑雪面罩所以鼓了起來。他停下扣扣子的動作抬眼看向我。「要先幫水箱消毒，還是先解剖？」

「解剖，」我說。「我來準備水箱。」他的眉頭稍微皺了一下——我已經有一年沒有親自準備水箱了。我通常都把這個工作交給賽耶德，相信他會執行地跟我一樣徹底。一般來說，我們會輪流不同的工作——我負責解剖時他就負責水箱，確保我可以直接取得數據，防止下次再犯相同的失誤。

然後他明白了，眉毛也瞬間舒坦開來：這次解剖只是個形式，我們已經知道 4896-T 出了什麼問題，並沒有嘗試解決問題就要將之丟棄。另一方面，準備水箱——極其重要不容出錯。我們只有一次以正確方法複製新的奈森的機會，我需要確保全程毫無紕漏。

讓賽耶德解剖等同於向他傳遞一個訊息，一如以往，他分毫不差地理解了這則訊息。

這則訊息是：我可以既往不咎。我原諒他了。

但我再也不會信任他。

第十四章

第一次見到瑪蒂那天，奈森說他需要加班。我坐在家裡餐桌邊等著，不願重蹈母親在沙發守夜的覆轍。我坐在那張木製椅子上好幾個小時，坐到大腿都麻了。我一邊喝茶一邊看餐廳評論，試著找些最苛刻的負評好讓怒火不會消散。我不想冷靜，不想失去等到奈森進門的那一剎那，將他徹底剮空殆盡的意念。

老實說，我有點興奮。這是那段時間以來第一場我百分之百佔上風的爭吵。

然而，他到家後立即將外套扔在椅背上，臉上的表情認命服從到我的怒火瞬間降至冰點。

「所以呢，」他說，「瑪蒂說妳今天去了家裡。」

「對，」我說。「我早上見到她，但早在之前我就知道了。」

我想要他為自己辯駁。我想看他發火、罵我、用那些多年來他常用的字眼羞辱我。我要他說出我何錯之有，我才得以還以顏色。他的背叛，就是我軍火庫內勢必發出的導彈。

但這些他都沒做。他只是拾起外套笑著，一個不是苦澀、不是勝利、也非懊悔的笑容。那大概是我所能想像最糟糕的笑容，遠比他所能吐出的殘酷字眼更有殺傷力。

那是**禮貌**。

「我下週會請人來打包東西。」他抓了一顆料理台上的蘋果。「在那之前我不需要任何東西。該有的家裡都有了。」

我震驚到無法言語，然後才明白他所說的「家裡」指的是他和瑪蒂同居的房子。等到我能夠再度開口時，他已經一邊大聲啃咬蘋果、一邊步出大門了。

一週後，他依言找了搬家公司來打包。我跟負責人要了一張名片，幾個月後，就在奈森通知我收取相關文件時，我也請了搬家公司來收拾我的物品。

就是這麼簡單。奈森沒有爭論，也沒有哭泣。他甚至連留下的意願都沒有。徒留的只有一堆箱子和文件，然後一切就結束了。

我們結束了。

＊＊＊

要做的事情太多，時間卻少得可憐。

需要準備奈森的組織和水箱，4896-T需要被廢止、檢查然後丟棄。正常情況下，整個流程耗費兩天——一天處理舊標本，一天處理新的。

但是這次，我們只有幾個小時，沒有出錯的餘地。

真正開始工作時已經是凌晨兩點。正確來說，兩點半才對。因為賽耶德堅持在他抽乾4896-T的血液進行安樂死時，我必須帶瑪蒂離開現場。真是感情用事，但可以理解。報廢樣本的過程可不是什麼樂事，尤其樣本醒著的話更是如此。

但這實在是浪費時間。瑪蒂若不想看的話，轉過身不就行了。

回到實驗室後，失敗的標本已經躺在解剖台上了。賽耶德在解剖區和實驗室其他部分之間架起一道簾幕。偶爾有公司代表來檢查他們投資的金錢去向時，我們都用這簾幕擋住進行中的成果。他們想知道進展，但總會被眼前的景象嚇到吐出來。

剛開始我覺得簾幕有點多此一舉，但賽耶德切下第一刀的那瞬間我就明白他的用意了。血肉裂開的聲音在近乎寂靜的實驗室內迴盪，解剖刀被丟上托盤的聲響嚇得瑪蒂猛地一縮。

看來光是轉身並不夠。

「瑪蒂，」我說，發現她雙手緊緊擰著裙子，「妳想幫我一起準備嗎？」

「好，」她低吟。

我可以假裝自己是出於善意請她幫忙，好讓她不再專注於簾幕後濕漉漉的聲響。或者我可以假裝我是在利用她的幫助——慘忍又唯利是圖，利用她那樂於助人的天性讓工作進度可以快一些。

我可以假裝是任何一者。甚至可以假裝自己知道到底哪個才是對的。

不重要。重要的是瑪蒂是負責準備測序要用的組織樣本的人。

我借她實驗室白袍以免弄髒裙子，以免她不小心灑了什麼到身上。雖然她的掌心已經冒汗，我還是要她戴兩層手套，方便一次又一次更換。我聲音輕柔，用簡單易懂的字詞一步一步仔細講解。

我覺得她聽懂了被交付的任務後，便遞給她一組剪刀、一把手術刀和一瓶乳化劑。想到接下來幾個鐘頭得時不時關照她我就害怕。我很討厭一直需要別人關切的助手，但接下來整個過程，我已經準備好手把手帶領瑪蒂。

出乎意料的是，瑪蒂根本一點都不需要照顧。她快速有效率，只尋求適量的指導。我檢查她的每一個步驟；每一次，她都精準達到我的要求。

我們在幾個關鍵時刻互換位置——在我處理一些棘手的組織分離和液體取樣時，她負責一些比較瑣碎的水箱準備工作——但是最終，困難的部分也成了她的工作。

我交付她一份本來應該交給賽耶德的工作。他知道怎麼準備樣本，完全不需要我的督導就能完成。

瑪蒂可以負責準備水箱，我負責解剖，賽耶德處理組織。這樣安排不會出錯。如果這個實驗還有第二次，我肯定會如此安排。

但這次不然。讓她處理樣本更加實際，這任務規模小得多。這項工作雖然更加繁複，卻較容易解釋，但同時也更容易出錯。再者，最關鍵的理由在於——讓瑪蒂負責樣本，不知何故是比較明智的決定。可以考驗她。

她全神貫注在任務之中，足以讓她不受賽耶德手中骨鋸的嗡嗡聲影響。我偶爾會看到她對著作品露出滿意的微笑。雖然我有點擔心瑪蒂沒辦法勝任，但她卻是出乎意料地上手。她天生行家。真沒想到我會以她為傲，但事實擺在眼前。

破曉之際，一切就緒。

標本 4896-T 已裝袋準備火化。發育成奈森的核心材料已經準備好——機器列印的幹細胞、半打成長因子、穩定器及簡配的自由浮動細胞骨架全數都已懸浮在少量的合成羊膜之中。我再次檢查乳劑的含量時，雙手因疲憊顫抖不已。乳劑是我們用來培育我嫁的那個男人的化合物。

我們沒有可用的培育材料了，其餘的一旦使用便會超過當前的預算，尤其現在這筆預算還得扣除賽耶德的小副業。再者，我們只有一個奈森。

必須要完美無缺。

「好，」我說。「應該都就緒了。」

接下來的工作都是小事，沒什麼特別的高潮。整個氛圍沒有壓力、沒有緊繃，也沒有勝利的快感。我們都累壞了。賽耶德和我試著要平常心處理例行公事，同時也要避開在我倆之間陰魂不散的那起背叛。瑪蒂則是像個局外人安靜地旁觀，眼神始終放在器材上。

一如往常，水箱必須注滿液體。賽耶德用力塞上塞子後將奈森的乳劑倒進水箱底部。同時間我開始處理基質——合成羊膜和全氟化碳混合在一起的物質。這兩種液體會以相同的速率被倒進水箱，達到相同的量後便會融合在一起。整個過程有點像是將打散的蛋倒進逐漸加熱的液體裡稀釋；此時羊膜已經融入組織液中，兩者可以更容易混合成基質。基質可以防止組織太快結晶，也可以避免組織凝固成一團團無用鬆垮的爛肉。

一切都很順利。液體逐漸注滿水箱，帶血的粉色液體逐漸上升到強化玻璃的頂部。氣泡在濃稠的液體中載浮載沉，試圖衝破表面。全部氣泡都消失後，液體就會像冷卻的明膠一樣凝固。

發現丈夫外遇那天，我們正開始 5183-N 的孕育程序。那晚在實驗室我親自注滿水箱，熬夜工作以逃避回家。罪證確鑿之前，我還沒準備好面對奈森，也沒辦法忍受睡在他旁邊。

那晚我在水箱前站了一個小時，看著每一顆氣泡緩慢地飄向空氣中，看著箱中的粉色液體色澤逐漸均勻、澄澈，最後變成一個供人體生長的空間。氣泡全數消散那一刻，我明白我們的婚姻也跟著不復存在。

他做了那件事後，一切即走到了盡頭。

瑪蒂站到我旁邊，盯著水箱的樣子就跟數月前我的表情一模一樣。她輕輕抓著凳子邊緣，指尖不住敲擊。「看起來不多。」

「很好，」我回答，脫掉手套好揉揉眼睛。「現在還只是培養基。幾個小時後就會變濃稠。」我的眼前閃過一顆顆白色小點。我以掌根壓著雙眼，腦袋裡算著距離上次睡覺已經過了幾個鐘頭。

「伊芙琳——」賽耶德正要問問題，但被我打斷。

「今天就到這吧，」我的語氣粗暴，沒有商量的餘地。「回家吧。回去休息。」我給他一個銳利的眼神。「去送你的貨吧，記得告訴那些人這是最後一批了。明天見。」

「需要有人留在這裡照看……他嗎？」瑪蒂指著水箱，一個月後，裡面會有一具她的製造者的複製品。讓他懷孕的那個男人。試圖殺害她的男人。

我覺得非常可笑的是，她竟然想到要照看他。

「不用，」我說。「現在什麼都不必做，就算有事我們也無能為力。就這樣吧。老實說，瑪蒂，看看妳自己。」我以一種居高臨下的姿態，漫不經心地手指向她，仿若她整個人一團糟——但事實上，我在她身上看不出一絲疲憊的跡象。「妳累了。大家都累了。回家吧，回去睡一下。」

我朝賽耶德鄭重地點頭。「收工吧。」

賽耶德遞給瑪蒂一副鏡面墨鏡。她戴起來太大了。「離開時戴上，」他說，瑪蒂點點頭，半張臉都被墨鏡蓋住了。接著賽耶德便不發一語，很明智地不違背我的指令。

這不是新鮮事：他通常都會遵照我的要求，沒有半點異議。但現在我倆之間有了變化。一直以來我們都是互敬的友好夥伴。現在，我們的互動挾帶了一絲**服從**的味道，我的話語多了一分殺傷力。

就這樣吧。是他自討苦吃，我不打算挽救這樣的局面。我心想，搞不好哪天——有大把時間和大量工作時——我能夠再次信任他。我們可以再次一起工作，一如以往。

我們走出實驗室，戴著墨鏡的瑪蒂走在我身後幾步之外，剛好遇到了第一位抵達的同事。沒有人多看瑪蒂一眼。我漠然地打個招呼，他們沒有多想，因為我一直以來都是這樣親切，卻也輕蔑、冷漠。彷彿我正在做更重要的事情。

我不想讓他們覺得自己很重要，只求他們別擋住我的去路。一路到車上瑪蒂都戴著墨鏡。坐上車後她繫上安全帶、頭向後傾，吁出一口長長的氣。陽光投射到她臉上細小柔軟的汗毛上。我忍不住盯著她臉上光滑無皺的部分——嘴角、平整的雙頰。我知道在那副墨鏡之下，她的眼角也是一絲紋路都沒有，但她的雙眉間有道淺溝，不知道為何她經常皺眉，才因此落下了這道痕跡。

「妳為什麼要幫我？」她這麼問道，我敢說她感受到了我的視線，但卻沒有轉向我。

我可以撒謊，但卻沒有這麼做。裝出一副善良的樣子或許比較容易。**因為這麼做是對的，因為妳需要我，或者說，沒有理由不幫**。但經歷了這一切後，我認為她值得我最誠實的答案。

「之所以幫妳，單純是因為我不想跟妳一起捲入麻煩，」我這麼說。「若袖手旁觀，一旦妳被發現了，我的研究勢必也會受威脅。」我發動車子，多此一舉地調整後照鏡。「我的研究將會面臨道德審查。我會失去信譽，數十年內都將難以恢復。我承受不起這些。」我煞車好讓另一輛車通過，趁機轉頭看向她。「這是在降低風險，控制損害。我別無選擇。」

瑪蒂點點頭，將墨鏡推至頭頂，雙眼跟著慢慢閉上。寂靜的車程過了幾分鐘後，她開口了，但雙眼仍然緊閉。「我沒有睡著，」她說。「太早了。只是眼睛有點累。不必為此保持安靜。」

我用力吞嚥，因為我**確實**為了她保持安靜。考慮到她肯定精疲力盡了，我想讓她睡一覺。然而，當然了，這跟她疲累的程度沒有關係。

九點半之前她睡不著。

還有十四個小時。十四個保持清醒、等待睡意的鐘頭。一陣突如其來的噁心浪潮襲向我，消退之後，徒留下一股想躺在某個黑暗空間的強烈衝動。

「服用鎮靜劑有效嗎？」我問。

她手指肚子。「沒試過。我一直都是在備孕或懷孕的狀態。奈森禁止我服用任何可能降低機會的東西。」

我想到床頭櫃上的安眠藥，試著回想那會不會危害到瑪蒂。危害到寶寶。我的思緒遲緩，想不起來。實在太累了。

「沒關係，」她說，雙唇抿成一抹敷衍的微笑。我很好奇她的眼裡有沒有跟著透出笑意，但視線被後照鏡擋住了看不到。「我可以把腳抬上來閉目養神一下。不用擔心我。」

我手指敲著方向盤。我告訴自己，這種前所未見的羞愧感只不過是疲累的副作用，並非我做錯了什麼事。瑪蒂自己很清楚她要晚點才能入睡，對此她沒有再多說什麼。她並沒有在能入睡的那段時間要求躺下。那是她自己的選擇，與我無關。不能指望我滿足她的所有需求。

儘管如此，我的良心卻隱隱抽痛，像個正在拉扯媽媽袖子的小孩。我不必為瑪蒂的決定負責。雖然這個事實擺在眼前，我也說服不了自己事情有這麼簡單。

瑪蒂被設計來取悅他人。服從是她的程式碼。奈森用我的技術將她設計成一個為了幫助我完成棘手任務，自願犧牲夜晚睡眠時間的人，早在帶她進入實驗室前我就明白了這點。我忘了她有限的睡眠週期，但這不是藉口——我利用了她，她甘願承受。

我嘆口氣，任由內疚與疲憊的感覺淹沒全身，擊垮我的最後一道防線。*就這樣吧*。「妳想跟我回去嗎？」我問，趕緊又補上另一個選項。「如果妳想獨處也行，我只是在想——」

「拜託，我跟妳回去，」她回答，聲音因疲憊不堪而緊繃。「我希望今天別再踏進那間房子，尤其是自己一個人。」

「我家一團亂，」我警告，駛入住家外的街道。「東西幾乎都沒收。」

「沒關係，」她虛弱的語音透出一絲惱怒。這是我第一次聽到她聲音帶有情緒。「我不介意。」她又說，語氣柔軟了些——但還是與先前略有差異。她生氣了。

她幾乎是在**爭論**。

出於某種說不上來的原因，我解脫了。她並不是完全的服從。我看到一幅似曾相識的景象——眼前彷彿出現那隻奈森用來指責我的大黃蜂。

搞不好，我心想，瑪蒂跟我還是有相似之處。

搞不好，她並沒有比較優秀。

第十五章

半夜，我在新買的沙發上醒來，完全沒有印象自己怎麼會在這裡。沙發的布料聞起來還有展示中心的味道。我身上蓋了一件上週才買的小毯子，眼前一堆開封的箱子這景象真是令人崩潰。那天我滿腔怒火走進商店，很氣自己竟然需要打開一堆箱子才能找到讓自己舒服點的東西。都是奈森的錯，我毫不留情地下結論。

他害我花了一小時還找不到合適的床單，活該去死。

那天買的毯子柔軟厚實，替幾乎空無一物的客廳帶來一種矯揉造作的舒適感。雖然是自己的選擇，但我很不滿它竟然這麼舒適。看起來簡直是在譁眾取寵，突顯出一種尚嫌不足的慰藉。我不滿它竟是我需要的東西，恨自己竟如此依賴它。

在一片漆黑的客廳中，我緊緊裹住自己，一邊回想自己是如何爬上沙發。我記得自己開車駛上街道，但停車、走入家門的記憶卻被一層薄霧所掩蓋——中間的片段只剩一團墨黑，以及被包裹在深色天鵝絨內的深沉睡眠。

我披著毯子，一聲不響地踏入走廊。暖氣沒開。我強忍著不顫抖，搬進來後第一次按下暖氣開關。牆內深處某個東西喀噠一聲，發出轟隆聲響，空氣中滿布粉塵的氣味。

雖然氣溫很低，但瑪蒂沒想到要開暖氣。她不知道可以調節溫度嗎?還是她怕我不希望她改變氣溫？我想到她在雨中站在奈森墳墓內的模樣，比我忍受更久才開始冷得發抖的樣子。也許她只是不像我一樣感覺到有多寒冷。

我站在通往我房間和辦公室的樓梯底部。

四歲那年，母親教會我夜半時分該如何在樓梯上行走。

當時父親外出吃晚餐，好幾個小時不在家，回來後渾身肯定會瀰漫杜松和香菸的味道。母親帶著我上下樓梯好幾回，示範如何墊起腳尖躡手躡腳每一步。她說腳步要踏在每一階的最深處，木頭地板才不會嘎吱作響，也要我記住哪幾階踩到時會發出怪聲。

我們練習了好幾個小時，爬上爬下直到我可以像她一樣悄無聲息地移動。

等到她覺得我學會了，便要我站在樓梯頂部。她自己則背對我，遮住雙眼站在底部等著。我印象中她的指尖在髮際線處顫抖。「神不知鬼不覺從我旁邊走過去，」她這麼說。「別讓我聽見妳開了大門。」

第一次我就成功了。指尖碰上漆成白色的木門時，我喊出勝利的狂喜，母親將我緊緊摟在懷裡，臉龐埋在我的頭髮裡放聲大笑。

我說，我等不及要展示新技能給爸爸看了，但她卻搖搖頭。「我們不給他看這個把戲，」她眼神堅定地說。「這是我們的秘密。」

我記得自己鄭重其事地點頭，對於能和母親共享一個陰謀感到心滿意足，也知道只有父親不在場時才能用這個偷偷摸摸的新招數。

我不知道**原因**。當時我還不明白，為什麼母親需要在不被發現的情況下在家裡走動——但當時的我，只要和她共享秘密就別無奢求了。

踏上這間小別墅的階梯時，我想到了母親。

我踮起腳尖，每一步都踩在階梯的最深處。

悄然無聲。

我的房門只開了一條縫隙，輕輕一推就向內敞開，鉸鏈完全沒有發出聲響。

瑪蒂面對她的左方蜷縮著，衣服都沒脫就直接躺在被單上。我突然有股超現實的篤定感，認定自己是屋裡的陌生人，看著眼前的自己熟睡。看到她背對我的樣子我好震驚，現在才知道原來自己熟睡時的背影是這個模樣。

我研究起那背影的輪廓：看著瑪蒂的肩膀和臀部分別在脊椎的頭尾兩側形成類似括號的弧度，看著她的椎骨在脖子底部凸起。她的髮絲披散在我的枕頭上，灑落房內的灰濛月光映照出了金色頭髮的光芒。

她看起來好嬌小，呼吸緩慢而深沉。她的其中一隻手，左手，擱在枕頭上緊握成拳頭，大拇指被其他指頭緊密包覆，另一隻手則搭在肚臍上。

這是個防護的動作。小心提防。

我從未看過樣本睡覺。我看過它們處於無意識狀態，蜷縮成胎兒的姿勢，或者是四肢攤開躺在桌上供檢查。我看過它們被施打鎮靜劑接受修整。我看過死去的它們，肩胛骨間被賽耶德放了橡膠磚，胸膛挺向空中讓解剖得以更容易。

但我從未看過睡著的樣本。

瑪蒂躺著的方式也是根據程式編碼嗎，還是根據她的身形？她睡那邊是因為奈森喜歡床的另一側嗎，還是出於她自己的選擇？她握拳包覆大拇指是長期被修整調節而出的結果，還是根深柢固的天性？

我也包覆著大拇指輕輕握拳，想起父親曾經說過，揍人時大拇指要放在外面。他說這樣才不會折斷手指。我記得那時他緊緊握住我的小拳頭，用力壓住大拇指讓我感受它是如何地緊繃。「知道這樣有多痛了嗎？」他說。「現在，想像妳全力毆打一個東西，這樣的緊繃壓縮感將會來得多麼快速。妳的拇指會像樹枝一樣啪一聲斷掉。」

我點頭，緊咬嘴唇避免叫出聲。我知道，若我出聲了，他只會握得更用力。就那麼一秒而已，為了確保我有學會這件事。

若沒有父親那樣教我，我會不會跟瑪蒂一樣，睡覺時將大拇指包覆在拳頭中？

我沒有換衣服就爬上床，沙發上那條羊毛蓋毯還披覆在我的肩膀上。我背對瑪蒂，讓兩人的脊椎面對彼此。我弓起身子讓我倆的腳底相對。她沒有移動。

聽著瑪蒂平穩的呼吸聲時，我抬起右手擱到枕頭上。鬆散的拳頭很接近我的口鼻，手腕被呼出的氣息給溫熱。等待睡意之時，我用拇指的肉墊勾勒著食指的輪廓，觸及指關節邊緣的老繭——這隻手終其一生做事，換來了一塊塊微小粗糙的硬皮補丁。專屬於我的補丁。

我的拇指撫過這些老繭，感受著屬於我一人的地方，等著睡意襲上。

良久，我才進入夢鄉。

＊＊＊

小時候受過最嚴重的傷是手腕骨折。是母親發現我一隻手總是東躲西藏，所有事情都是由另一隻手完成。她一把抓過我藏在背後的手，緊握我手腕的力道大到我差點哭出來。

但我很擅於保持靜默。

她稍微驚呼一聲，透過我的表情理解疼痛的程度。她一根手指伸到我的雙唇前示意別出聲，默默替我穿上鞋子後帶我去不是父親任職的那間比較遠的醫院。

我記得那天醫生給我們看了X光，一手指著尺骨處的螺旋骨折。「妳的骨頭還很年輕，這是種穩定性骨折，」他說，「所以很快就能痊癒了。是不是從遊樂場的攀爬架上摔下來了呀？」

我趕緊搖頭，他又緩慢重複問道：「是不是摔下來了？從攀爬架上對不對？」他眼睛眨也不眨，急切地猛盯著我，等到我點頭才願意收回目光。「我就知道。」他說，那時我才第一次意識到，醫生和科學家們肯定都互相認識。

我著迷地盯著骨折處。那代表的是我隱藏了將近一整天的痛苦的證據。我父親對著淺藍色的石膏翻了個白眼，但那夜在書房裡，他向我展示了人體骨骼的圖解。我問他醫生說的骨頭很年輕是什麼意思，於是父親教了我有關生長板的知識作為解答。我給他看骨折的地方，他說我很幸運：若是成年人螺旋骨折，可能就得動手術。他告訴我，外科醫生可能會把釘子插入骨頭內做治療。他給我看了他腿上的一條傷疤，讓我感受上頭的腫塊，正是起因於插進裡頭的釘子尺寸不對。

拆掉石膏後，我的手感覺怪異潮濕又蒼白，彷彿是我常在母親花園看到的青蛙的下腹部。我輕輕觸碰著，讓極為敏感的手腕處肌膚感受著自己指尖的紋路。我知道我已不再是六週前的自己了，我的身軀永遠改變了，待我死後，血肉徹底化成灰燼後，骨頭處仍留有這個可見的變化。我知道自己體內的某樣東西已經徹底不一樣了。

我想知道人與人之間的影響力，何以創造這種永恆的改變。

我從未有機會與父親談論這點。等到我手臂恢復成正常顏色時，他就不見了。

第十六章

隔天醒來，我又是孤身一人。

床的另一側——雖然不願這麼想，瑪蒂睡的那一側——已經收拾平整，枕頭也拍蓬鬆了。我仍裹著客廳那條毯子弓著身軀，雙肩緊縮在耳朵兩側。我只是太冷了所以沒辦法再度睡著。暖氣散發出的粉塵味散去了，取而代之的是一股更甜美好聞的氣息。淡淡的香草味揉雜著隱隱約約的潮濕熱開水氣味。

我把毯子留在房裡，覺得裹緊緊的樣子被看見實在尷尬。想到像個嬰孩一樣緊緊抓著毯子的模樣被看見就很不是滋味。事實上，排山倒海而來的疲憊感已經消退，我一點也不希望瑪蒂繼續待在我家。我試想自己熟睡的時候，她還看見了屋子裡的什麼東西。

下樓後，情況比我擔憂的還要糟糕。

我客廳裡的所有箱子都被拆開了。書本們被放到原本空蕩蕩的架子上；台燈組裝好點亮了。沙發其中一端有疊摺好的小蓋毯，咖啡桌上有罐完全被我遺忘的蠟燭正搖曳著火光——肯定就是香草味道的來源。房裡溫暖又宜人，任何時候我都沒辦法能安排地這麼周到。

眼目所及一個紙箱都沒有了。這地方看起來活脫脫是某個人**生活**的空間。

廚房裡匡噹作響，還傳來一陣輕呼。我輕手輕腳踏過客廳，站到了廚房門邊。瑪蒂肩膀上掛著一條擦碗布站在椅子上，正在將一疊盤子收進櫃子中。她的手臂高舉向櫥櫃，手肘處柔軟的線條彎成了一個相當不穩的角度，洩漏了她力氣不足將一整疊碗盤搬上去的事實。她頭上繫了一條頭巾，看起來跟掩埋奈森時用的是同一條，不知道她是不是無時無刻都帶著這條頭巾，隨時準備好收拾家裡、打理車庫或埋藏屍體。

「妳不需要做這些的。」我開口道。我沒打算聽起來語氣尖銳，但也不打算顯得溫柔。我沒有放低音量，但這樣突然出現顯然沒有嚇到她，這令我想起聆聽、等待就是她一慣的姿態。我知道她肯定聽見我發出的聲響了——在樓上時漫不經心的腳步踩得天花板嘎吱作響、慢慢踏過客廳的聲音，以及最後在門邊止步也震盪出了一陣響音。

瑪蒂知道我在，也知道自己正被目不轉睛地看著，但似乎一點也不受干擾。

她可能習慣了吧。

「不然我還能做什麼呢？」她這麼說，一邊將最後一個盤子放好。她轉向我，用手腕背面揉著眉頭。「我六點就醒了，記得嗎?等妳起床的時候，我可不能就那樣坐著對著牆壁發呆。」

「妳可以……我不知道。看個書或看個電視，或者……做點別的事。」我的語調比預期來得僵硬，但實在沒辦法和緩下來。「妳不必做這些工作。」

她搖搖頭。「沒有修補衣服或其他事情可以做。」她看著我的臉這麼解釋道。「如果想看電視的話，同時間我還得做點別的。我不能只是坐著，那樣會渾身發癢的。而且我打開那箱書時書架剛好就在那裡。**一點都不麻煩**，真的。」

我突然有一股怪異、病態的怒火。一點都不麻煩，她這樣子描述一件我甚至沒辦法強迫自己開始的事。說不上來她是真的覺得不麻煩，還是想提醒我，我一直在拖延一件很簡單的事。我也不懂什麼叫不能只是坐著——是指會坐立難安，還是奈森將她的身體設計成沒辦法停下動作？這兩者有什麼區別嗎？要怎麼問這個問題？

這重要嗎？

母親滿臉不贊同的表情掠過腦海，我幾乎可以聽到她說：*有人幫了妳一個忙，伊芙琳。*

「謝謝妳，瑪蒂，」我不由自主這麼說，發自內心的感謝。「妳幫了大忙。我不該將這麼多事全丟給妳處理。」

「沒什麼，」她回應。「真的。這就是**我存在的目的**。」

又來了——那種苦澀又尖銳的語調。她爬下廚房凳子，將它推到用餐區的小桌子底下，接著才含笑面對我。「再說也差不多了，至少廚房和客廳都收拾好了。其餘地方我就不敢說了。」

我們盯著彼此幾秒，一股沒來由的怒氣再次襲上我。我有種被責備的感覺，彷彿輸了一場小小的競賽。*其餘地方我就不敢說了*這話聽起來像是某種威脅。我站在角落，不知為何被逼退至這等境地。

不必說，我又有了不必要的防禦心理。

和奈森吵架時，他說對了一件事。他不避諱地讓我知道在他眼裡我是個什麼樣的人——我需要掌控大局，若有人暗示我搞不懂自己的行為舉止時，便會勃然大怒。「只要當不成那個發號施令的人，妳就會變成一個不折不扣的婊子。」他不只一次這麼嘟囔，通常都是在我打算談論家庭開銷的時候。

好吧，老實說是這樣：當我想針對家庭開銷**吵一架**的時候。這是我們倆共同分擔的婚姻責任之一：奈森制定預算及負責運用，我則確保所有帳單都有按時繳交。當時看來這樣很合理。這讓我發揮了追蹤進度的能力，也讓他能發揮穩定、有邏輯地計劃事情的熱忱。

同時，這也意味著，我沒有發現從什麼時候開始錢憑空消失了，用以支付奈森那間我毫不知情的秘密實驗室。他用來替自己製造一個新的妻子的地方。當我發現錢不翼而飛時——我和他對峙，試圖逼問出戶頭存款比預期少的原因——他無可避免地對我生氣的理由做出了精準的評論。

「妳只是在氣我不受妳的監督。」奈森會這麼說，且所言不假。我很不滿他沒有告知我所有財務細節；不得不相信他的判斷令我相當不快。

最糟糕的是，我的懷疑是對的。我一直很清楚想要掌控全局乃至最微小的細節，這麼做並沒有實質幫助，甚至非常病態。我一而再再而三檢查任何事項。儘管如此，只要一有疏忽，我的丈夫就會用我們共同的財產打造一個新老婆，我的研究助理就會用我的研究款項貼補他的副業，既然如此我何必費心檢查呢。

不管我是一個需要手掌大權的婊子，還是一個輕易受騙的傻瓜。都沒有得到所謂的勝利。

瑪蒂所代表的，不僅僅是我未能創造一個萬無一失的複製人；也是象徵我未能留住那個當初相遇時非常好的男人。結婚之前很好的那個男人。

她更是我沒能處理好事情的後果。

現在她站在我的廚房，不知道將我的餐具都收到哪，還以既冷冽又空洞的眼神緊盯著我，衡量著我。

正是如此，這就是我憤怒的點。**她怎敢如此**，我納悶，心中的聲響又大聲又急切，全起因於瑪蒂竟敢衡量我，竟敢未經允許就做了那些我不樂見的事。她擅自闖入了我的生活，來到我家彷彿有權利干涉我的物品一搬。**她怎麼敢？**

詭譎的怒火在我體內翻騰，越發猛烈、狂暴，如恐嚇般襲捲了我。這感覺既黑暗又殘酷，也如此熟悉，為壓下那怒火我嗆得幾乎窒息，但勉力做到了。我決定以同樣的水平相待：體貼與風度。我決定不在自己家裡輸掉這場比賽。

我笑了。「真的很謝謝妳。」脫口而出的是我母親的嗓音，平穩低沉僅挾帶了一絲絲怒氣，這樣的語調總是免不了些許忿恨的。「妳太貼心了。我從未料到妳會如此，更是沒想過這麼要求。」

「小事。」她重複這麼說，表情相當鎮靜。

「妳想洗個澡嗎？」我問。「如果不想繼續穿著睡覺時穿的衣服，我可以借妳幾件。」

這番話語彷彿直接將液體注入脊髓般，效果立竿見影。瑪蒂的表情瞬間軟化了。有那麼一秒她閉上雙眼，肩膀也跟著垂下。她點點頭低語道：「我很想換件衣服。」

她話才說到一半就沒了聲音，但我知道她要說什麼，我的腹部緊跟著一陣下沉，翻騰的暗黑怒火也隨之消散，獨留下我這頭滿身水漬，卻只剩一具空殼的猛獸。

有點麻木不仁的我帶著她走到浴室，並遞了一條毛巾過去。聽到水聲後我癱坐在地，雙手抱頭，眼睛眨也不眨地緊盯著自己的膝蓋。

剛剛宛若一場對峙，一場意志力的較量。感覺就好像她正試圖削弱我，藉由指出那些對她來說輕而易舉我卻做不到的事情來擊退我。那一瞬貌似脆弱不堪，她那悄無聲息的狠毒終於要破繭而出了，她當然狠毒了，畢竟我倆的組成元素別無二致。

但我真是大錯特錯。整段時間，那些被衡量和介入的感覺，那種我想用雙手全力按壓她的太陽穴、直至她屈服於我憤怒的壓力之下的感覺——全是浮雲。一切都是無中生有。

瑪蒂可沒打算陪我玩這種被動攻擊的遊戲，也壓根沒有想在我腳底下挖洞。設陷阱和齜牙咧嘴都不是她的選項。

她只是等待。

就這麼等著。等著我叫她停下工作，等著我允許她用浴室，好換掉那身穿了好幾天的衣服。前一天我就那樣睡著了，完全沒讓她好好洗澡更衣。我在沙發上昏睡一整天時她有吃東西嗎？有喝水嗎？或者都在等待許可呢？

我閉上雙眼，強迫自己呼吸。

對此我根本毫無準備。我沒有頭緒該怎麼照顧她、該怎麼理解她的需求，甚至不知道需求為何。我還沒準備好，免不了的犯錯使我心驚，一步錯步步錯，沒有一件事是對的，因為我**完全不知道**該怎麼做得正確無誤。

我一直都不想要小孩，也不想要現在這種局面。

然而，我提醒自己，所有的一切都是始料未及——我丈夫不愛我的事實、瑪蒂存在的事實。她的能力所及和有求於我。和這些相比，她的照料和回饋一點也不可怕。

水流聲戛然而止。我起身進入房裡拿些要借給瑪蒂的衣服，我翻遍一個又一個箱子，好不容易找到一件從來沒穿過的連衣裙，那是好幾年前奈森送我的禮物。我以全新的目光審視它，仔細端詳裙擺的線條、領口的弧度與垂墜的袖子。

我記得自己收到奈森買的這件連衣裙時十分困惑，百思不得其解他怎麼覺得我會穿這種東西，那跟我其他所有衣服完全是兩種風格。我記得收到這份不合宜的禮物時自己有點生氣。

但是，我懂了，這份禮物其實另有所屬。

所以說，敲響浴室的門之前，我就決定將這件衣服直接送給她。

畢竟這本來就屬於她。

第十七章

我和瑪蒂抵達實驗室時賽耶德已經在裡頭了，一如往常。他的黑眼圈很深，臉上掛著羞愧的表情，看他這樣拚命工作我突然大為光火。我也累了。而這一切都改變不了他背叛我的事實。

但看到他我還是不禁心軟了一些。我不太常同情他人，但到底也不是個殘忍之人。我不是那種為了懲罰某人就揪著對方弱點不放的人。

我不是魔鬼。

「你做了哪些？」一通過氣壓過渡艙我就問。他完全沒有浪費時間打招呼，直接遞來一塊貼了毛氈的書寫板。

「目前的數字很不錯，」他說。「二十分鐘前我注射了第一劑皮質前導。」

我快速掃過表格。賽耶德將此命名為奈森-2。「銷毀所有貼著這個標籤的東西，」我說，將表格還給他。「此項目名為4896-薩德。還有要注射一些生長激素抑制劑，知道嗎？」

我看著裝有新奈森的水箱底部的溫度計。「裡頭有點太熱。」

賽耶德點點頭立刻動工。我待他並沒有比往常嚴厲，但就和前一晚一樣，我們之間那種輕鬆的信任感仍舊不見蹤影。他完全沒有空間犯下讓樣本水箱內的溫度過高這種錯誤。容不得任何玩笑。照例，我交代他工作，他完成就是了——但我們之間有東西破裂了，而我想不透未來該如何回歸過往的狀態。我們只得以蹣跚前行，任由自身的重量繼續壓著那段已然破碎的關係。

我覺得渾身不自在，獨留賽耶德在原處便和瑪蒂一起坐在實驗室角落那搖搖晃晃的桌邊，這邊所有東西都貼上「僅供用餐」的標籤。瑪蒂雙手捧著一杯薄荷茶，眼神緊盯著水箱，眉頭緊蹙的程度幾乎加深了她額間新生的線條，也就是我不久前注意到的那條紋路。我沒有替她做準備，也不知道她需要什麼，但這條紋路我一下子就能看出。這個，我應付得來。

＊＊＊

第一次向羅娜．凡．斯楚普提案神經認知編程時，她將此段談話視為一個學習的機會。當時我是她的研究助理，容光煥發、雙目炯炯、蓄勢待發準備改變整個世界。那時我才剛寫完博士論文大綱，墨水都還沒乾呢，距離認識奈森還有一年，還在為探索如何加強複製人胚胎發育的羅娜遞水。

在她看來，我的構想——趁複製人成型時即塑造它的心智——是種練習。是一堂批判性思維課。她總要我自己釐清為何我的想法不可行。

當然了，我將那當作一種假設——夜深人靜，自動取樣儀例行運轉時用以打發時間的「如果……就……」的幻想。我們就著紙盤子吃披薩，一片片自披薩流淌而下的油脂壓得盤子彎曲變形，我們倆就這樣一邊吃，一邊討論為何我的想法純粹是天馬行空。

「首先，」羅娜說。「妳需要一張複製對象的完整心智認知圖。」

「不論準確率為何，幾乎不可能製造出**任何人**的完整心智認知圖，」我順著她希望的立場，否定了自己的提議，表明自己也理解這個構想中的漏洞。

「然後，妳還要想方法把認知圖強加在那……該怎麼說？乾淨的頭腦上？」她毫無居高臨下的態度，語氣也不帶一絲惡意，但「乾淨」這個詞聽起來獨具分量，顯露了我提出的概念是何等荒謬。

我用手中的披薩指向她的腦袋。「搞不好我們可以想出一種讓心智恢復空白的射線。用電流，眨眼間妳的腦袋便宛若白紙，然後就能複印上另一個人的大腦了。小事一樁。」

她笑了。「就照妳說的吧。完美。用腦電波，然後打造一個全新的腦部框架……具體作法呢？」

「電腦晶片？」我嘴裡幾乎滿是食物。「或者……賀爾蒙調節如何？」

「噢，太完美了，賀爾蒙調節。」她誇張地點頭如搗碎，雙眼跟著瞇起來。「因為我們完全知道哪些賀爾蒙對應到哪些行為模式。我們百分之百確定，完全不會做出相互矛盾的假設。」

「沒錯，輕輕鬆鬆，」我雀躍地說。「然後妳就只需要鎖定好該框架，以防複製人在最初幾週嚴重偏離原先的設定。」

「小菜一碟。」羅娜笑出聲，我也跟著笑了。我承認這想法很可笑，漏洞百出，天方夜譚。

但那晚稍後，我發現她若有所思地盯著我瞧，幾天後，她遞來一份認知發展初步理論的白皮書。

「讀讀這個。」她說，我依言照做，然後我懂了。

＊＊＊

「準備好開工了嗎？」我問。

瑪蒂眨了下眼後看著我，貌似需要點時間理解我的話。「當然，」她回答。「妳需要什麼？」

「是這樣的。」我們面對面對視，彷彿兩人地位相等。「有個棘手的任務。妳對神經認知編程知道多少？」

她的表情平靜。「抱歉，」緩慢的字句出自她口，語音毫無一絲顫動。「我可能聽錯了。可以麻煩妳——」

「好，」話音未落我便打岔，她講話總句句道歉，想在我感受到自己的憤怒前承擔所有責任，這種表達方式已經讓我相當不耐了。「編程。我們需要設計奈森大腦的程序。妳知道原理為何嗎？」

她輕啜一口茶，眼神落在我肩膀上方的某個點。她額間的紋路更深了。「不知道。」回應終於說出口。這聲「不知道」是有層次的。換作另一個人就會傾聽深藏於這句話中的苦痛；就會留心關切，詢問對方語音中的憂愁何來。

但我們可沒有閒功夫這麼做。我們沒辦法將時間浪費在她的情緒上。賽耶德已經注射了定義新的奈森形成後大腦構造為何的皮質前導液。我們得開工了。

「正常情況下，」我解釋，「神經定位是最初始的步驟。」我等著她理解的神情，但落了空。她只是像個細胞框架一樣滿臉茫然、腦袋一片空白，等著進一步的說明。他媽的永遠都在**等待**。「也就是說，我們要替複製的大腦拍照。」我試著這麼解釋，她點了下頭。

我在心裡默默調整了與她討論整個過程的方式，盡可能簡化每一段解說。打從我開始申請企業資金後，就被迫要事先準備好簡單明瞭的言詞，讓消費者理解一切程序。時機未到，還不到允許有錢的顧客入侵實驗室參觀的地步。但我曾花大把時間想辦法向那些永遠不會理解的人解釋我的工作，現在我又再次鑽研，好讓瑪蒂能夠搞懂。終有一天我會將複製人過程推銷給更廣大、更愚昧的市場，為此我已想好了一套解說策略，現在全先用在瑪蒂身上了。

多方面看來，讓她待在不會擋路的角落容易許多。

但我已經見識到了她狀況不穩定時會釀成什麼後果，就是那場她對身分認知及存在的理由存有太多質疑時釀成的災難。我埋了屍體後又將之挖出。我工作的時候，她自己待在角落思考的樣子，還有緊盯著標本槽的眼神，其中存在的風險貌似比我願意承擔的還要高。

這就是為何我願意花時間向瑪蒂解釋複製人的製作過程。

然而，不必明說，還有別的原因。

我不想單獨做事，只有我和賽耶德，再加上我們之間的裂痕。或者也可以說，我不想丟下瑪蒂一人。所有事情都亂了套，但讓這兩人以支離破碎的狀態繼續留在身邊，似乎是利大於弊。有一部分的我希望將其中一人拯救而出，做我死忠的盟友。除此之外，我真的需要瑪蒂的協助，需要的程度比我願意承認的還要多。

我繼續解釋神經定位，試著將用詞簡化成瑪蒂能理解的程度。「我們需拍下大腦運作的方式。如何做決定、面對不同刺激如何反應。然後根據我們的期望，替複製人做出調整，讓它與本尊略有不同。」

「好的。」她說，下顎緊繃到幾乎看不出雙唇有移動。

「這就是我們讓樣本的大腦像原始大腦一樣運作的方法，若要與原始大腦不同也是如此，」我繼續道。「這很複雜，讓腦袋成形的辦法——我們必須先單獨處理腦袋內的每個區域，然後才讓各區域相互作用。」事後回想，瑪蒂很輕鬆就跟上了，但在那個當下，我確定她肯定因為這些話語困惑地團團轉。我搖搖頭：「這些都不重要。要緊的是我們預先做出這些調整，然後用新的認知圖設計出複製人的大腦。這樣我們就能確保，打個比方，就算政府官員的複製人和本尊長得一樣，也不會假裝自己是政客。」我暫停下打量她的神情。「這樣有聽懂嗎？」

她又點點頭說道：「當然。所以，妳有奈森的認知圖嗎？」

我從包包裡拿出平板電腦，點開一份文件給她看。「五年前他幫我測試一台新的掃瞄器，和我們現在用的機器相同，雖然數據是舊的，但該有的一樣都沒有少。」我點擊螢幕讓她看看奈森腦部切片的圖像，上頭以對瑪蒂而言無意義的顏色做了重點標示。「不是非常理想，但也只有這些了。」

瑪蒂研究著眼前的圖像，用食指指尖輕觸一小塊亮綠色的地方。她一碰到螢幕畫面就消失了，取而代之的是一大串我從未費心分析的數據。「妳說『我們』有任務在身，但在我聽起來只有妳才是有工作的人。我能做些什麼？」她的語氣輕描淡寫得可以，但眼神跟著瞥了過來，那一刻我感覺到奈森死亡的重量，跟著這個問題一起沉沉壓上。

我放下平板。「我們需要處理五年前的奈森大腦，對吧？」我這麼問。「是這樣，賽耶德和我會進一步分析，釐清該讓這個奈森複製人有什麼樣的特徵。但是……他已經跟當初掃描時不一樣了。」瑪蒂別開目光時我清了清喉嚨。「我的意思是，他變了。自他死亡那一刻，對許多刺激的反應就跟當初進行掃描時不一樣了。」

「五年前我不認識他。」她低語。

我的手擺在雙腿上緊緊握拳，隨後又五指大張。我提醒自己保持冷靜；提醒自己要專注。「這樣或許最好，」我說，聲音彷彿來自遠方。「這樣就不會跟我一樣有偏見，對他的行為可以做出更直截了當的分析。」

她毫不掩飾渴望，雙眸緊盯眼前的腦部掃描圖。我不禁稍微懷疑了一瞬，自己是否有哪裡做錯了。瑪蒂緩緩呼吸，顯然正想辦法鎮定自己——額間的紋路淡去、雙唇放鬆、眼中的絕望彷彿拳頭中的散沙逐漸流散。「好，」冷靜下來後她這麼說，又用手指輕觸了一下那個腦袋的亮綠色區塊。「這部分代表什麼？」

我拉出一份補充數據，試著回想當初用於實驗系統的認知圖。「那是他的杏仁核，」我囁嚅道。「掌管記憶、情緒、專注力——這是個不錯的開始。我們通常都先編程這個區塊。」我發現她正在看圖像的某一部分補充筆記，便大聲唸出第一個項目符號的內容。「『杏仁核刺激針對和圖像 785-W 有關的記憶做出反應。』等等，這裡有全部的圖像。」我點開資料夾 W，找到了七百個子文件夾，找到了。

785。

是我。

「噢，」瑪蒂輕聲回應，歪著頭以正確的角度看圖片。我穿著白色低胸禮服，喉頭和胸部之間懸掛著藍寶石吊墜。我的手懸空擱在一個不存在的手肘上，我知道那時奈森的父親才剛走出鏡頭之外。照片裡，我笑容滿面，雙眸晶亮。

照片裡，我看起來彷彿對人生中所有事情都有百分百的把握。

我不知道該說些什麼。一切都沒有必要，都過於情緒化。**沒必要表現出來**，父親在我的腦海深處咆哮。然而，無論一切多麼傷感，都逃不了既定的事實。

「那張圖片，」我靜靜地說，「是奈森的杏仁核針對我在婚禮時走過廊道的畫面做出反應的快照。」我回到補充筆記的畫面，指著他的催產素水平和腦內啡說：「這兩項數字上升，代表他覺得——**那時候**他覺得很快樂。」我沒有說的是，這項數字還代表了進行掃描的當下，奈森仍愛著我。

我說服自己瑪蒂沒有聰明到能將這幾點全部聯想在一起。

她一語不發，將椅子向後退站起身，椅腳刮擦磁磚發出一陣突如其來的尖銳噪音。她就這麼默默穿過整間實驗室，打開那個幾天前我們抓到賽耶德東翻西找的櫥櫃。我緊咬牙關，心知最好不要猜測她正在做什麼以及背後的原因。埋葬奈森那晚，她已經在後花園向我說明一切了。

她一手拿著新的筆記本，另一手抓著一盒原子筆。接著她翻開本子，在第一頁點上一顆項目符號，一旁寫著「**785-W**：杏仁核」。那望向我的是屬於我母親的灰色眼珠，還有我父親那剛硬、扁平的薄唇。

「所以說，」她開口，語氣和平時的我一樣急促。「在新的設計圖中，我們需要改變這一點。該怎麼做呢？」

＊＊＊

五年前，當我替奈森的大腦做測試認知圖時，他仍舊是愛我的。他愛我到願意整整一個月都將所有週末時間花在實驗室，等著我完善操作掃描儀的方法。他很愛我，每晚都帶著食物來到實驗室，我們倆就可以在不打斷連續十八小時工作的前提下共享晚餐。那時候的我設法一次解決上千個疑難雜症。我記得自己身子傾過桌面親吻丈夫，謝謝他成為那個我人生中唯一不需要修復的人事物之一。

奈森愛我，那時候我如此深信著，那樣就夠了。過往的日子中，我以為他也心滿意足。

我想不透究竟從何時開始一切都變了。肯定是早在炒蛋的那個早晨之前。他做了那樣的決定，開始偷我的筆記、盜取我的研究好用以終結我倆的婚姻——那決定不單單是出於一盤炒壞了的雞蛋。

在我看來，你不愛一個人了，等同於再也不尊重那個人。若劇烈悲慘的壞事一下子降臨在你們倆身上，所有事情都會在頃刻間同時發生。然而，大多時候事情是循序漸進的，在一千個被你鄙視的微小時刻，慢慢揭露了你自以為認識的人的真實樣貌。

我多次經歷這一切。我們共同的生活，我們的婚姻——數不清的夜晚，我睜著眼釐清那些微小的時刻究竟身在何方。奈森第一次輕蔑地看著我是什麼時候？有多少次他生我的氣我卻毫不自覺？那些冷淡漠然平時到底都躲在哪裡？

我可以找出無數那樣的時刻，卻肯定還有更多。它們像是某人的外皮一樣現形，卻徒見皮相、未見支撐著整個軀體的骨相、肌肉或中央神經系統。我永遠不知道自己到底錯過了什麼。

我永遠沒辦法滿足於足夠多的真相。

第十八章

總而言之，瑪蒂和我花了兩週初步審查奈森的認知圖。

以下是我搞錯的一些事情：

- 青豆。奈森不喜歡青豆。從來沒喜歡過。我從未仔細讀過最初掃描結果的這個部分，沒有根據我自認為的真實情況檢查他的飲食偏好。何必呢？多年來他都告訴我說喜歡青豆，基於某種我永遠不得而知的原因說謊。而瑪蒂知道他討厭青豆，她說他覺得吃起來像硫磺。
- 狗。做完掃描後五年內的某個時間點，奈森變得有點怕狗。不至於到恐懼，但會令他感到厭惡和緊繃。瑪蒂說，就在我第一次敲響她家大門不久前，奈森才剛被狗咬。我甚至想不起來有看過傷口。
- 藍寶石。沒想到他有注意到我從未配戴過。它在我衣櫥底部的防火保險箱內，我一直以為結婚後他也跟我一樣徹底忘記這事了。但事實並非如此——顯然，他覺得很受傷。他很失望我不再喜歡這條項鍊了，我的漠然令他感到尷尬。瑪蒂形容為「垂頭喪氣」。即便過了這麼久，他還是沮喪到將所有感受告訴了瑪蒂。

•我。意料之中。他對我的感覺。他是如何敬重我。他是何等渴望我。他有多麼愛我。

瑪蒂的正確率百分之百。

看樣子，奈森把所有事情都告訴她了。包括那些不該說的事情。

關於我的童年、我們的性生活，瑪蒂全都瞭若指掌。

我告訴自己沒道理為這種事生氣——他有什麼理由必須對瑪蒂撒謊、隱瞞她任何事呢？當他已經用這種不可逆的方式瓦解我的信任時，顯然無需再擔心會打擊我的信心；也沒必要擔心瑪蒂將所知的一切都轉告我——或者說，更進一步，告訴她認識的任何人。她被孤立隔絕，我則無知愚鈍。

我敢說，奈森一定不覺得自己做錯了什麼。

正常情況下，我不會做這麼徹底的評估。我開發的複製人從不打算被用於完全替代相貌相近的本尊——這正是這項研究合乎道德標準的基石。每次我申請更多經費，每次出現在審查委員會面前，每次有人問起我的工作是否足夠嚴謹，我都必須要能夠證明我製作的不是人；而是工具。

這就是瑪蒂行為不發達、總依賴他人的原因。奈森顯然採用了我早期的神經結構，但卻複製不了我的心智全貌，以及我思考的所有過程。他沒辦法讓她成為一個完整的人，沒有自我導向和完整的自我控制的能力。

沒有人辦得到。

這是我不想讓瑪蒂知道的部分。我只跟唯一一個人談論這件事：賽耶德。

我不再相信他了，暫時沒辦法——但我感覺得到那股信任感正逐漸歸來，像是融化的冰雪滲入地下室般穿透進我心裡，每一天我都更依賴他一點。這感覺不錯，有個人可以分享這個天大的秘密。

很好，就是這樣。向賽耶德訴說我們正承擔的風險，這是一種慰藉。瑪蒂入睡後，賽耶德和我會坐在我家廚房的桌邊，喝著一杯又一杯的威士忌與葡萄酒，談論我們面臨的危險以及這項工作的不可能性？我們喝得太多、吃得太少，胃裡滿是此項目的重要性，根本沒辦法消化其他物質。

某方面看來，我想我們倆都正試圖修復彼此之間破裂的關係，為了承擔這個共同的重擔，我們必須要是完整的共同體。

壓在我們肩上的責任是：就算我們完成了這不可能的任務，也絕對不能透露給任何人。不得公開。連竊竊私語都不行。唯一能做的只有對此成就保持緘默，讓整個世界毫不知曉我們發現的這個可能性。

我們**創造**出來的可能性。

「此事史無前例，」我經常將這話掛在嘴邊，讓這短短的話語成為觸發一連串對談的開關。「我們正在製造一個男人。不是一個物件，也不是工具——是活生生的**人類**。我們做的是一個完整的**人**，而我們永遠不能吹噓這項成就。」

賽耶德的回應取決於他喝了多少酒。在幾乎是完全清醒的一晚，他不同意我的說法。我們製造的不是人，而是複製人，他如此堅持。這是個更為複雜的版本，但終歸是複製人。

但這個項目的整個進行過程中，他很少能在夜晚保持清醒。

我能理解他承受極大的壓力。有好幾天當我和瑪蒂一同工作時，他幾乎是獨自一人管理整間實驗室，需要修整的複製人數量也比往常還要多。那些夜裡，他喝到雙眼迷茫、雙手遲鈍，反駁我的言論也消失無蹤。

「我們一直都在製造人類，」他會口齒不清這麼說，緊盯鏡片的眼神彷彿玻璃會回望他一般。「這整段時期我們都在做同件事。只不過這次對妳來說些許不同，因為妳**認識**那人。但對我而言一如以往，真的。未曾改變。」

然而，當我跟瑪蒂一一檢視五年前所做奈森的神經程序項目時，我越來越覺得賽耶德錯了。

我開始理解到我正在製作的並不是自己認識的人。

我開始意識到，自己根本不了解奈森。

＊＊＊

炒蛋頓悟那個早晨，奈森已經要遲到了。他急著要出門上班，幾個月前他與一位教職同仁競爭得相當激烈，為了……某件事。若我是個更細心的妻子——如果我是瑪蒂——就會知道競爭內容為何，就會記得當初他為何那麼沮喪。但奈森面對的問題都是些稍微嚴重點的雞毛蒜皮，我從未假裝自己感興趣，就算假裝有在聽他講話能避免掉爭執，我也沒那麼做。

問題在於，假如我在乎——若我留點心思——奈森就會希望我替他解決問題。噢，想當然了，他會將之偽裝成一種討論，藉由一來一往的對話得知換作是我會如何行動，讓此變成我們倆一起腦力激盪尋求解法的過程。

但是最後，我總免不了變成負責處理他的問題的人，在他尋思如何解決自己造成的問題時緊握他的手。結婚多年，我學到當他開始滔滔暗示工作中有多少煩憂時，最好是直接忽略。

這是讓他學習如何自己解決問題的唯一辦法。

都不重要了。重要的是在我取得重大突破的那天早晨，奈森想找個人吵架。他懦弱到不敢跟造成他工作上的問題的人吵架，就決定把矛頭指向我。他正想找個藉口大發雷霆。

他一走進濃煙密布的廚房，就找到了洩憤的出口。

蛋和平底鍋都扔進垃圾桶了，我覺得這樣很合理；兩個都毀了。他對我的廚藝發表了苛刻的評論——差不多的意思是，一個自認非常重視才幹的人竟然連這種基本小事都不會。說得有點太超過了。

我試著解釋，說我是因為有重大突破才暫時離開。我沒有道歉，但表示假如他願意多等幾分鐘的話，我可以為他做一份新的餐點。但是呢，想當然耳，他對我的話一點也不感興趣。他就是想要朝我發怒，就是樂於打造這種場景。

他衝出門外，甩門的力道大到櫥櫃上的咖啡杯相互碰撞。

但那天傍晚，奈森回家後便為自己的壞脾氣道歉。他吻了我，遞來一份外帶餐點，開玩笑說不希望我親自下廚。他為沒有聽我說話而道歉，那道歉的模樣讓我以為他真的了解自己做了些什麼。奈森說他應該多花點心思關注我的工作與進度。

他要我解釋所謂的重大突破。

想到那日早上他的舉止，我依舊反應相當冷漠。我想讓他繼續道歉，想讓他內疚。他傷害我，我想反擊，便朝著他道歉話語中的軟肋做攻擊。我問他是否對我有一丁點感興趣，問他是否真的想要了解我的工作。

「當然想了解，」他這麼回答，語氣柔和。「若我看起來像是不在乎，真的很抱歉。我在乎。我非常在乎妳的工作。妳會告訴我嗎？是關於複製人的項目，對吧？」

這問題很蠢，當時我咬牙切齒。我本來可以狠狠反咬回去；我所有的項目都是「複製人項目」，他的問題含糊到我原本可以指控他根本不知道我在做些什麼。但我想他已經盡力了，雖然成果不盡理想。我決定不計較。

我和他一同坐在餐桌邊，吃著外帶的中式餐盒，裝有米飯的紙盒在我倆之間來回傳遞。我說了我的重大突破。一開始我顯得頑固又桀驁不馴，等著他的懇求才願意透露資訊，讓他一次又一次道歉——但他問了些聰明的問題，證明他真的有在聽，我也跟著興奮了起來。

我說了正在進行的工作、想法，以及如果獲得需要的資金和器材，我的研究能朝哪個方向進行。

我們聊了好幾個鐘頭。吃飽後他以雙手將我拉離餐桌，吃一半的餐盒就這麼留在桌上。我被摟進房後一把被壓在了小小的床上，奈森一邊親吻著我的太陽穴，一邊呢喃我有多麼聰慧。

隔日一早醒來，床上只剩我一人。那時的我臉埋在枕頭裡笑著，心想我們倆都滿足了對方。想到先前吵架又和好，現在開始一切都將比從前更美好。我感覺我們好像破解了密碼，找到了作為夫妻的秘訣。感覺上我們不會失敗。

我裹上睡袍步出房間，勝利的感覺油然而生。或許是因為這樣，所以當我看見他站在我們倆共享的居家辦公室我的那張書桌前時，並沒有想太多。那時他正在檢視幾張寫在吸墨紙上的筆記，眉頭皺成一團。我在門邊站了一會，看著他緊盯我的文件。當我問起他在做什麼時，答案僅是「沒什麼」，然後他吻了我一下就動身更衣準備上班了，除此之外我沒有再問其他問題。

多年過去，等到我發現他正在做些什麼、完成了什麼時，才再次想起這件事。

我從未想過為何奈森會對我的工作、研究以及筆記感興趣。我以為是愛情使然。我以為人們相愛，自然而然就對彼此感興趣、被對方做的事情吸引。

我以為可以相信他的目的。

我沒想到他是在試圖從我手中挖掘資訊，也沒想到他想用我的研究取代我本人。當時我因他流露出的興趣以及我倆再次暢談而心懷感激。

我以為我們正逐漸擺脫因工作壓力與疲憊而造成的困境，因此我將工作有關的事全數傾吐予他。我們倆因此而緊密相依，晚餐、咖啡、飲料與枕畔時光我們一一分享所有。

我的所有進展。

我克服的所有阻礙。

一年後我收穫第一個成功發育的成年樣本前的所有勝利。然後再過兩年，一路到我發現瑪蒂為止。

毫無疑問，我毫無保留全都告訴他了。

我想不到不這麼做的理由。

＊＊＊

瑪蒂和我一同爬梳奈森的掃描結果時，賽耶德每天都在為灌注懸浮液、為我們稍後要進行的神經定位奠定基礎。羅娜對將現有的大腦轉變成最初始的狀態一笑置之是正確的。直接從頭開始做一個全新的都還實際許多。

現在的標本還是一團鬆散的肉泥，逐漸濃稠的分裂細胞漿液，若沒有施予直接的刺激就不會凝固。水箱裡的物體看起來像隻水母，四隻粗大的觸手最終會變成人體的四肢，暗色斑塊部分則是平滑肌和神經組織即將開始凝膠化的地方。慢慢地、有耐心地、隨著神經元的暴露和發展取得正確的平衡，賽耶德賦予了樣本一個形體。

我一直注意到瑪蒂盯著那即將變成一個成年男子的半透明團狀物。一天早上，我喝完咖啡進入實驗室，發現她正站在水箱前，手指緊緊壓在玻璃上，雙眼凝視的神情彷彿這樣可以催促它生長。

「別碰。」我說，替她把茶放上桌面。

「為什麼？」她問道，轉身看向我的同時手還貼在水箱上。

我腦袋裡有一千個答案，但沒有一個是對的。我可以騙她說她的體溫會干擾水箱內部的氣溫，或者說玻璃很脆弱，要不也可以說她皮膚上的油脂有害處。但這些都太明顯是謊話了——她一眼就能看穿。

謊言被揭穿比一語不發更糟糕。

但我也不能給她正確的答案。真正的答案真實得殘酷，而我一直試著仁慈對待瑪蒂。別碰，因為妳不屬於這裡。

相反地，我轉移了話題。「還有工作呢，來吧。」

她對著我抿嘴，站在原地幾秒鐘後才離開水箱加入我這邊的桌子。這是她開始做的事情——不立刻遵照指示。在我的要求和她的回應之間劃分出一塊空間。

對我來說，這真是史無前例地惱人。

她不該如此違抗編程指令的。她不應該**改變**。神經認知的程序設計是不變的、不可動搖的，而瑪蒂開始改變自身程序的事實就像是直接羞辱了我的工作的完整性。

於是乎，我盡全力忽視她的情緒——她本不該擁有的情緒，即便我可以把此歸咎於奈森無能且懶散地執行我早期的製作規則。我盡所能像對待其他研究助理一樣對待她，講話也同我對賽耶德說話的方式。就和我對所有在我的實驗室裡、參與我的研究、使用我的資金換來的材料的人一樣。

即便如此，她依舊明顯被惹怒了。她會針對我說的話扮鬼臉、因為我的暴躁翻白眼，且就算她不是在耍脾氣，也會過個幾秒才聽從我的指令。每一次，瑪蒂都會猶豫。

我知道慶賀她發展出獨立自主性才能彰顯我的美德。但事實卻是，順從聽話的她對我而言比較有用。我極其瞧不起奈森編程她的方式，直接將她的感受拋到一旁容易多了。

雖然我無法尊重他那種**需要**她的懦弱，但能理解奈森想要她柔順乖巧的原因。

我需要的不是百分之百的順從，她現在這樣我應付得來，但還是更喜歡她二話不說聽令行事的樣子。

這可不代表我跟奈森一樣。他為此創造瑪蒂；而我只是趁勢利用這點罷了。我沒有打造工具，僅是想發揮它的效用。不能說我是隻怪物。我沒有做錯什麼，只不過是希望她能按照既定的設計行事。

再者，即始我真是怪物，也沒有餘下的時間想這件事。我忙到根本沒時間自省。還有很多更重要的事情必須完成。

第十九章

這段時間，嚴格說來我和瑪蒂並不算是住在一起。她有自己的地方。我有我的空間。但我們倆人，誰都沒有一個家。

瑪蒂到目前為止短短的人生中，都在努力把房子打造成一個家，但這個家卻是為了奈森，而不是為了她自己而打造。她有幾個晚上會回去那，但大多時候都是我開車直接把她一起載回我的房子。

我們沒有討論過這點，直接就是背對背、一起蜷縮在我的床上。夜晚越趨寒冷，我得蓋被子睡，但瑪蒂從來不需要——她總是一動也不動地躺在整件棉被上。每天早晨她都比我早醒來，每一日我走下樓梯，她都已經著裝完畢。

她來之前我完全沒有拆開任何一個箱子。我說了她不必替我整理，但也就說了幾次而已。這件事我沒打算和她爭。

她替我做事，就讓她做吧。

奈森的神經認知編程進入第一個月後——我們把即將變成樣本 4896- 薩德的處理劑注入消毒完畢的水箱內的六週後——我下樓看見瑪蒂站在廚房，正在流理台洗內褲。

「妳在做什麼？」我問道。「我有洗衣機。」

「我怕把它弄髒。」她囁嚅，用強而有力的手指搓洗手中的布料。

「怎麼了嗎？」我再問，她只是搖頭。

「只是流了一點血。」

「多少？」

她把內褲翻過來給我看。材質是蕾絲的，顏色宛如她手臂的肌膚，而褲檔處的布料處，吸飽了暗紅色的血水。

「我想，懷孕時流的血不應該這麼多，瑪蒂，」我說，試圖保持冷靜。我看向她的肚子，每一天都更明顯了一些。除了目前完全派不上用場的基本知識外，婦產科我一竅不通。我不知道她現在這個樣子對不對，會不會是出了什麼問題。她的肚子密封地緊緊的，裡頭有個我徹頭徹尾不了解的東西。

我對那件事還耿耿於懷——她不應該能夠懷孕的。這是我和賽耶德深夜交談的另一個主題，努力想釐清這難以想像的情況，小孩究竟是怎麼來的。那就像一顆水皰，每次瑪蒂將手覆上肚子時，我的腦內就會一陣刺痛，因為我想不透答案。

撇開這些不談：如果她那不可能存在的寶寶出事了，我沒辦法幫她。「我們應該打給妳的婦產科醫生。」她一臉茫然。「妳的醫生呢？」

她又搖了搖頭，把注意力放回到布料表面起泡的洗潔精上。「我沒有醫生，」她說。「但我覺得沒有大礙。」

我從她身邊走過，輕輕關上水龍頭。我抓住她的手，將她緊抓的衣物搶過來。「懷孕時流這麼多血不正常，」我說，盡我所能保持語氣輕柔。「到了妳這一階段，我不知道出血量多少算是合理的範圍。妳有上過課之類的嗎？」

她又搖頭，一股彷若來自遠方的罪惡感痛擊我心。我從來沒有問過。我一次也沒問她是否有門診預約、是否應該讀哪些書籍。我一直將那小孩視為她個人的責任、她的問題。我沒有想過要問，因為我自己——儘管所有證據都指向反方向——有部分的我一直都將瑪蒂想成真正的成年人。彷彿她遠遠不止兩歲半。

她甚至不知道該擔心出血。奈森沒有告訴過她，也沒有提供任何學習的工具。她沒有手機和電腦。我甚至不確定她知不知道何謂網路。她滿心相信奈森會告訴她所需的一切，而他辜負了瑪蒂。

現在，我五十步笑百步。

「好吧，」我說，先把罪惡感推向一旁。「妳現在感覺如何？」

「很好，」她回答。「可能有點肚子痛。」

我手裡還抓著那件內褲。我又低頭看了一下，讓我的腦袋切換至臨床的角度，才有辦法迴避掉這種盯著別人內衣褲造成的怪異與侵入性的曖昧感。肥皂泡已經消退了，馬上可以看出整個褲檔處全被血跡滲透。我想辦法計算她流失了多少毫升的血液，但對蕾絲的吸水力沒什麼概念。「妳還有在流血嗎？」

「一點點，」她毫不遲疑、毫不尷尬地回答。我的問題一點也沒有造成困擾。她生命的最初幾週肯定就是被類似的問題所環繞，奈森會不斷試著弄清楚有沒有哪裡出錯。她別開我的目光。「我在浴室洗臉台底下拿了一塊護墊。希望妳不介意。我不——」

我打岔。「當然不介意。在這裡，妳需要什麼就是妳的，可以來訂個規則，若妳不**確定**，就直接問。」

我不是在展現善意。只是這麼做比較簡單，不必擔心她因為不敢動我的東西就被迫受苦。僅此而已。

我帶瑪蒂去一間市中心的診所，就是那種我覺得門外會有抗議群眾高舉罷工標誌、尖叫大喊謀殺的診所。彷彿他們真的懂殺人一樣。門外空無一人，但瑪蒂還是緊張地看向大門外蜂鳴器旁的攝影機。

「這是另一間實驗室嗎？」她低語。我搖頭，告訴攝影機另一頭的人說我們要現場掛號。我們穿過一扇大門後進入診所。這麼一看，這裡的確很像實驗室的氣壓過渡艙——但我的氣壓過渡艙不能防彈。

「這裏是醫生辦公室，」我說。「他們能確保寶寶沒有大礙。」

一切都很完美。櫃台的女士主動向我保證此次看診是不會公開的機密。我直覺告訴她我是瑪蒂的姊姊，然後才發現對方並沒有問。我們帶了現金；我在車上還告訴瑪蒂幾個比較重要的病歷。我根本就不需要用假名，櫃台這位女士之後將會強調完全不記得我。她稍微打量了我們一下，表情難以解讀，然後就給了我該填寫的文件。

瑪蒂看診時我陪伴在旁，做超音波時握著她的手。醫生說她想進一步動手做檢查，瑪蒂毫不畏縮便將雙腳放上床尾的鐙形支架上。她的眼神渙散，也不再那麼用力緊抓我的手指。

她告訴我她從未看過醫生，但似乎知道檢查的程序為何。打從認識奈森起，我從未像那一刻般如此憎恨他。

檢查完畢後，醫生要我離開診間。

「拜託別走。」瑪蒂輕呼。

「很抱歉，」醫生說，看著我的神情彷彿真的感到遺憾。「瑪蒂和我得單獨進行這一部分。」

才過了五分鐘左右，醫生就踏出診間。經過我時她微微一笑，那種已經見過一百個像我這樣的人、明天下班前還會再見到一百個的笑容。這是種撫慰感，後來我發現這肯定是刻意為之。她的工作就是要讓我感覺到自己有被看見，但不必被記住。

她送了我一份禮物，盡可能符合我所需的隱姓埋名。

幾分鐘後瑪蒂衣裝整齊踏出檢查室。她鬢角處的髮絲微濕、剛被撫平，我想像她指尖沾水站在洗臉台前，離開房間之前打理好自己的樣子。她告訴我，醫生說幾天內檢查結果就會出來，這段時間她得好好休息。

進到車裡，我才問她感覺如何。

「我沒事。」她說。

我比往常更加小心翼翼地將車駛離停車場。我雙眼直視前方，沒有看向瑪蒂。「我不在時她做了什麼？」

瑪蒂的聲音緊繃。「只是問了些問題。她想知道我是否安全，問我有沒有被脅迫做任何我不願意的事。」

「妳怎麼回答？」我問道，指尖描繪著方向盤上頭的縫線。

「有或沒有，」她的語氣粗魯。「憑直覺。」

不知為何我好像不太相信。感覺太過簡單了。我敢說她隱瞞了一些事。「妳確定嗎？」

我再問。

「確定。」

「妳確定想要孩子？」

她嘆了口氣。「對，伊芙琳。」她的語氣有些惱怒，我心裡同時間既充滿了希望，又戒備萬分。「我想要孩子。」

我咬著臉頰內側。最後，我問了句無法想像若沒問會怎麼樣的疑惑。「為什麼？」

瑪蒂大發雷霆，我從未見過她這個樣子。她一把摘掉墨鏡——第一次去實驗室時賽耶德借給她的大型鏡面墨鏡——扔上副駕駛座前的儀表板。「因為我想要，可以嗎？我想要屬於自己的東西。很抱歉這聽起來很白癡很傻，或是管妳怎麼想，但我就是想要有**想要**東西的權利。」

她雙手抱胸幾秒鐘後尷尬地傾身拿回儀表板上半折起的墨鏡。

「好，」我的語氣輕柔緩慢，不費吹灰之力就想起和奈森吵架時，每當他音量一抬高且開始亂摔東西時自己說話的方式。我讓自己成了世界上最理性的人，一個絕不會挑起任何挑釁爭端的人。「我懂。我不是在暗示——」

「噢，妳當然不是在**暗示**，」她厲聲道。她的語氣裡只有一絲絲恨意，我才驚覺她的心思根本不在這次爭吵——她是在嘗試動怒。這正是她扔墨鏡的原因。她在模仿先前見過的怒氣，試試看是否符合自己的感受。「妳不是在暗示妳的真實想法。妳從來都不肯讓我知道妳到底在**想什麼**。」

我沒辦法決定是否該直接揭穿，迫使她承認自己根本不想吵架，或者該給她個台階下。

「我到底在想什麼？」我問，語氣保持理性。

「妳覺得我……」她沉吟，臉撇開面向窗戶。她的語氣更低沉了，柔和到近乎是羞愧。「妳覺得我不應該。我是說，不應該想要這個小孩。」我沒有作聲，不知從何回答起。她說的並沒有錯。事實更為複雜，但她總結得足夠精確。我認為她不應該想要這個孩子。

真的有更複雜嗎？我告訴自己這是攸關選擇的問題，一個權利的問題。複製人懷孕之所以錯誤不僅僅是因為奇怪。錯誤的點在於，無論瑪蒂發展出多少自身的人格和慾望，都沒有權利擁有那些。她是人工的產物。她是一個工具，而工具無權決定自己該如何被使用。

奈森將瑪蒂的大腦形塑成一心認為自己想要孩子，接著順水推舟如此使用了她。法律上來講，不論她認為自己想要什麼，都不能反抗被用來孕育一個孩子——同樣的，她也不能主張**想要**孩子。基於這個簡單的事實，奈森的所作所為以道德層面來看完全站不住腳。即便瑪蒂表明自己很高興獲得這樣的生活，也不可能找得到方法將這一切合理化。

我認為她不應該想要這個孩子。我不認為她應該**能夠**想要這個孩子。

「妳從來都沒有選擇權，」最後我這麼說。「奈森把妳製造成一個不會反對他的人，然後利用了妳。」

「妳是這樣想的？」她問道，音調逐漸提高。「妳覺得他利用我？我**想要**這樣，伊芙琳。這是我一直都想要的。奈森給我聽寶寶心跳聲的那一天是我生命中最快樂的日子。我知道妳不會理解。」

我對著她搖頭，沒有必要地煞車煞得稍微用力了些。「妳那天之所以快樂，是因為妳的程序要妳感覺快樂。妳只想要這個，全因奈森設計要妳這麼想。我知道妳無法理解，因為這是我們打造複製人大腦的其中一項根基。妳被設計成不會對自己被製造出來的方法心懷怨恨。奈森這樣使用妳是不對的，但——」

瑪蒂解開安全帶要我停車。

「什麼？」我瞥向她以及呼嘯而過的車流。「不行，瑪蒂，再幾分鐘就到家了。扣回安全帶。」

「不要，」她的嗓音打顫。「讓我出去。停車讓我**出去**。」瑪蒂手已經拉著門把，我趕緊啟動兒童安全鎖。她一次次拽著門把，發出如動物般的瘋狂喊叫。

「把他媽的安全帶繫回去。」我說，聲音聽起來冷靜帶有威脅。我用餘光瞥到她身子瞬間僵直。慢慢地、安靜地，她扣回了安全帶，餘下的路程雙眼緊盯儀表板不放。

到家後我解開門鎖，她仍雙手置於大腿上坐在原處。直到我說該下車了才有動作。

「妳不明白，」她呢喃道，還未離開副駕駛座。「奈森讓我經歷的一切，全因這個寶寶而值得。這是——我可以拯救他，因為我知道我擁有這個寶貝。」她手指輕撫隆起的腹部細語喃喃：「我可以撐過這一切。」

我們倆在車裡靜默坐著，瑪蒂垂頭盯著大腿，我掙扎著該用什麼樣的方式和她說話，難以決定究竟是該生氣還是該道歉。車裡氧氣濃度快速消耗到難以承受之時，我打開車門自顧自走著，獨留瑪蒂一人在後頭。

下午剩餘的時間她都待在房裡，衣服摺了又摺、收了又收。我去看了她兩次——一次去看她在哪，一次去告訴她診所來電了。

「他們說沒什麼大礙，」我說。「他們說妳應該要放輕鬆，若還有流血的話再回去。但現在看起來一切都很正常。」

「太好了，」瑪蒂說道，笑著看向我時雙手慢慢疊起一件襯衫。她的雙手平穩、有節奏地移動，以手掌撫過每一疊衣物，在頂端留下一道整齊的摺痕。

摺好後，她把襯衫放上一疊很高、顯然不是這週的洗淨衣物上。接著又從抽屜拉出一件我已經好幾週沒穿的襯衫。她將上衣抖開攤平，然後又重新摺了回去。

「太好了。」她重複道，看向我的同時嘴角仍掛著笑容。

第二十章

十三歲那年我不再和母親交談。那年她將我送去學校，是一所用父親的人壽保險收益支付學費的好學校。在喬治亞州，只要失蹤四年就可以宣判死亡，等到他的死亡證明一被保單接受，母親立即打電話給學校。

她並不是想要擺脫我。我也完全沒有因為被送走就要任性。我們已經緊密相處太長一段時間，父親失蹤四年一路到我獲得寄宿學校資格的頭一年，這段時間特別難熬。他還在時，我們被迫默默地建立起一種同盟關係，幫助彼此躲過他最惡劣的那面。但是後來他失蹤了，我們便開始親近了起來。

我們共同度過了種種一切，她仍舊發抖打顫的樣子令我生厭。我懷疑她是否很不滿我在父親的工作領域方面天賦異稟，即便她自己意志堅定地鼓勵我朝同個方向努力。

這是最好的選擇，我們得分開。

即便心存敵意，我仍舊會和她講話。我沒有完全停止和她講話——我們只是停止了**交談**。餘下僅是邏輯清晰、正式的講話。

夏天時會回家嗎？不會。

她會匯錢給我，讓我買些宿舍節慶派對需要的食物嗎？當然會。

可以多一些讓我買禮物給朋友嗎？不需要。

每年我還是會打電話給她一次，也就是九月，父親消失的週年紀念日。

我結婚那日她穿了一襲藍色洋裝，儀式進行途中落了幾滴淚。告訴她離婚的消息後，她送來了一些花。

過去的我們誠摯相待。

但上一次和她說話——真正的交談——是父親失蹤的幾年之後。在那之前幾週，她寄給我一些寄宿學校的手冊供我挑選。我們討論了我的未來，我表明自己想成為生物研究學家。

「跟妳父親一樣？」她這麼問，恰好是我不希望她提起的事。

「我和他不一樣，」她聽了我的答覆後點點頭，給了我一個良久、明亮的眼神，而我努力不感到害怕。「真的。」我補上這句話。她說她知道，我當然和他不一樣。我記得當時自己回到臥室，非常、非常安靜地鎖上門。

那天我和母親沒有再說太多話，假設我**當時**真的和父親一樣，那萬萬不可讓她發現。一個月後我打包好行李，出發前往學校。母親改嫁給一個我未曾見過的男人許久後，我才再度回到了家裡，一景一物全和我孩提時期沒有兩樣，家具陳設依舊，全被覆上了防止塵埃滿布的厚重白色布幔。

和瑪蒂起爭執後，我好希望仍舊可以和母親交談。我好想問她為何決定要生下我。這聽起來很感傷——*妳是否曾經希望沒有生下我*——但說真的，我真不敢相信自己竟然從來沒有這麼問過。

現在看來，問題的答案似乎很明顯。她真的有想要寶寶嗎？還是想要孩子的是我父親，而她純粹不願為此抗爭？或者說這輩子她的朋友、父母、祖父母，各個都在說服她，說服她**確實**想要我？

看到驗孕結果顯示陽性時，她是否和我一樣頓時對未來失去了希望？她有沒有跟瑪蒂一樣，以獨自佔有的姿態一手撫上自己腹部，對自己做出的正確決定擁有無比的信心？

我好希望可以問問她，我是否跟瑪蒂腹中的胎兒一樣，讓她忍受各種麻煩卻又甘之如飴。

我好想問，我是否有讓情況變得雪上加霜。

＊＊＊

那晚我睡不著。每當閉上雙眼，我就看見診所內通往醫生辦公室的大門——她開門後看我的神情，那緊繃又含糊的笑容。我知道沒有人會對瑪蒂的血液進行測序，就算真有人這麼做，也不會認出代表她是複製人的那個特徵標記。我知道不會有任何被發現的風險。然而，瑪蒂和醫生有獨處。我不在場幫忙回答那些具有窺探意味的問題，也沒辦法幫她捏造病例。我不在現場，無法確保我們的秘密是否已被攤在陽光底下。

一切都只能繼續下去。我不想為了自身安全，一輩子都在指導瑪蒂。我不想為了她緊守那些大大小小的謊言。但同時間，我也看不見另一種可行的未來。

我爬下床下樓泡杯茶喝。坐在用餐區小小的桌旁，就是不久前我簽妥離婚協議書的這張桌子，我雙手包裹著馬克杯，試著想像奈森怎麼有辦法隱瞞這麼久。他是怎麼瞞過我的？他怎麼有辦法藏住瑪蒂，這個他應該要負起全責、活脫脫的成年人？

事實上，我心知肚明，之所以如此，是因為我根本就漠不關心。不得不將注意力放在他身上的時刻總令我厭惡。我們的關係恆常如此；其中幾次最激烈的爭吵正是起因於他需要過多關懷著實惹怒了我。他自帶一種無助感，我直覺就想逃避和無視。那滋長了我心中的藐視，我也從未抵抗這種情緒，一次也沒有。它的存在其來有自。

正因如此，我從來沒有注意過他是否隱瞞了些什麼。該死，我根本沒發現他被狗咬了。奈森到底擅不擅長撒謊我根本毫無頭緒——我懷疑就算他撒了謊，我也不會從他臉上看出一絲端倪。

搞不好他就是要瑪蒂這樣。或許要求的不僅是服從、不僅是願意替他生個孩子。或許他渴望的是一個會關心他的人。

不對，肯定不止如此。他要的是某個只關心他的人。那人的目標、希望、恐懼與欲望，都受制於他的需求與突如其來的衝勁。

因此，瑪蒂問他究竟在不在乎她的欲望，即成了導火線。在那之前，她都是雙眼不眨地緊盯奈森。但她詢問能否替自己考慮的瞬間，即辜負了他。此等辜負的方式，就和我一直以來的作為沒有兩樣。

瑪蒂發現我在廚房，看著自己的茶逐漸轉涼。

「妳起來做什麼？」我問道，試著回想她睡眠節律編程的細節。我想不起來那個我懷疑被奈森偷走的連續編程的機制。一切彷彿都好遙遠。

「我去廁所，發現妳不在床上，」她這麼說，嗓音裡還帶著一絲睡意。「妳還好嗎？」

我把熱水壺重新裝滿，思考了一下這個問題。「不好，」我回答。「我不好。但還過得去。」瑪蒂坐上另一張我沒坐過的椅子，看著我替她放了一個茶杯。沉默一路蔓延到水壺中的水都沸騰了，我才想到要問同樣的問題：「妳還好嗎？」

「不好。」一開始她講得很慢，彷彿努力要發出聲音。然後她重複一遍，這次語氣堅定得多。「不好，真的不好。」

我遞給她一杯她早晨會喝的薄荷茶，在對面坐下後雙眼直視她。那額頭中央的紋路又更深了一點。她的表情較第一次見面時柔和了些。我想，這就是我**可能**會有的模樣。我清清喉嚨，決定當個知道如何說正確的話的人。

「妳想談談嗎？」我這麼問。

「我很害怕，」她表示。「今天的門診很恐怖，我不知道自己辦不辦得到，想到這裡我就害怕。」

這是我第一次聽到她表露出懷疑，且一切來得太過倉促又毫無保留。她完全沒有要隱藏的意思。

當然，依照直覺我該問她是否仍想要這孩子——但我還沒忘記稍早在車上她的突然暴怒和激動。她受的傷。她的怒氣。我啜了口涼了一大半的茶等著，希望她自己接著說，但她只是投射我的動作，舉杯輕啜一口茶。「怎麼會可怕？」我終於開口。

「我孤單一人，」她這麼說。「我從未想過獨自一人做這件事。奈森應該要全程陪我的。」她放下杯子向後靠向椅背，雙手覆上肚子，眼神不在我身上。「妳知道嗎？所有事情我都毫無概念。我不知道自己錯過了什麼。我不知道流血是不好的徵兆。我不知道有些書是我應該閱讀的，也不知道有課程可以參加。寶寶出生後我要做些什麼？沒有他在身邊告訴我方法，我該怎麼照顧孩子？」

我搖頭，「不必這麼說，」我說。「這樣對妳不公平。」

「對，」她同意這番話。「不公平。」

接著我起身，穿過廚房進入客廳。回來後我拿了一本老舊的生物學課本。十三歲被母親送往寄宿學校過後一年，我用這本書當作紀念冊。封面內頁有密密麻麻的簽名，還有些已經被污損的插圖。我將書遞給瑪蒂。

「這可能有幫助，」我說，看著她臉上的表情，接著有點遲疑地問道：「妳識字嗎？」

「當然，」她邊囁嚅邊翻開到書本第一頁。頁面上是個DNA長雙螺旋的圖案，每個核苷酸都以顏色做區分。「這是奈森教我的第一件事之一。這有什麼幫助嗎？」

「嗯，說真的，妳對自己的身體一無所知，」我回答。我不顧她皺眉接著說下去：「我的意思是，妳不知道身體如何、或是為何這麼運作。對嗎？」

「對，」她說。「所以妳覺得我應該學會這個？」

我點點頭。「我想這樣妳會感覺好一些，妳懂的，了解那些正在變化的部分。」我忍著不看她的腹部。「若有哪裡不懂，可以問我。或是問賽耶德。」內心深處我希望她去問賽耶德。「明天我會替妳找些懷孕相關的書籍。還有生產有關的。」

她對我露出笑容。那是一個真誠、溫暖的笑，而不是設法讓我感到被歡迎、或是使我平靜下來的笑容。她向我道謝，即便如此，同時間她的眼神卻避開我，重新回到DNA雙螺旋股上。她喝口茶後開始閱讀。

過了一會，她起身離開房間。回來時手上拿著她在實驗室為了編程而記錄奈森特徵的便條紙。她翻開全新的一頁寫下一個字。雖然寫的是草寫，但卻相當工整。我問她在做什麼時，她頭也不抬地回答。

「寫下我不認得的字，」她說。「所以我可以一次問清楚，而不是一次問一個。」

我忍住笑意。「可以給妳看個東西嗎？」

她抬眼，雙眉也跟著挑起。我站在她旁邊將書本翻到最後，給她看了詞彙表、索引和附錄。「很多妳不了解的事情都在這裡。」我說。

她笑了，開始查找一個不認得的單字——巨分子物質（macromolecule）。她輕聲讀著這個字詞的釋義，然後翻回整本書的第一頁，以食指勾勒著一行行內文，重新閱讀含有這個單字的那個段落。「噢。」她喃喃自語。

接著她翻頁，這時我才了解，對她來說我已經消失了。她飢渴得吸收這些忽然觸手可及的資訊，這些塞滿我書櫃的資訊。這些最終打造出她的資訊。

我走上樓梯回房，睡意比我期望地還要輕易襲來。幾個小時後我醒來，瑪蒂人還坐在那張小桌子旁。她正在閱讀人體骨骼的部分，便條紙上滿是她工整、認真的書寫體文字。

她笑意未減，一頁一頁讀下去，專注其中，甚至沒聽見我離開屋子的聲音。我輕輕關上前門，上鎖後驅車前往市中心。我確定那裡還有間實體書店，且裡頭有瑪蒂需要的東西，可以幫助她理解如何待產、生育、撫養，以及自己該如何靠自己生存下去。

這是第一次，我篤定她可以完成這一切。

第二十一章

開發了兩個半月後，樣本 4896- 薩德已經可以進入修整階段了。

複製人的進展再順利不過。他的生長時間軸堪稱完美：組織發育期間，為期四十五天的神經觸發過程、三十天的編程。我們以激素、刺激物、抑制劑和類固醇來塑造這個即將發育完成的人的性格。我們從核心至表面一一打造、建構了他的腎上腺反應，以幫助後續更為複雜的塑造過程。

真希望我能將它展現給實驗室主任，作為整個概念的證明。*成功了，且開銷低到你甚至沒有注意到。現在你給我滾遠點，讓我耳根子清淨好好工作。*

整個修整過程，樣本都會維持休止狀態——樣本離開水箱第一週，我們會讓他維持在無意識的狀態。這麼做比較容易，就不必費心解釋所有行動的理由。我們毋需猶疑、不需道歉，就能有效率地打造出它們。

但 4896- 薩德還未完工——這正是我們的工作。

某個星期三，我們排掉了水箱內的液體。

＊＊＊

我第一次弄斷別人骨頭是場意外。當時我在玩捉迷藏，重重撞上了其中一個同學。他著地的方式錯了，大拇指被硬生生折斷。一開始他沒有哭，只是一臉疑惑地盯著大拇指那不對勁的新角度。一直等到有老師跑過來他才意識到事態不對。此時他終於哭了出來，就是小孩子看到大人替他們擔心受怕時的那種哭泣聲。

第二次折斷別人骨頭，我是故意的。

那是第一具失敗的樣本。她生長速度過快導致自己體內的血液來不及供給。她的手指和腳趾發黑、腐爛，我知道身體其他部位遲早也是同等結果。我抽乾她的水箱，放入一劑司可巴比妥，等著她死去。

是我懦弱，只願用死去的複製人，而非活人當作練習對象。現在可以承認了，當時我很害怕——我不知道骨折的痛楚會不會讓沉睡中的複製人突然驚醒、抽蓄、喊叫、哭泣。我不知道需要多少力氣才能順利完成，也不知道她代謝鎮靜劑的能力如何，再加上，我很害怕。

樣本一死去我就折斷了她的手腕。我緊緊抓住，猛力又迅速一扭，感覺到喀嚓一聲斷裂的聲響自我的拳頭中傳出。比我想像的簡單多了——比我擔心害怕的還要容易許多——一個輕挑的淺笑不自覺出了口。

稍後，當然了，我會發現這具樣本的骨頭本就易碎。她的生長速度超出預期，一部分養分均衡指數被錯估，致使她的長骨特別脆弱。

下一次我好一番掙扎才折斷另一個樣本的手腕。更難應付的骨頭——肱骨、股骨、頭骨——需要揮灑汗水及不少耐心，且還需要賽耶德的幫助。儘管如此，每次感覺到骨頭在我手下應聲碎裂時，伴隨而生的都是一閃而逝的興奮感。

每一次我都得壓抑住笑意。*成功了，我折斷了，再也不可能癒合了。*

＊＊＊

奈森沒有闌尾；他少了其中一顆臼齒，在中學時期跟同學打架被打掉了；他的下唇有道疤，是他還在蹣跚學步時咬的；他兩邊鎖骨不對稱；他的手臂上有雀斑。

奈森死時，右膝上有個腳踏車意外造成的嚴重傷疤；他的食指上結了老繭，手臂上有道我毫不知情的狗咬傷疤；他的頸背有顆新長出來的痣；他的左手曾被燙傷，而瑪蒂猜想那可能會留下疤痕。

我們將樣本4896-薩德拉出水箱後，他看起來一點也不像奈森。他外表平滑、蒼白、鬆軟又怪異，彷彿剛拆掉包裹全身的石膏紗布一般。若他以半完成狀態踏入這個世界，後續將會出亂子。

我從未讓未完成品涉足這個世界。損害一個全新的樣本，以正確方式讓它受盡各種傷害、直至和模仿之本尊惟妙惟肖，這才是畫龍點睛的最後一道步驟。

最後程序中4896-薩德將會處於無意識狀態。一週後，等到修整進入收尾階段，才會逐漸讓他有知覺，鼓勵他使用四肢，感受傷口癒合的痛楚，如此將引出他原有的慣性舉止。4896-薩德將會需要稍微留心右膝、心不在焉地撫弄嘴唇的傷疤。他得保持清醒整整兩週，才能好好練習怎麼成為奈森。

這一切都伴隨著被發現的風險。但並沒有實驗室主任或潛在的投資者安排要來參訪實驗室，且那些人都不會臨時造訪。這些對他們來說太難以預測了，根本料不到將會看到什麼場面。

整個過程中有許多投資者不樂見的事物，實驗室主任同樣反感。開始修整 4896- 薩德的前一晚——薩德，我們現在直接這麼稱呼——賽耶德和我激烈爭執是否該讓瑪蒂也參與其中。「她不該看見這些，」他說。「她不該知道這裡頭進行的工作。」

「她已經知道了。」我回答道，把他的水杯遞過去，提醒他補充水分。

種下奈森複製人這顆種子那晚後，賽耶德越來越常以宿醉的狀態出現在實驗室。我沒有要求他作出解釋，但第一天修整萬萬容不得他怠慢。他聽懂我的暗示，一口喝乾了整杯水，然後繼續爭論同一件事。

「她可能腦袋裡知道，但親眼所見是另一回事。」他邊說邊搖頭。「瑪蒂在這方面太聰明了。她將會知道**自己**就是這麼來的。那會引來麻煩的，伊芙琳。」

「她不是這樣來的，」我說。「奈森沒有修整她。他讓她……嶄新如一。你看看——假如她問了，我會誠實回答的，可以嗎？」我等著賽耶德停止皺眉。「我保證。」我補上這句，忍住朝他翻白眼的衝動。

「如果她沒辦法承受，妳會讓她退出吧？」

「若她沒辦法承受，我會讓她退出。」我回應。

想當然，我騙他的。他不是我朋友，我不欠他任何保證，況且我大有權利開空頭支票，讓他閉嘴不要叨叨念念瑪蒂和她的經歷。將瑪蒂排除在所有修整程序之外，這想法令我自骨髓深處竄起一股冷冽又殘暴的狂怒。老實說，我應該要承認：我做足了完全準備，等著拉住她的後頸，讓她就這麼站在解剖台邊眼睜睜看著4896-薩德的鮮血汩汩流入一旁的排水溝。

隔日一早，整個準備階段我都心懷著這股怒氣。排乾薩德的水箱時我細看瑪蒂的臉，想找出任何遲疑或軟弱的蛛絲馬跡。不必明說，那個當下我並沒有意識到自己的舉動——但我一直以來都在這麼做。我想揪出破綻，揪出能證明我們兩人著實不相同的證據。

我無法對自己承認，我對瑪蒂的反感正一天天逐漸消退。她努力讀書、徹底讀遍了我的舊課本，還問我除了這些有沒有更多。過去幾個星期，我們早上開車到實驗室的途中，都在討論她最新讀到的資訊。午飯時間她會把賽耶德逼到牆角，瘋狂轟炸他有關組織結構、人體發展以及突觸衰弱有關的問題。她現在講話更為直接、也更為坦誠了。她依舊會停下動作等待許可，但已經不若之前那麼猶疑、被動。有時這令人生厭，沒辦法輕易指揮她——但我開始有點尊敬她了。

或許這正是仔細打量她的原因。或許我對此尊敬之情持謹慎態度。

當我給了瑪蒂一塊磨砂磚，要她替薩德的膝蓋做清創時，那逐漸消退的鄙視感順勢揚起了鼻子，嗅到一股血腥的味道。她問我什麼是「清創」。

「嚴格說來，」我回答，「是要移除壞死的組織。受感染的皮膚、結痂之類的。」我手指向薩德那片完美無瑕的膝蓋隆起處。「現在呢，妳得重現釀成奈森傷疤的那道傷口。磨掉他的皮，就像他摔倒時柏油路擦過肌膚那樣。」我用鋼珠筆畫出範圍，以免她不記得確切的位置。「把這塊橢圓形內的部分都磨到比真皮層再深一些。要流血才行。」

瑪蒂看著我在薩德髕骨上畫的參差橢圓形，然後目光轉向他的臉。我等著她退縮。

「他的昏迷程度為何？」她這麼問，聲音隔著手術用口罩顯得低沉。我那卑鄙的內在核心處發出了勝利的狂喜聲：她不敢傷害他，我就知道，她就是懦弱、懦弱、**懦弱**。但下一秒她轉向我，在我回答前接著說道：「需要把他綁住嗎，以防他掙扎？」

我真沒想到她會這麼說。**完全**沒想到。

「他沒有意識，」我說。「昏迷到我們今天下午可以不費吹灰之力拔掉他的牙。大可不必擔心。」

「很好，」她說完便彎身俯向他的膝蓋。她以戴著手套的手緊抓皮膚，另一手用磨砂磚在上頭打圓，一圈圈往深層磨掉健康的外皮。「我想，」她說，眼神片刻不離手上的工作，「馬路是以單一方向刮掉他的皮，所以我不需要來來回回磨動吧。還是妳不這麼認為？」

我搖頭，然後才意識到——她沒有在看我。

她是問我意見沒錯，但並沒有以恐懼的眼神確認我是否同意她的選擇。她絲毫沒有停手看看我是否反對。她一點也不在乎我。

「對，聽起來是那樣沒錯。」我又多看了她幾秒鐘，但顯然這裡不需要我監督。我轉身離開，走向高壓滅菌器檢查下午要用的牙科儀器。我回頭一看，她仍俯身在薩德膝蓋上方，一邊自言自語一邊磨去他一層又一層的表皮。

拔完薩德的牙齒後，我指示賽耶德做後續的清掃。我說我想確認瑪蒂對這天的工作感覺是否還行。他需要清洗掉薩德身上的血跡和唾液；需要將他擦乾讓他到恢復用的床上過夜；他得清理解剖台、將生物廢棄物丟掉以及高壓滅菌所有儀器。這是兩人份的工作，但賽耶德完全沒有猶豫就答應處理這一切。

「她大概累壞了。」他說道，看著瑪蒂用抗菌肥皂搓洗前臂。

「可能吧，」我喃喃道，也跟著看向她。看她動作堅定、毫無遲疑的雙手。看她盯著肥皂泡順手排水孔流下時頸部在洗手台上彎成的角度。看她的嘴角心滿意足地微微上揚。「別擔心，」我補上這句話。「我會照看她。」

那晚我問瑪蒂做得如何時，她竟是對我露出笑容。她心不在焉地撫摸下腹部，手覆在我猜是胎兒正在踢打的位置。盤旋而上的水蒸氣自我倆之間的薄荷茶中裊裊升起。

「很棒，」她說。「太棒了。妳呢？」

「確定嗎？」我斜睨著她。「修整過程很難直視的。或者說不容易參與其中。」

她搖搖頭手伸向茶杯，舉到唇邊吹氣。她的嘴唇幾乎碰到了杯緣。「我不介意，很高興能打理好奈森。」

「妳是說薩德嗎？」

「對，當然，」她說。「雖然我覺得應該要盡快開始稱他為奈森。」她閉上雙眼輕啜一口茶。「那樣等到他醒來，我們才會習慣。我們希望他對這名字有反應，不是嗎？」

「快了，」我這麼說。「但是還沒。修整完成後才這麼做。妳說的『打理好』是什麼意思？」

「我們正在讓他恢復成應有的樣子，」她回答。「我們將他打造成那個我們所愛的男人。」

她以掌根再次觸摸腹部，堅定、良久的覆在上頭。

「妳愛他嗎？」我這麼問。她點點頭，雙眼仍然緊閉。

「非常愛，」細語自她的雙唇流露出，「妳呢？」

我遲疑了，只是緊盯眼前涼卻的茶。過了這一年，很難確切記得那段美好時光裡我是如何愛著奈森。又或者是雖然事態開始走下坡，但卻值得開口爭吵的時光。很難想起那是什麼感覺。「我想是吧，」我開口。「沒錯，有很長一段時間。當我愛著他的時候，我是愛他的。」

「他死去的時候呢？妳還愛他嗎？」

我眼神離開茶杯，抬眼發現她正目不轉睛地盯著我。「我不這麼認為，」片刻後我才回答。「那個時候，我想我是恨他的。」

她點點頭。「對，我也是。我也恨他。」

「死去之後？」我問。

「每一秒。」她搖搖頭，熱淚盈眶。為時已晚，我到了這時才發現她緊緊克制在雙肩之內的怒火。「我每一秒鐘都恨透了他。」

第二十二章

瑪蒂抱持著叫人震驚的熱忱開始薩德的修整工作，從頭到尾都沒有畏縮。我們取出他的闌尾、用噴槍灼燒他的手、折斷他的鎖骨時都不見她瑟縮一下。她從未遲疑，從未別開視線。

還有最後一件作品，也是作工最精細的一件——若順利按照計畫，薩德最後將成為奈森。他眼皮上的疤痕。我把這項程序留到最後，因為它癒合得最快，且細小到倘若時間不夠，這道疤也不會成為壞了一鍋粥的老鼠屎。這小小一道疤，一道他自己都不記得從何而來的疤——左眼角處微微的皺褶，大部分被睫毛蓋住了，但顏色白得明顯，在照片上看來一清二楚。我做了個局部特寫，在他眼周割下一道深深的溝壑。瑪蒂用戴著手套的手將他的眼皮大大撐開。

他的眼珠就這樣盯著我們，卻目不視物，腦袋仍被緊緊包覆於鎮靜劑的作用之中。

「止血鉗。」我說，一手往旁邊伸去。賽耶德依言將工具放上我的手心。我鉗住甫割開的皮膚並用力拉扯。

「他會記得這些嗎？」瑪蒂問道，和我的距離近到只需輕聲低語，溫熱的氣息拂上了我的太陽穴。

「不會，」我回答。「在醫院病房醒來之前的事情都不會記得。」

「所以他不會知道是我們創造了他？」

我搖頭。「我們替他編程，讓他對任何刺激都能有所反應，彷彿是他自己有系統地組成這些記憶。大多數情況下，他的大腦內都是這些記憶。他會以為自己就是奈森。他會以為自己記憶中的事情就是奈森應該要記得的事。我們會告訴他他出車禍，是我們將他送到醫院，假如他有任何神經上的異常，醫院的人就會以為是腦震盪所引起。簡單。」

瑪蒂靜默。

空氣中迴盪著沉重、糾結的緊繃感，讓整個空間雜揉一股潮濕味。它就這麼緊拽著我的肚臍眼後，也就是那舊時恐懼的初始之地。沉重的腳步聲和前門鑰匙轉動的聲響、母親轉頭隔著因驚恐而僵直的肩膀看向我，見我在門邊張望，搖搖頭讓我知道該是溜回床上的時候了。這些都讓我心驚。

我以鼻子慢慢吸氣，由唇間吐出。我再次拉拽那塊皮肉，傳來了一陣撕裂絲綢的聲響。我將用過的止血鉗放在薩德胸口後拿起新的一組，鉗口中夾著的是指血壓布。

鮮血浸濕了布料的纖維。

「有什麼問題嗎，瑪蒂？」賽耶德不經意地問。

「沒有。」她說，一聽就知道是謊話。我換掉手中吸飽血的紗布。

「看起來好像不太對勁，」我喃喃地說。「可以讓他閉眼了。」

瑪蒂嘆出一口氣，將手從薩德臉上移開。我冒險瞥了她一眼，她正雙手掌心歇在後背做伸展，隆起的腹部挺向我。「我不知道，」她說。「就這樣。」

「不知道什麼？」我問，一邊冒著風險移開傷口上的紗布，但鮮血很快又再次湧出，我趕緊蓋上新的一塊。

「我不知道自己是複製人。頭幾個月都不知道。」她這麼說。「奈森告訴我——我們結婚，接著我出了意外。他說我可能會忘記所有事情。」她頓了一下。「我相信他。」

「很好，」我作聲。「看來那謊言挺有效的。老實說，真是意想不到。」

片刻後，瑪蒂說需要去趟廁所。我看著薩德的紅血慢慢在紗布上暈染開，聽著瑪蒂脫掉手套、洗手、走出氣壓過渡艙的聲音。

賽耶德取代她站到桌邊我身旁的位置。「好樣的，」他囁嚅道。

「什麼？」我問。「難道我應該表示歉意，告訴她奈森說謊嗎？和他所做的其他事情相比，這根本不值一提。」

「說得對，我想妳就應該要這麼做。」

血流速度變慢了，已經可以移開紗布。賽耶德給我一個填滿液體黏著劑的注射筒。我小心翼翼地開始填充薩德眼周的那道溝壑。

「你為何這麼關心她的心理？」我這麼問。「她是樣本。並不是**我**。」**穩住雙手。就是這樣。**

賽耶德沒有作聲。我注射好黏著劑，還需三分鐘等它變得混濁並產生黏性；再四分鐘才會完全凝固，接下來我會用繃帶蓋住傷口，這樣就算大功告成了。我按下計時器的「開始」鍵，每分鐘它都會發出響音提醒我做檢查。「嘿，回答我。」我站直身子，將手術用口罩往下拉到頸部。

那天我第一次看向賽耶德——我才發現，可能是多日來的第一次。我們一直在對方身邊，但修整過程中都只是不經意地在彼此身邊打轉。他負責執行我無法處理的事。比起合作夥伴，我們更像是一支接力賽隊伍。

我將大多數注意力放在瑪蒂身上。

賽耶德狀態不太好，鬍渣不均勻遍布在他的臉頰和頸部。他整個人浮腫，嘴唇龜裂——可能是咬的，也可能是疏於保養。他的雙眼空洞，看起來彷若永遠都在宿醉。

我大聲清喉嚨，他嚇得跳了一下——但依舊沒有看我。

計時器響了。我低頭檢查黏著劑。幾縷粉色的血絲滲入，但大部分仍是澄澈透明。我轉頭看向賽耶德，他的雙眼緊閉。

「我得告訴妳一些事。」

「好，」我回應。「你還在偷我的東西嗎？因為——」

「沒有，」他說，「不，我沒有。我的意思是，被妳發現後就沒有了。不是這件事。」

「繼續說吧。」我說。

他的呼吸聲大到蓋過了監測儀器的聲響。「是關於瑪蒂，」他說。「妳問我為何這麼關心她。」

我咒罵出聲。「別跟我說你愛上她了，賽耶德，這是**嚴重**違反道德的行為——況且，我的老天，這也太**詭異**了，你不能這樣——」計時器又響了。我檢查黏著劑，已經開始混濁了。

「讓我說完，拜託，」賽耶德打岔。「我一定要說出來。」

我等著，但他並沒有繼續。我們之間的沉默無限延伸，等著他拾起足夠的勇氣。我好想猛力搖晃他，好想賞他一巴掌。快說！

真希望可以說我早就知道了。

「我有幫忙。」

就這樣。才幾個字，我就知道事情全貌。但我仍舊等著，看他除了這我早已知道的事實外，還有沒有別的解釋。

我想給他一次撒謊的機會。我會接受那則謊言。

我知道他騙我，但會假裝被蒙在鼓裡，如此他就能繼續留在這。他可以獲得我的原諒。我們可以假裝一切都沒發生，僅有的不過是偷竊這微不足道的小事。和其他事情相比，偷東西根本不值得一提。

然而，賽耶德當然不想說謊。不說謊原則已經深深嵌入他的血肉了，而我卻沒有注意到。我從未注意到。不論事態輕重都未曾留意這點。

「我幫助奈森製作——」他接著說。「一開始我不知道。我不知道她就是材料的需求來源。他只要我拿些東西，一些妳不會發現的東西，好進行他自己的研究。且這是我欠他的，」最後他又補上這句，眼神正乞求我的理解。「是他將我介紹給妳，某種形式上說來，是他給了我這份工作。我只是想報恩。」語畢他舔舔嘴脣，用力地吞嚥。「但序列過程中我們遇到了麻煩，蛋白質結構鏈出現緊急狀況，他打給我，然後——我欠他太多了，妳明白嗎？——我知道如何幫忙，再加上他暗中給了我那麼多錢，以及，」說到一半他住口，顫抖著呼吸。

計時器響了。

黏著劑已經混濁。我戴著手套輕觸確定是否凝固。有些黏稠。快了。

「你製造了她，」我說。「你做了瑪蒂？」

賽耶德迅速搖頭。「不是，我只是——我只是協助了奈森的項目。我提供支援。僅此而已。」

我腦中第一個荒謬的念頭是，賽耶德看過瑪蒂裸體。緊接著沒那麼可笑的是，賽耶德看過瑪蒂的序列。

「所以你早就知道了？」我這麼問，語氣比我預料地還要平靜。這嗓音溫和又帶有威脅，就和我要瑪蒂扣上安全帶時一樣，但這次我並非刻意。「在我們測序那根頭髮，我看到那個標記時，你已經知道那是瑪蒂了？」

「我有猜到，」他回答。「我是說，我很確定。但我認為他……什麼也沒做。我指的是這個項目。我以為他純粹想做個實驗，試試自己的能力。我一直以為他失敗了。」

他長長吁出一口氣，這是一聲如釋重負的嘆息。告訴我真相後他解脫了，將自己的罪惡感徹底轉換成了我的怒火，現在我成了背負一切的人，他大膽地卸下了重擔。

「你有參與編程嗎？」我問。我希望他的答案是肯定的，希望喉頭中越趨緊繃的忿恨怒火能藉此噴發而出。

他搖搖頭。「沒有，那是蛋白質結構鏈之前的事。我根本不知道會是**妳**，直到——測序完全是套方法論——且——」

「老天，」我這麼說，「測序時他當然需要你的幫助了。我**很清楚**光他一個人根本辦不到。」

賽耶德呼吸急促笑了出聲，我投以一道銳利的目光。

他沒資格笑。我們不是理解奈森有多無能的戰友。我們並不站在同一陣線，再也不是。他原本有機會獲得我的善意。他原本有撒謊的機會。

通往實驗室的內側門打開。瑪蒂走進來，幾步後倏地停下腳步，眼神在我們之間游移。

計時器響了。

黏著劑凝固了。

「瑪蒂，麻煩來幫我包紮傷口，」我說。她緩緩移步，沒有看向賽耶德，眼神緊鎖在我身上。

她沒有問出了什麼事。她什麼也沒問，幫我在黏著劑上貼了一塊紗布。自始至終她靜默無語，冷靜沉著。

除了聽從我的指令移動外，她全程都靜止不動。

我的腦袋飛速轉動。賽耶德有幫助瑪蒂脫離昏迷狀態嗎？她認得他嗎？我記得當他知曉她的身分時，臉上那恐懼的神情——那會是裝的嗎？他一定以為自己被逮到了，一定以為我知道了真相。我沒有忘記當他看向那隆起的腹部時，臉色是如何唰一下陡然發白。

我的喉頭凝聚了一團燃燒得越來越旺、越來越旺的怒火。

包紮完畢後，我脫掉手套。「賽耶德，」我說，「清理一下。」

「我很抱歉，」他低聲說道。「真的很抱歉，我不知道——我絕對不會——我不知道他在做什麼，不知道她竟然能——他讓她——懷孕了，我不——」

「謝謝。」我的聲音柔和，生硬又急促。我母親總是這樣向在我們倆任何一人身旁逗留太久的護士道謝。這就是變相的趕人。對話到此為止。

那天開車回家，一路上格外安靜。

瑪蒂一直目光低垂，雙手擱在大腿上。在屋前停好車後，她沒有下車。我也沒有。過了一分鐘，她輕吐出一聲抱歉。

「為什麼道歉？」我問。

「為我做的所有事。」她回答。

我差點脫口而出她根本什麼都沒做。但我遲疑了，因為搞不好她真的做了些什麼。「妳認得賽耶德嗎？在我們第一次去實驗室那晚之前？」

她搖頭否認。「不認得，」她說。「那是我第一次見到他。」接著她疑惑我為何這麼問。她的眼神始終沒有離開雙手，坐姿是如此挺直，我可以藉由她肩膀的角度看出我母親那般身為被捕食者的恐懼，突然間，我喉頭那成團燃燒的緊繃感鬆懈了下來。

接下來數分鐘，在我的記憶中被分割成了多張栩栩如生的快照。瑪蒂的手放上我的肩膀，沉重的感覺著實反應她的力道之大。副駕駛座的門碰一聲關上。她伸手越過我替我解開安全帶時，一股香味自髮絲中竄出。被扶著踏出車門時，我在她一旁踉蹌了一下。紅酒在我眼前注入酒杯，鮮紅的血色正是奈森眼角傷口湧出的赤紅液體。

我沒有哭。我不會哭。

她哄我喝下第一口酒後，我說了。我告訴她賽耶德告訴我的所有事情，所有被歸了位的拼圖殘片。我告訴她賽耶德是如何供應奈森我的材料、如何幫助奈森理解我的研究、如何幫助奈森想出辦法背叛我。又是如何讓奈森有辦法創造出她——一個更好的我。

她斟滿我的酒杯，雙手手掌平貼在桌面上。「所以，當妳問我認不認得賽耶德的同時，也等於是問我知不知道他……參與其中。」我點點頭。「我不知道。」她簡短表示。

那感覺彷彿就像我身子底下的某些支柱被抽了去。我忿恨奈森的欺騙、賽耶德的背叛——一切都那麼的脆弱不堪。一瞬間什麼都過去了，接著我就有辦法回想起得知賽耶德所做所為之前的那段時間。

我傷到瑪蒂了。

「我之前說的話，」我開口。「我應該要更能同理妳所面對的情況。這整個過程……」我用力吞嚥了一下，輕啜一口酒好帶出卡在喉頭中的話語。「那不容易。我無法想像得知奈森撒謊帶給妳的感受，而我們也用了同樣的方法——同樣的說詞欺騙薩德。」

她點點頭。「很傷人，」她說。「但我理解。」

「是嗎？」我問。

「也可能不理解。可能我被設計成以為自己能夠理解。可能是本能反應吧。搞不好我能看見事情的兩種不同面向，因為這是確保我永遠不會生氣的最好方式。即便如此，我還是能夠理解。我明白這是不得不說的謊。」

我握住她的手，她沒有縮回。我看著她，她點點頭。

「我懂，」她說。「不必明說。」

儘管如此，我還是得說出來。然而，懦弱如我，心懷感激地接受了她的寬恕。喝完杯中酒後我握住她，她又替我倒了更多，而我沒有道歉。

第二十三章

我最後一次見到活著的父親，是在書房裡。

隔天我得去拆除手腕處的石膏。我請他解釋體液。我對各種不同系統感到困惑，不懂淋巴和血漿的區別，想不透為何這兩者不能合而為一。我們談論了一小時，時間到後，他照例伸手越過桌面和我握手。

我以大拇指和食指間的指蹼對著他，就像他教我的那樣。我握住他的掌心，力道堅決但不過度緊握，接著順勢晃動了兩下。**三次，他告訴我，會顯得妳很緊張。**他點點頭表示讚許——我做得沒錯——然後就讓我離開了。

我們的會面結束了。

那年我九歲。

他離開後，確切來說，我並沒有想念他。我常常想起他的失蹤——還有伴隨而來的那些不被討論的事件——但這和想念幾乎沒有任何關係。父親在我們生活中所在的位置既生疏又怪異。那就像是拔牙後留下的凹口，隨後的好幾年都因腫脹顫動不止。那是個會引起注意的空洞，舌頭總會不經意地舔過那道傷，直到牙齦終於癒合為止。那是鮮血的滋味，乾淨、酸澀，以及無以名狀的療癒感。

但父親失蹤的空缺卻以驚人的速度癒合了，我和母親落入了一段惴惴不安的生活。有些事情我們從不談論，花園的某些範圍我再也沒有幫忙打理。我們從沒想過要整理他的書房——只是關上門假裝房子比以前少了一個房間。幾年之後，我去了寄宿學校後，尾隨他的缺席而至的靜默變得更加常見。一切就是這麼簡單。

一直到在父親的母校找到自我，身在他幾十年前上過的課堂中，我才開始思念他。即便如此，就算我就走在他曾穿行而過的長廊，也會懷疑我思念的並不是**他**。每當我苦於某位教授的講課風格、棘手的理論或是費解的實驗時，總會渴望那每週一次的書房時光。我會坐在宿舍，眼前擺著看似解不開的難題，然後若有所思地想著那些簡單易懂的答案。我記得自己不斷輕踢身下扶手椅的椅腳，父親書桌後方大大的可攜式時鐘滴滴答答地向前走著，而那低沉的嗓音正一字一句講解知識，直到我清晰明瞭為止。

每次我獨自解開問題——每次整理教授所述的速記內容、找到理論的根源，或是成功完成滴定——我都會想起那個握手。我很想念那種成功達成任務的轉大人的感覺，這證明了雙方都知道自己正在做些什麼。

我想念那種毫無疑問正確完成某件事的成就感。

＊＊＊

隔天早上我們抵達實驗室，賽耶德不在。不用面對他剎時間令我鬆了口氣。該是叫醒樣本的時候了。

我從抽屜找出一疊舊履歷翻了翻。不久後便直接扔進回收桶。這些履歷老舊到沒有任何價值，得請人資提供些新人選才行。

瑪蒂和我準備就緒，開始與薩德交談。不是薩德，而是——現在起他是奈森。瑪蒂和我達成共識，對彼此以及對他都如此稱呼，這樣才不會失誤以及使他困惑。

奈森。

他正躺在恢復病床上，一隻手臂打著點滴，長長的導管自床單底下蜿蜒而出。床邊的監控儀器發出顯示生命徵兆的歡樂嗶嗶聲，規律的節奏不間斷地提醒大家事情進展得相當順利。他的傷口幾乎都癒合了，多虧了有具這麼嶄新的身體。他的組織宛若孩童，柔韌又具延展性。當然了，這樣的癒合力並非永久，但在早期階段，需要快速癒合以留下傷疤時相當有用。

他看起來幾乎就是我記憶中的那個人。離開水箱第一天賽耶德替他剪短的棕髮已經生長得茂密。他的睫毛低垂在臉頰上，稀疏了點但卻纖長地嚇人。他的嘴巴微啟，那雙嘴唇——細薄、寬闊、角落總是蜷曲——還因為賽耶德前一晚為防乾裂而塗抹上的羊毛脂閃閃發亮。

瑪蒂和我盯著他良久。沒什麼可說的，也沒必要說。我知道她在想什麼，且非常篤定她也知道我的心思。

這是奈森。

若我假裝自己從未試圖改變他，無疑是在說謊。他會成為怎麼樣的人，一切都在我的掌控之中。我本可以用不同的方式打造這個奈森，本可以將他變成一個能與我共赴終生的人。一個更勇敢一點、更細心一點的人。一個可以與我並駕齊驅，不會因趕不上我而備受威脅的人。

我可以讓他成為一個仍然愛我的男人，一個再次愛上我的人。然後，製作完畢後，我可以在眾人矚目下將他帶回身邊，修補我倆的婚姻，破鏡重圓。我可以替自己打造一個聰明、溫順、心懷感恩的人，沒有人會質疑我們的關係。

但這個我打造出來的人——他不會是**奈森**。每個遇見他的人都會發現事情不對勁。他始終達不到我的需求，這就是他恆久不變的本質。我終將看透這點。他永遠都不夠好；原先的奈森天生就是要動不動使我失望，深至骨髓都是這副德行。

我不能剝奪這點。我不是要將他變成一個嶄新的人，一個打從一開始我就沒有愛上的人。所以我沒有這麼做。

我和瑪蒂眼前的這個男人，這個無毫無知覺的複製人，正等著被兩個一手定義他的女人喚醒——這是最能打造出真實的奈森的方法。這個我們認識、我們愛過、我們恨過的男人。我們親手埋葬的男人。我們重建了他的軀體，憑記憶打造一個鬼魂，然後將兩者合而為一。我們將他生前的印記與傷疤復刻上皮肉，藉此讓骨架與靈魂兩相契合。我們同心協力，共創了這個男人。

我們打造他。現在，一切就緒。

我將床鋪周圍的簾幕拉上，這樣他醒來後才不會看見實驗室。瑪蒂站在我身後，潔白的實驗袍覆蓋著腹部，嘴巴、鼻子和頭髮都被藏在了手術用口罩與帽子裡頭。我將聽診器掛上脖子，戴上手術用口罩。

我們將自己偽裝成一個可信的謊言，一個他沒有理由仔細檢視的謊言。兩名醫生，以白袍隔絕病原體、專業、給人一種距離感。沒什麼認得出來的。沒什麼會被記住的。

我們準備好了。

我撤掉前一週令他呈半夢半醒狀態的鎮靜劑。先前我們將他推入更深處的無意識之地，以便進行更具破壞性的過程，然後讓他離清醒過來又更近一步。現在，沒有鎮靜劑將他拉入那昏迷的深淵，奈森很快就醒了。

他的心智靈活、可塑性高，隨時可接受全新的刺激。他的雙眼圓睜，整整好幾分鐘，他的眼神都宛如新生兒一般朦朧渙散。對他而言，這個空間還不是一個房間——這裡是形狀與色彩、各種對比與動態的組合。他的大腦正在接收消化大量輸入的資訊、將之具象化，替每個畫面配上一段模糊的記憶使之易於辨認。我們煞費苦心喬裝，不會面臨他將我們的臉與可能存在的畫面結合在一起的風險；他的大腦看到的會是「口罩」和「聽診器」，並藉此聯想到「醫生」，良久後才會將我的雙眼與有關「伊芙琳」的複雜記憶相互結合。

我們等著。他一開始用力眨眼，就像是甫衝破水面的游泳選手那樣不斷眨眼，我出聲叫喚他的名字。

「奈森？」

他的臉龐轉向我，似乎費了一番力氣才將注意力聚焦在我身上。他的雙眼迎上我的口罩及聽診器。**上吧**。**醫生**。我拉低口罩，相信自己會以醫生這個角色駐紮在他的腦海中，他大腦便會如此認定。那顆腦袋將會專注處理我周圍及身後的其他資訊。屆時他將無暇將我重新歸類。

我對他微笑。「看到你醒來真是太好了，奈森，」我這麼說。我得重複叫喚他的名字，確保他牢牢記住這個名字。他的意識還存有些許可塑性，冷卻之前都還足夠柔軟讓我在其中留下指紋。

「呃，」他出聲。「我，呃。怎麼——」

「恐怕是出了意外，奈森，」我這麼說。「你結束山中之旅，在回家的路上出事了。你旅行歸來，遭逢不幸，奈森。」我點點頭，臉上的笑容未減。他的頭跟著我的動作微微搖晃。**很好**。「詳情可能有點模糊。你感覺還行嗎，奈森？」

「呃，有點痛，」他回答。這是他說的第一句話，語氣的抑揚頓挫幾乎一樣。「感覺好像被公車撞了。那個，我可以喝杯水嗎？麻煩了？」

我的餘光瞥到瑪蒂纖瘦細長的手臂，白皙得宛如清梨的果肉。她那隻鎮定自若的手拿著半杯水，奈森接過去的同時她仍握著杯子數秒鐘，直到屈服於對方強勁的力道才鬆手。

「奈森，你現在在醫院，」我說。「但沒有大礙，只是輕微腦震盪和一些瘀傷。」

「我不記得意外。」他說，因為大口喝水而喘不過氣。瑪蒂收回水杯。我有聽到她鑽出簾幕去裝更多水的聲響，但眼神始終放在奈森身上。他看我的眼神流露出毫不掩飾的擔憂，還有如孩童般的全權信任。

「沒印象嗎，奈森？」我輕柔地說。「你不記得自己從山中之旅歸來途中，被突然衝往人行道的車撞到嗎？你不記得大雨中的車頭燈嗎，奈森。你不記得自己頭部撞上人行道，駕駛趁你失去意識時逃逸嗎？奈森，那是不是一輛引擎蓋上有凹痕的紅色車子？駕駛是個白人小孩嗎，奈森？在你結束山中之旅後，開車撞你的人是不是深色頭髮的白人小孩？」

「我不確定，」他說，但語氣相當緩慢，沒錯，就是這樣，按壓指紋在他溫熱可塑的記憶上。「這……聽起來好像是這樣。但所有事情都還有點模糊。」

有點模糊。他重複了我的話。這是好跡象——對下一週相當有幫助，屆時他得開始使用原本的奈森會講的那種簡短措辭。這段時間我們會讓他服用少量鎮靜劑，只是有點模糊。我們要好好塑造他。

「沒事的，奈森，」我說。「一定會想起來的。」

瑪蒂回到房裡。她木然的雙眼並沒有泛紅。她懂得如何偷偷哭泣。瑪蒂走進的動作引起奈森的注意，但下一秒他又將目光放回我身上。

「我肯定會想起來的，」他說。然後他眨眨眼，表情凝重地盯著我：「有人通知我妻子嗎？她知道我在這嗎？」

第二十四章

瑪蒂和我站在將我的實驗室與大樓其他部分隔開的氣壓過渡艙內，讓氣流循環一次次重複進行。每次循環結束後，我就壓下牆壁的按鈕讓其重新開始。我們不適地緊挨在一起，距離近到連移動雙手都得小心翼翼，才不會打到對方。我們讓氣流循環的噪音和包裹門框的密封墊遮蓋過話語聲，以防奈森聽見。

「怎麼會忽略這點？」我咒罵。「該死。」

這是個天大的問題，這個災難將引爆的嚴重後果完全被忽視了。我們盡可能將這個新的奈森編程得跟舊的一樣。或者說，更溫和、耳根子更軟一點——但沒有明顯到會讓人覺得有突如其來的大改變。我們花費太多心力確保他成為我們認識的那個人，那個膽小、玻璃心、專一、迷人、膽大、沒耐心、自私、充滿好奇心、骨子裡殘忍冷血的人。

我太專注於完成工作，一心只追求完美無缺。

接下來會發生什麼事，我想得不夠仔細。

「沒關係，」瑪蒂說。「我應付得來。」

我猛搖頭，再次一把按下循環鈕。「不，」我說，「得另想方法才行。」

「他知道自己有老婆。」瑪蒂說。

「他指的可能是我倆其中之一，」我這麼說。「他可能還以為我是他老婆。我有辦法——」我欲言又止，因為我其實沒辦法。

我心想，我太瞭解這個丈夫了。我知道他討厭所擁有的那三套西裝。我知道他和父親關係很好，且足夠聰明，知道千萬別問起我父親。我知道他生病時會很固執。我知道他對待孩子和動物相當溫柔，在青少年身邊則顯得相當彆扭。我知道「要嘛豁出去，要嘛不要做」這句話會讓他莫名發火，且只要提及他長不出鬍鬚這件事，就會令他陷入缺乏自信心的旋渦之中。

婚禮那天，我知道我們彼此相愛，以為不論發生什麼事，自己都會是對方生命中矢志不渝的存在。

「沒關係，」瑪蒂重複道，避開了我的視線。「讓他和我一起回家。我們只要……」話說到一半陷入了猶疑。「我們會從上次停止的地方接續下去。」

一股恐懼的浪潮在我體內升起，過於凶猛，一股腦排山倒海襲來，淹沒了那些「沒關係」三個字妄想居留的巢穴。

陡然之間，我知道了自己對於瑪蒂是什麼樣的感覺。

面對大多數人，遇到他們的幾分鐘內我就可以知道自己做何感想；我會將他們分類為有用的、惹人嫌的、迷人的、友善的。對於多數人，我會找個合適的位置並安置他們，在他們有充分理由讓我改變心意前，我的看法不會改變。很少人能改變我。但是瑪蒂——我花了大把時間試圖找出瑪蒂的歸屬。數個月來我氣惱她、忿恨她的多種限制、賞識她的成長、害怕她、學著喜歡她、努力壓下討厭她的感受。好長一段時間我因為她而焦躁不安，順帶一提，我實在理不清她在我的生活、我的世界中，究竟扮演什麼樣的角色。

但是在這間氣壓過渡艙內，我一下子搞懂了自己對她的感覺。分毫不差，和我對自己的感覺一模一樣。

種種相同的沮喪失落、相同的動心時刻。

我對瑪蒂的所有感覺，完全是對我自己的投射。

當然了，為此我想找辦法保護她，同時為此心懷恨意。

我不能讓她重回過往的生活。我不能讓她回去那間永遠都在等待許可的房子，在那裡她就是個安靜、謹慎、毫無好奇心的人。我不能這樣對她。

但我也不能帶奈森回家，去年的一切已是不可逆。我們已將他設計成一個對我毫無眷戀的人。將情感的記憶植入奈森大腦的那個夜晚，我和賽耶德都有點喝醉了。這真是出乎意料地糟透了。我拒絕談論這點，隔日加倍努力確保奈森知道自己已不再愛我。

一絲情感也沒有。

他的背叛、我們破碎的婚姻——這是他體內涵蓋的版圖。不可分割的一部分。在實驗室裡他沒認出我，鎮靜劑甫退去意識還未清晰，但過沒多久他就會認出來，就會知道我是那個他早在多年前就已不愛的女人。

瑪蒂不能帶他走。我不能帶他走。但我們其中一人不得不帶走他。

我再次按下按鈕，氣壓過渡艙的氣流循環再次有了動作。

「他會傷害妳。」我說。

「他不會，」瑪蒂如此回應，雙肩勇敢地挺起。她看著我，雙眼平視，因為我們的身高幾乎一樣，她完全不必尋找就能立刻對上我的視線。「我們把他設計成一個難相處，但不是殘暴的人。他從來沒有暴力過。」

我交叉雙臂。「妳知道我的意思。他會以之前那樣的方式傷害妳。」

「我可以應付，」她說，而我被她突然變得倔強的語氣嚇了一跳。這就跟第一次聽到錄音機傳出自己的聲音一樣奇怪。**我的聲音是這樣嗎？**「在妳出現之前我有辦法應付，現在一樣可以。」

「不，」我說道，「不是，妳沒必要——」

「事實上，我有，」她打斷我。「我有必要。因為這就是奈森製造我的原因。我因此而生，記得嗎？」

我的耳邊迴盪起自己在茶館裡含血噴人的餘音，使得我不住瑟縮，那次爭吵彷彿是來自另一個時空。瑪蒂雙手覆上已經偌大的肚子，現在大腹便便的模樣任誰都不會忽略。

「我必須這麼做，伊芙琳。我有使命在身。這是我存在的目的。」

我們為此爭論了彷彿幾年之久，每隔幾分鐘我就按一次氣壓過渡艙內的按鈕，瑪蒂則是展現出驚人的奉獻精神拒絕妥協。我搬出十多種說服策略，但最後這成了一次空洞又無望的爭辯，我被迫妥協。

「妳別無選擇。」她以淡漠的語氣做出結論。「妳別無選擇，因為選擇從來都不存在。妳一直想說服我我是錯的，但妳心知肚明，若真如此我們前方就只剩下死路了，所以何必爭這些呢？這樣妳會感覺比較好嗎？」

「不是，」我語氣嚴肅。「我想搞清楚——一定有更好的方法，可以保護妳的方法。」

瑪蒂聽聞搖頭，眼神透出笑意的同時雙唇緊抿。「我早就知道會這樣，」她這麼說。「我以為妳都想好了。」

此番話重重打擊了我。就像我一再令她失望、意外多了「照顧者」這個角色，但卻沒有成功顧好這個完全意料之外的對象。那些都痛擊我心。即便我感到內心深處的罪惡感已然潰堤，一部分的我仍舊執著於替事情的另一種發展方式做辯護。**沒錯，那個部分的我呢喃，她是對的。她為此而生。一切就跟過去一樣。妳不必想辦法。**

「他等等就會醒來，」她接著說下去。「我們得回去。我會換身洋裝，假裝是妳打電話給我後我才過來探訪。」

「但妳不能說謊，」我說。「我是說，妳以為自己辦得到，但其實做得很糟。」我覺得自己遲緩又愚蠢，彷彿落後別人一步卻不知道該如何追趕。

「我可以騙他，」她回答。「只要能讓他開心就可以。這我很擅長。我猜這是編程的一部分。」她的笑容不帶一絲溫度。「只要是奈森想聽到的內容，我就可以對他撒謊。」

氣流循環還沒結束她就走出了過渡艙。

通往實驗室的門上方的紅燈不斷閃爍。直到我按下按鈕重新啟動循環，向系統保證我會繼續待著、讓通風口將門外的髒污徹底清除後才停止。

進門後，瑪蒂已經換回日常服裝了。她穿了一件我沒見過的淡粉色開襟毛衣，正是最適合我在茶館所見的這個女人的裝扮。珍珠耳環、長裙的腰帶高高繫在孕肚之上。和我如出一轍的淺灰色雙眸因為期待閃爍著光芒。她替和我一樣、但是稍長的黯淡直髮繫上髮帶。很適合她。這**就是**她的樣子。

她就是為此而生。此刻看著她，毫不拖泥帶水地被點醒了我倆是何等地不相同，且可怕的事實是，這些差異全是刻意為之。我們之間的不同沒有一處是巧合。在她身上我所欣賞的特質，必然是我自己有所欠缺的。若想安然度過一切，我勢必得稍稍怨恨她，因為我著實相信她比我更加優秀，換句話說，奈森本尊製作她是正確的決定。

若瑪蒂比我優秀，奈森不再愛我也是無可厚非。

我關上氣壓過渡艙的門，完全踏入實驗室時正好看見她沒入分隔病床和製作奈森的實驗室的簾幕內。「噢，奈森，看看你！」她那歡欣、甜美又寬慰的聲音散布了整間實驗室。「我好擔心。奈森，我一接到消息就趕來了。」

「瑪蒂，」他回應道，語氣緩慢含糊。一陣嗶聲傳來——她調低了鎮靜劑輸液的劑量，讓他逐漸找回意識。「謝天謝地妳來了。我出了意外。」

「發生什麼事，奈森？」她的嗓音依舊高亢溫柔。「噢，瞧瞧你可憐的臉。感謝老天你沒事。」

我就站在實驗室裡聽著他倆對話。瑪蒂的表演無懈可擊：憂心忡忡、幾天沒有丈夫消息的妻子。她不斷喊著他的名字，不斷提醒他那段獨自一人、為期數月的山中之旅，是寶寶出生前的最後一段長途旅行。她將指紋覆上我製造出的凹痕，用力壓下，直到凹口與螺紋清晰到不會被抹滅。

我環顧我的實驗室——鎢製桌子、高大的強化玻璃水箱、大型氣櫃、解剖台、櫥櫃。一切都因此滿目瘡痍。瑪蒂、賽耶德、奈森。這幾個人都在我的實驗室刻下了他們姓名的首個字母，這個地方再也不屬於我一人，因為其中一部分將永久為他們所擁有。

我們的。

我從來都不想要任何屬於**我們的**東西。無論如何我並不想和瑪蒂或賽耶德共同擁有，也不想和這個版本的奈森，這個看到瑪蒂便如釋重負、這個喜愛瑪蒂勝過於我的奈森。

「你的醫生是哪位？」瑪蒂以堅定的嗓音問道。

「我不知道。」奈森輕柔得回答，聽起來有點尷尬。「我不知道她的名字。她看起來——」

「沒關係，」瑪蒂迅速接口。「我等等去找她，問她你什麼時候可以回家。」

她親吻他。聽起來不怎麼熱情，卻也不至於生疏。她走出簾幕後四周張望，花了幾秒鐘尋找我，我都看見了。

她很高興。

看到丈夫回來她鬆了口氣。她不是在演戲，並非將虛假的情感注入進嗓音之中。她很高興再次見到這個男人，這個把她困在家庭生活的鐘罩下、一心期望她眼裡只有他的男人。

她很高興再次見到他。

「好，」她穿過實驗室朝我走過來後我低語一聲。我將雙脣靠向她的耳朵，只有她一人能聽見氣音組成的話語。我的心臟在喉頭間跳動，我得努力控制呼吸，好讓她聽見我說的話，而非我的焦慮。「好，我知道了。」

「他能回來真是太好了，」她低喃，下巴撞到了我的肩膀。「我知道妳覺得這很愚蠢，但我很想他，非常想，而且——」

「聽著。」我無法忍受再繼續聽下去，趕忙出聲打斷。「聽著，我知道了。我懂。但他先前試圖傷害妳，很有可能會故態復萌。」

「不會的，我知道，」她說，語氣中歡欣的盼望重重擊向我的肋骨。

「我不會讓妳在毫無保護的情況下帶他回家，」我表示。這個想法不到一眨眼的功夫便已在我腦中成形，彷彿我在裡頭的羊膜中注入了一股電流。「但有個辦法。有個緊急斷電開關。很簡單，我每次都那麼做。幫那些人……」我遲疑了，遲疑的原因是我即將要說的話可能會傷害到瑪蒂。這種體貼簡直是軟弱的象徵。「幫那些想擺脫複製人，卻又不想釀成麻煩的人。」

瑪蒂的頭向後一縮，恰好是能與我對視的距離。她的目光在我雙眼間游移。

簾幕之後，奈森呼喊她的名字。瑪蒂和我同時間轉頭，一起看向將我們和我們製造出來的男人隔離開來的布幔。

「等我一分鐘，親愛的，」瑪蒂回應。「等等就過去。」語畢她看向我，下顎緊繃地點點頭。「緊急斷電開關，」她輕柔地說，輕柔到像是一聲嘆息。「不論那是什麼——妳之後會告訴我吧？現在，我們先做完手邊的事。」她掛上笑容，目光轉回到簾幕之上。「先完成當務之急。」

第二十五章

拆石膏那天是我最後一次見到父親。我母親從醫院接我回家後要我上樓洗掉手臂因為打石膏產生的一股酸味。那天下午我趴在房間床上讀書，身後雙腳翹得老高，暖陽穿透窗子在地上投射出一方偏離窗框實際位置的黃光。

我經常這樣度過一整天，每隔幾個小時、或是聽到書房厚重大門關上的砰砰聲，就爬下床躡手躡腳到樓下找食物。有幾天，母親會把零食和水放在托盤上，擺在我的房門口。她比我更擅長走樓梯——我從未聽見她抵達或離開的聲響。我只要打開門，就會看見一碟餅乾和用蠟紙包裝的三明治倚著門框，沒有特別留意的話就不會立刻發現這些食物。

但是，那天沒有食物。父親失蹤那天沒有食物。

那天下午，書房大門關上的沉重聲響傳來，我聽到了絕佳機會。我輕輕打開房門，將門把轉到底如此門閂就不會發出聲響。我腳穿著襪子踏入走廊，以我知道的方式安靜地踏在樓梯台階上。屋子最底下這層樓窗簾都被拉上了，漆黑一片，只有客廳壁爐熄滅的火堆發出的微弱光芒。

離大門還有一半的距離時，我聽見一陣怪異、有節奏的聲響。一種鋸子來回割動、粗嘎刺耳的噪音，聽起來很像是有東西卡在吸塵器裡的怪聲。

走下樓梯後，這個聲響頓時分解成了兩種不同的音頻。

我聽得出來兩種都是吃力的呼吸聲——一串平穩、喘息的抽氣聲，與之交雜的是相對紊亂、潮濕、粗啞、嗆咳的呼氣聲。

斷斷續續。

逐漸慢了下來。

我想逃跑，但扼住了腳步。我知道最好不要在房子裡跑動。

相反地，我踏著輕柔的腳步，在走廊角落探出頭，距離剛好足夠看見客廳沙發的背面。那張沙發阻隔了我和那串聲響。我可以看見母親的上半身，她穿了一件小圓領洋裝，衣領鈕扣一路扣到了喉嚨處。那是白色硬挺的領子，上頭濺了些深色的污漬，而從我這個奇怪的角度，也可以看見一道暗影爬上了她的臉龐。她站在那裡，呼吸沉重，低頭看著地上某個物體，火光將她的髮絲映照地閃閃發亮。

互不相讓的吸氣聲，替我在樓梯上聽到的旋律奏出了前調——我看不見旋律的來源，那是出自她腳邊的某個物體。

一道暗影在沙發底下蔓延開來，在火光的照耀下顯得巨大又扭曲，我母親稍微轉頭，脖子扭轉成了帶有警告意味的熟悉角度。這樣我就知道她聽見我的聲音了，但還沒有看見我。這樣我就知道，該溜回床上了，這次，我很清楚，不是能待在樓下的時間。

隔天早晨，她坐在我的床尾，床墊下陷的位置正好是我的腳還碰不到的地方。我假裝剛睡醒，以手肘撐起身體揉揉雙眼。她告訴我，父親不知道去哪了，前一晚他沒有回家，我只是安靜地點點頭。說話時她緊盯著我的雙眼，眼皮一眨也不眨。

肯定有個正確答案。我知道有。

我盡全力查找，並以她希望的方式呈現給她。

「好吧，」我說，一邊留意不要緊捏住床單。在那個時候，保持雙手放鬆且不亂動似乎非常重要。「需要報警嗎？」一看見她的表情，我立刻補上一句：「告訴警察他昨晚沒回家？」

她眨動雙眼，露出個鬆口氣的笑容。她拍拍我棉被下的腳，那雙手乾淨柔軟，但其中一片指甲有道深深的裂痕，也雜揉著一股花園的潮濕氣息。「這主意很棒，」她說。「對。我們告訴警察他昨天沒回家，我們很擔心。」

她看著我良久，沒有說出心裡的話。我也回望著她，同樣把想法深藏心中。她伸手替我將一綹頭髮塞到耳後，泥土的氣味如一團旋渦般撲鼻而來。

「趕快換衣服，等等他們來才夠體面。」

警察來到我們家，母親以乾淨的雙手迎接，不安地因為造成他們不便拚命道歉。他們說不必擔心——我父親可能只是在辦公室過夜，隨時會回來的。他們交換了一個「他有外遇」的眼神，連我都看出那眼神背後的意義。我雙手插口袋站在母親旁邊，其中一個警察蹲下看我時，我表現出害怕的樣子。

他要我別擔心，說父親很快就回來了。

母親一手搭在我肩上，力道輕盈地仿若一片樹葉，然後告訴警察若父親再沒有回來，會再打電話通知他們。

「他會來電的，」她這麼說，聲音裡強加一絲勇敢地顫慄。「他會讓我知道行蹤的。我確定很快會有消息。」

＊＊＊

奈森又度過了另一週康復期。

他謹記自己的姓名、年齡、生活的詳情。他緊緊抓住我們告訴他的所有重要記憶。瑪蒂和我幫助他將意識中的畫面配上某一段記憶：應該如何交談、應該要關注什麼。他學著注意我們要他注意的事物，忙到沒有心力關注其他的部分。

我偶爾會看到瑪蒂陷入沉思，且很容易看出來她在想些什麼。我們現在對新的奈森所做的一切，奈森本尊也曾經如此對待瑪蒂，就在她還沒有記憶的那段時間裡。根據設計，那段時間她的記憶一片空白。她被告知名字叫瑪蒂，是奈森的妻子，且深愛著他。

她深信不疑。

她雙眉間那道紋路又更深了一點。但我擔心的不是這個——她依舊是原先的瑪蒂，原先那個被製造出來的瑪蒂，而我不必為她的感受負責。我從未問過她在想什麼。我要她參與了編程奈森的最後階段。

她從未退縮。就像修整奈森時那般毫不猶豫，她從未屈服於最後校正時的壓力之下。我認為這是她有能力應付所有事情的跡象。我決定不去窺探那處在邊陲的感受。

我沒必要知道。

所以說，奈森待在實驗室的最後一週，我什麼也沒問。

他們一同離開實驗室的那個早晨，在我心中烙下了超脫現實的清晰記憶。

踏出氣壓過渡艙的時候還很早，天色尚未亮起。實驗大樓外的空氣冷冽但不刺骨；春天的腳步近了。

我們用實驗室的電話，而非app叫計程車。這是瑪蒂建議的，如此傳統的方法便不會留下任何讓她與實驗室相連在一起的電子紀錄。我一邊叫車，手指一邊滑過之前的外賣紀錄：S、E、S、E、S、S、S、E、E、S、E。

寫有瑪蒂名字和電話的紙條還在原處，是賽耶德一絲不苟的筆跡。

我們一起將奈森帶往停車場。由於鎮靜劑的緣故，他的腳步跌跌撞撞，因此也不記得自己走過哪些地方。瑪蒂和我替他穿上原本奈森的衣服，是一套已經閒置了將近五個月的毛衣、休閒褲和鞋子。看他穿起來這麼合身真是奇怪，簡直可說是巧合，但當然了，根本沒有巧合這回事。

這是精緻工藝。

生平中第一次踏出實驗室，奈森將重量全倚在瑪蒂身上。這個版本的奈森從未見過病床周圍簾幕外的一切。當然，以他昏迷的程度，那時也幾乎是什麼都看不見——新生的頭幾個禮拜，外面是一團模糊朦朧的大千世界。這世界柔軟到可以任由他的大腦塑造。形狀、噪音和圖像，所有一切都平和地容易理解。

大樓走廊和我第一次帶瑪蒂來時一模一樣，既昏暗又狹窄。走到停車場時計程車已經等候在側了。這台白色計程車的車門是綠色的，窗玻璃從裡頭被弄髒，顯然其他位乘客把手貼在上頭，或者是將頭倚在上面。我們打開後座車門時，司機的視線完全沒有離開他的手機。

瑪蒂扶著奈森的手肘幫助他進門，接著也跟著爬進後座。她現在懷孕七個半月了，肚子已經隆起地非常明顯。感覺相當沉重，她是這麼說的。她費了點勁才繫上安全帶，小心萬分地移動腹部。奈森在她旁邊，頭部靠著車窗，覆蓋掉原先印在上頭的痕跡。

瑪蒂一坐好我便關上車門。我仔細觀察，等到她確實坐進車裡了才有動作，以免被關上的門夾到。她轉移注意力幫助奈森扣好安全帶，車子發動時仍朝他傾身，完全無暇回頭再看我一眼。我看著他們在晨曦的光線中離去，計程車的車尾燈和方向燈詭異地逐漸弱下，對當下這個莊嚴的時刻來說似乎過於切實了。

我雙手抱著兩邊手肘，兀自站在停車場中。他們離開後好長一段時間我都沒辦法移動腳步。以防萬一，待在原地才是上策。我等著一切塵埃落定，這個感覺很重要。

完成了。

他們離開了。

第二十六章

我享有四個月的平和時光。

平和，或者說類似的感覺。

奈森回到家的第一個月，我和瑪蒂有碰過幾次面，檢視事情有沒有按照計畫進展。每次都是她來我的房子。這裡不會有被其他人看見、被問些奇怪問題導致瑪蒂被發現的風險。每一次，每當她進屋，我總覺得她好像在檢查什麼，確保這裡真的是製造奈森那幾個月來自己待過的地方，眼睜睜看著一手打造的園地至今仍舊是空蕩一片。

我們一同喝茶，她向我報告奈森的進展。他很聰明，瑪蒂這麼說道。他告訴朋友及同事的所有說詞，全是我們第一次叫醒他後那段可塑造期間，我們刻印在他腦海裡的內容。他跟人們分享了他在山區進行的研究之旅。某些時候在小屋裡，孤獨一人的隱居會讓他對離婚這事有正確的見解。回家途中，他出了意外。頭部受傷導致腦震盪，雖不至於太嚴重，但足以令他喪失了一段記憶。他對很多事情的記憶都是模糊一片。沒錯，他還是可以工作。不，沒有必要時時檢查他。

「他們都信了，」最後一次來訪時瑪蒂說。「毫不懷疑。他們比我想像得還要容易相信他。沒有人覺得他行為異常。」她邊說，手指一邊敲打杯子。「我猜他沒有跟誰特別親近，所以沒人察覺到其中細微的差異。」

「對，」我說。「他沒有特別熟的人。」

這是事實。我想不到有誰和奈森特別親近，沒有真正的好友。他有同事、大學時期的老友、遠方的親人、一些偶爾和他碰面的人——但沒有一個人參與過我們的生活。離婚後沒有一人問我後續的狀況。我一直記得，搬出家門後的幾週裡，自己的勝利感是如何被愧疚感給擊垮，因為我沒辦法保證有個人可以讓他依靠。我實在太生他的氣，沒辦法讓這股罪惡感改變我的下一步的動向，然而——那個感覺一直都在。丟下他孤身一人的內疚感。

嗯。獨自一人，除了瑪蒂以外。

此刻坐在瑪蒂面前，我不禁好奇自己跟她是否真有不同。顯然沒有人發現新的奈森有任何異樣。沒人察覺到我們是如何讓他變得稍微溫和一點，沒人注意到我們有改變、忽略，甚至是完全弄錯某些微小細節。我好奇自己是否有跟誰特別要好，好到若我有這些差異他們有辦法看出來。如果我被一個通情達理的複製人取代，有人會發現嗎？

瑪蒂，我心想。瑪蒂會發現。她和我足夠親近、和我相處足夠久的時間，見過我足夠原始狂亂的狀態——她對我瞭若指掌。若我被人抓走、被一個像我一樣移動、像我一樣說話、並擁有我的記憶的人給取代，瑪蒂能夠發現其中移花接木的偽造痕跡。

在那孤寂怪異的幾個月——四個月的平和——我經常想著不知道奈森是否能看出差異。原本的奈森、和我離婚的那個奈森、瑪蒂殺死的那個人。若我離開一段時日，歸來時變得有些怪異，他是否會注意到？還是他只會看見我身上他想要導正的部分？

我們是否足夠看清彼此，能看出些微的端倪？

＊＊＊

過了一個月，瑪蒂和我在我的房子最後一次共享茶飲，離開前她承諾，一有事情不對勁便會打給我。

她從椅子上起身，滑稽地用雙手撐著後背，挺起那大腹便便的孕肚。離臨盆只剩一週了。那天的道別挾帶了一股怪異的專業感，彷彿是在進行某種交易：我們達成目的了，生意往來告一段落。

我猶豫是否該擁抱她道別。

我沒有這麼做。

＊＊＊

我聘請了新的研究助理。

賽耶德提交了一份正式辭呈，表明希望可以住在離家人更近的地方，並感謝我多年來的指導以及栽培。我們有一種絕佳默契，雖然從未敞開心扉談論，但這卻是雙方生存下去必不可少的元素：他不會告訴任何人有關奈森和瑪蒂的事，我也會在不舉發偷竊的前提下接受辭呈，並在需要時提供一份推薦信。

我發了一條訊息告知信收到了，並表明我能理解。我們倆的關係應聲斷開。他沒有回覆，但發出去不到一分鐘訊息下就顯示了「已讀」。這樣就夠了。互不相欠。

我。

我一通知人資，他們立即就著手處理賽耶德的辭呈。隔日一早有一大疊全新的履歷等著我。

我的新助理，賽耶德的替身，待了差不多一個月。再下一位久一點，六個星期。我懷疑她好像很想被開除，這樣就能有遣散費，但最後，她比我先撐不下去了。她飛速逃離實驗室，氣壓過渡艙在她身後結束循環時，我正在檢視下一份履歷。

在那些較脆弱的時刻，我好想念賽耶德。不僅僅是我們一同工作的方式，那輕鬆的節奏，以及我發自內心信任他的能力。還有，我想念**他**。賽耶德是那種倘若我離去又歸來，能看出我有異樣的人。我有很多同事、很多同學，但幾乎沒有**朋友**。我有同事，有羅娜若有似無地遊走在我的生活邊緣。但賽耶德——他就像是一個朋友。

賽耶德帶來的痛楚——他背叛我、背叛我的工作、我的婚姻——從未真正被凝聚成對待奈森的那種憤怒。我一直等著怒火燃起，好燒去被他欺騙那股悵然若失的痛楚。我等著因他離去而振臂開懷、等著所有有關他的回憶變得苦澀難耐。我渴望這種解脫。

但事與願違。我無法改寫被他理解的那種感覺——信任他的感覺。我與新助理一直保持著禮貌的距離，並要他們稱呼我為考德威爾博士，若他們不小心脫口叫我伊芙琳，我就會假裝根本沒有人出聲。我以禮相待其他同事。我嚥下偶爾會一閃而過的怒火，因為完全沒有人發現我在製作奈森那三個月裡所承受的龐大壓力。

也沒有人注意到整個危機出現之前的那幾個月。意識到事情一團糟的那幾個星期，發現奈森外遇、見到瑪蒂、和他對峙、搬出家門、簽下離婚協議書。那些無眠的夜、怒火、悲傷和一切詭異的迷霧，一瞬間全都成了一場錯誤。

沒有一個同事知道這些騷亂。除了賽耶德。

當然，針對同事發怒非常不公平。若真有人發覺我不對勁，我就會對他們生氣；若他們議及我的狀態，我就會憤怒又尷尬，氣他們如此窺探，任何貌似侵入我生活的暗示都會逼得我大發雷霆。我的人生被分割成了各種不同的碎塊，一一供檢視歸類，如此已令我精疲力盡——但我永遠不會承認這點。我也永遠不會承認，我和瑪蒂以及賽耶德深入其中的計畫，是如何壓得我喘不過氣。

這不公平。這不合理。儘管如此，有一部分的我還是很生氣，因為我幾乎不認識的同事竟然完全沒發現有事情不對勁。

沒有人發現我變了。

我意識到自己更加密切注意其他人。陌生人也不例外——在商店裡、在大街上。我看著這些人如何注視彼此，又是如何避開旁人視線。眾人小心翼翼地躲避他人的注意力、接受他人的存在，然後有禮貌地半抬起雙手在人與人之間保留些許空間。

我好奇，這些人之間，有幾位的生活裡會有其他人注意到他們的變化。若他們失蹤後歸來變得不再一樣；若他們因為無休止的爭吵而夜夜無眠；若他們的雙眼因為獨自一人在陌生的空曠家中哭泣而刺痛；若他們因為無時無刻擔心被發現而心神不寧，或者因為完成了某項極度機密的成就卻不得告訴旁人而暗自沾沾自喜。

倘若他們被一頭猛獸困在家裡，那頭猛獸將他們打造成了符合他那惡劣、實用、極度侷限的規格。

任何有注意到的人都會將此放在心上。但誰會注意呢？誰會足夠留心呢？

人生中第一次，我全神貫注毫不分心。沒有任何事情能轉移我對工作的注意力——話雖如此，我的工作著實受到了影響。我不再時時逼迫自己。一如往常，唯一注意到我研發失敗的人是實驗室主任，他說我沒有交出承諾中的支出報告。我一再將會議時間往後延，而他越發不耐煩地催促各項數據。我明年的經費還未有著落，且在和實驗室主任一同坐下來敲定細節前，我都不能提出申請。

但我無法勉強自己行動。我的生活中沒有任何人了解我，這個堅不可摧的事實就這麼伴我度過每一天。沒有人了解過去的我，現在的我之於別人也是全然陌生。我在諾夫曼晚宴享受榮耀、獲得職涯最高成就；我在四月的某個清晨，站在綠白相襯的計程車側邊，將畢生最偉大的成就推向這個世界。沒有人看得出來，這兩個時刻之間，我身受了顯而易見的重傷。

新的奈森與瑪蒂回家後，我成了孤人，此生最深切的孤寂。甚至遠比獨自一人身在滿是紙箱的屋內的第一晚還要孤寂。

那一刻起，我是唯一真正認識自己的人。我是唯一知道自己所作所為的人。

獨自承受這些思緒是我所經歷過最可怕的夢魘。這是一種茫茫深沉又駭人的領悟。我終於懂了，每晚深夜，母親聽到我穿著襪子踩下的腳步聲前，那每分每秒是何等的感受。我知道必不可少的事情已經完成，也知道此為永遠的秘密。我知道部分的自己這輩子都將苦嚐孤獨的滋味。

嫁給我父親後，母親逐漸失去了自我，替他留下了一塊發洩怒火的空間。他一消失，她再次填滿了那幾處空間——佔據那些她本應擁有的位置。我一直很好奇，為什麼她就此停步，為何不像常春藤一樣蔓生攀爬，吞噬掉那些他曾獨佔的空間。整個青春期，我都在偷偷豢養一種輕蔑的心態，鄙視母親竟能未在父親離去後進而成為一頭猛獸。

想當然，奈森也助長了這種心態。他看出了其中的弱點，那是我不願承認，與母親如出一轍的弱點。那種恐懼、顫慄、亟欲躲藏、道歉、出言安撫的衝動。她的逆來順受、她看輕了自己手中握有的能力，這些在在令我心驚。我試圖根除低估自我的那一部分自己，我挖掘得很深，但奈森總有辦法讓我覺得還可以再挖得更深一些。

瑪蒂離去，有事情起了變化。我跟母親身處同樣的孤寂。我在瑪蒂身邊的樣子，彷彿就是新助理在我身邊兜轉的模樣——我人在現場，而我需要被管理，但我一旁的人不再是她。那晚，當她氣喘吁吁站在客廳內時，就已替這個世界鑿穿了一個洞。她這個人、加上她做的事，都能被分毫不差地鑲嵌進那個洞裡。她爬進存在於現實世界中的那一方洞穴，從此之後跟她自己做出的事情相依為命。

這就是我開始體會的孤寂感。它填滿了一寸空間，那個我總譏笑母親不能據為己有的空間。現在孤寂感侵襲了我的所在，一如往常，我沒有任何可以傾吐此等孤獨感的對象。夜晚，它爬上床緊挨我身、腳底平貼上我的小腿肚、呼吸著屬於我的空氣。它的手穿過我臂膀底下，在我身側漫步遊移。

我無法告訴任何人究竟是什麼改變了我，若我一輩子謹守此秘密，終究不會有人知道。就算有人在我製造出新的奈森之後才認識我，也不會做出任何猜測，純粹只會盯著我。沒有人會看著那些將我接合在一起的縫線，猜出那是一道道傷疤。

當然，我的母親選擇不再繼續壯大。當然，她決定只要變成那個不再心懷畏懼的人就夠了。

很多時候我咒罵自己竟和她如此相像。當我意識到自己差點脫口道歉、手指緊扭餐巾紙、或是環顧四周想找到每個人的時候。每次我想縮起身軀，總會想到她揮手向警察致意時的那般苦澀，訴說自己是何等感謝警察那寬慰的話語。

我依舊認為她是個懦夫。

然而，我不再抗拒自己可能同樣也是懦夫這個事實。

藏匿起自己，尋求個慰藉。我深知這點。這樣的孤單，某種程度上是種安全的避風港。我躲進其中，深陷進那悄悄腐朽的秘密內。

我的母親理所當然裹足不前。她的壯大僅是為了與所屬空間的邊界相吻合。這種吸引力既深刻又難以抗拒。躲入一個狹小異常的空間內，任由黑暗吞噬自己，是種相當孩子氣的勝利快感。**他們永遠找不到我**。

接受了跟著秘密一同席捲而來的孤寂，我得以放下心中大石，因為無論如何我都不會是原形畢露的狀態，沒有人真正了解我，因為一切真相將永遠不會公諸於世。

現在的我，有一小部分是任何人都無可觸及的。

我的人生一路上穩步規律。我以器械的速率快速工作、在研究方面取得進展並避免談及實驗室的未來發展。我以精準的速度更換研究助理。我晚餐吃沙拉、預先包裝好的義大利麵。我喝酒。我每晚都漫無目的在新社區閒逛，試著別讓自己成了一名隱士。我每週都會將資源回收拿出去丟。

我適應了全新的方式，做得相當不錯。或許稱不上出類拔萃，但也沒有犯任何**錯誤**。

那四個月裡，平靜無波。

接著，九月，瑪蒂來電。

＊＊＊

他們的房子和奈森本尊還在世時一模一樣。現場只有些細微的改變——瑪蒂在通往房屋的小徑邊種滿了鮮豔的菊花，大門前則掛了紅橙葉片相綴的花環。但一切看來仍舊是奈森為打造嶄新生活滿心渴望的家。一個讓瑪蒂能夠全心付出、保持一切安好的天地。一個養育孩子的所在。門廊處的鞦韆和觀景窗仍在原地，光景和那乾冷、如夢一般的夜晚別無二致，那時的我踏過草坪，演練著一場準備向瑪蒂發表、有關界線的演講。

房屋的一切保有原貌。沒有一絲跡象背叛了濺灑在裡頭的鮮血。奈森死去那晚，瑪蒂在我敲響大門前便有了動作。這次不然。這一次我猛烈敲擊，震得花環上的樹葉晃動不止。

她過了許久才應門，一陣不安的感覺襲上我身。

電話裡她的語氣聽起來相當狂暴，是我從未聽聞過的恐慌。**拜託，妳必須來一趟，我沒辦法在電話裡明說，拜託，現在妳必須來一趟。**

開車的路途中，我小聲祈禱她不要又把他給殺了，並下定決心不再救她第二次。但在她還未應門那段時間，我忍不住擔心了起來。搞不好她打來是為了更糟的原因，搞不好她**沒辦法**應門，如果我們將新的奈森編程錯了怎麼辦？

若我們並沒有讓他變溫和呢？會不會我們其實把他設計成了脆弱、善變又危險的人？會不會打從一開始我們就弄錯了根基，最終他成了一個比本尊更糟的人？

或許這就是為什麼，瑪蒂應門時我突如一陣解脫。知道她沒事後，一股重量壓下了我懸吊著的心。過了那麼長一段時間，此感覺相當怪異。

她看向我身後，彷彿在場另有其人。「妳一個人嗎？」她問。

「當然。」我說。我看著她，眼裡不僅僅是她目前整體的狀態，還有她身上的一切細節。她變了。理所當然有了變化。首先是孕肚已不在。現在的她纖瘦了，比我還要纖瘦，五官被磨蝕成在我臉上看不出的立體銳利。她的雙眼沒有凹陷，但卻藏不住明顯的疲憊感，肯定是新生兒帶來這種深不見底的疲累。

她把頭髮剪短了。很適合她，新潮、有朝氣又顯年輕。我絕不會留這種髮型，且立即將此歸類進我此生絕對不會嘗試的事物，因為瑪蒂已經搶先了。

她渾身泥濘，臉龐、衣服皺褶、指甲處全被污泥給弄髒。盤旋而來的是一股土壤氣味。我吸了口氣，竭力不要想起上次被這氣味環繞時，背後的涵義為何。

「進來吧，」她說。「拜託。動作得快點。」

入口走廊處有一道長長的泥巴印。腳印狀的污泥一路延伸至後院。她一直在原地踱步等我。「什麼事這麼急？」我這麼問。

「寶寶睡了，」她說，不知道是在回答我還是在自言自語。突如其來的話語快到語無倫次。「奈森去上班了。他之後喝一杯和——和某個人喝一杯，不知道是上司還是什麼，我忘了，這——現在幾點了？」

「一點多，」我說。「怎麼了？」

「還有幾個小時，」她接口道。「很好，恩，我們有幾個——妳得過來，這——拜託，我說不出口，得直接讓妳看，妳必須親眼看到。」

我跟著她走過屋子，腳步避開磁磚上的泥土印。她走在前頭，雙拳一次次緊握又鬆開。髒污黏在了她頸背的細毛上。

我看著她，這正是她一如以往穿行於世界的方式，同時我還克制著自己因為想念她而燃起的一把火。

我們來到後院了，轉眼間我忘了所有思緒。我的忿怒、我的欣慰，以及我的渴望——我忘了這一切。

所有不是屍體的東西，我全忘得一乾二淨。

第二十七章

有十二具屍體。

在那之前我從未研究過腐爛的樣本。我想這可以算是我研究領域的失誤，但說真的，實在沒必要。若樣本未能順利發展或通過修整，我們即進行解剖然後立即火化屍體。生物廢棄物不得掩埋。樣本在實驗室外被使用，依規格製作，一旦失去利用價值便被丟棄火化；每一份合約中都有載明這則條款，如此世界上才不會滿載組織中存有活人DNA的人體遺骸。

來到瑪蒂家後院的那個午後前，我從未見過複製人的組織經過地底分解後會是什麼樣子。眼前大多數的屍體部分軀體都還在土裡。手部、臉部和凸出地面的柔軟白皙小腿肚，一處比一處更加攤在光天化日之下。一把鐵鏟緊挨著一具被拋得最遠的屍體，刀片深深陷入瑪蒂這片幾乎被毀損殆盡的玫瑰花床的鬆軟土壤中。整片花園到處都是泥洞，但玫瑰花床處的孔洞密度特別高。這裡，百花曾經盛開的狼藉之中，有十二具屍體被以一種明顯越趨瘋狂的方式徹底挖出。

離屋子最近的一具，徹底出土的一具，幾乎還沒有腐爛。她的頭部底下有個被撕開的塑膠袋，在我到來之前，她的臉部似乎是被緊緊包裹著。我知道自己此刻在幹嘛，我猜得出她的狀況為何還這麼好：這具複製人的組織發展甫進入了停滯期，土壤酸鹼值，棚屋裡的石灰。這麼多盒石灰——他肯定是在剛開始執行計畫時大批購入，肯定打從一開始就計畫了會埋葬幾具屍體。

奈森從未在研究過程中檢查他做出的假設。他有夠懶，也有夠自豪，自以為毫無破綻。結果證明，用錯誤的方式使用錯誤的石灰，恰好就成了防腐劑。而恆久不變的事實是，複製人的組織不同。外表一樣，但運作方式並不同。它們嶄新如一，不會像人類的組織一樣腐爛。

未曾改變。這具樣本，第一具，少說已經埋在土地裡兩年了。她距離房屋僅僅十幾碼，一張臉、一具軀體、加上一團被猛烈翻開的土壤。

稍後，翻遍了奈森的書房、拼湊出事情的全貌後，我做了計算。她肯定已經被埋葬至少兩年，至少這麼久，因為這時瑪蒂快要兩歲，而她們倆的生命不會有重疊的時段。她們沒見過彼此。即便已在地底下待了兩年，樣本的狀態還是完好到我有能力辨識。

她長得和瑪蒂一樣。

她長得跟我一樣。

我走出屋外踏下門廊處台階，走過雙臂在胸前緊緊交叉、站在門前的瑪蒂。一切的一切都太過嘈雜、太過沉重了。我踏出的每一步都顯得至關重要。

我可以感受到瑪蒂的視線緊盯我的背脊，可以感覺到她的注視、感覺到我們之間空氣的吵雜嗡嗡聲。我發現自己抬頭望向天空，想看看頭頂上有無飛機飛過。我們獨自站在院子裡，沒有旁人目睹這遍地死屍，感覺真是糟到不能再糟。這滿目瘡痍慘絕到我們倆難以獨自消受。

但沒有別人了。只有我們，還有眼前的它們。

「怎麼回事？」我開口。這聲呢喃小得離奇，但瑪蒂還是聽見了。她回答了。

「我在種東西，」她說，語氣近乎鎮定。「我正要種一些樹苗。」我轉身看向她，沒錯，那兒有兩株樹苗。看起來是蘋果樹，就在瑪蒂旁邊。這些樹苗還在花盆裡，細嫩到無法直立，所以都還分別跟粗大的木樁綁在一起。它們本來就在那裡嗎？我試著想起剛剛有看到它們、走過它們，但院子裡躺著十幾具屍體，就我所知，這些小樹苗很有可能是魔法變出來的。她可能是趁我轉身時，從口袋裡掏出了這些。「我準備挖洞，然後……就發現她了，」她繼續說。「她臉上罩著袋子。我撕開看是誰，然後看到了下一個。一個接一個。」

我走近幾乎完全被挖出的第一具屍體。她側身倒地，並不是像瑪蒂睡覺時那樣緊緊蜷縮。她的臉轉向天空、雙唇張開。她的牙齒被泥土抹黑——一定是瑪蒂挖出其他屍體時濺上去的，在她將塑膠袋撕開好看看這是哪位的屍體之後。

我不必細看就看出她的嘴裡塞滿了泥土。我並不想知道這點，但清楚明瞭到一眼就能看出。她向下延伸的下顎、牙齒後深沉厚實的漆黑——我想都不用想，且沒有人會忽略這點。我看著她的嘴，再加上院子內被翻開的土壤氣味如此濃烈，不禁嗆咳了出來。

她的一隻手臂在身後，伸展一般往後方延伸。她的手幾乎快碰到了一旁屍體伸直大張的手指。

這個畫面在我腦海裡的清晰程度勝過一切——瑪蒂發現第一具屍體、挖掘出土、拍掉覆在臉上的泥土。然後又發現了第二組手指，再次揮舞起鏟子，一次又一次，帶著憤怒與恐懼不斷挖掘，究竟有多少？我想像她以越來越快的速度耕鋤著這成排的驚駭，從中收穫了一場夢魘。這十幾張無生命的面容藏匿於她的玫瑰之下，有些半腐爛、有先被泥土悶死，無一不是瑪蒂本人的樣貌。這是她未曾見過的家人。

不為人知、死去的姊姊們。

我從第一具屍體一路走到最後一具。瑪蒂幾乎沒有將距離房子最遠的那一具挖出；可見的僅是一團鬆散的土堆，一旁隱約露出白金色的頭髮和下顎。要不是有其他遺體，我會以為那是鋪路石旁凸出的樹根，然後就這麼直接走了過去。

我蹲下，手掌輕刷過稍微被翻開的土壤，好像根本不費吹灰之力就能找到底下的她。我的內心某處反對這一切的存在，勒令我承認這不過是場騙局。她就在**那裡**，凸出地表到會**絆到人**。她離土壤表面這麼近多久了？她怎麼有辦法埋得這麼淺層，卻又隱藏得天衣無縫？

「我不得不停下，」瑪蒂讓在房屋旁這麼說。「找到最後一具後我就打給妳了。我沒辦法……我沒辦法繼續下去。」

我最後一次一手拂去塵土，複製人那駭人的臉部血肉赫然出現。相比第一具屍體，她的腐爛程度極為嚴重，大半個肉身都已爛去。更難被認出是個人類。

移動土堆時，泥壤的氣味團團將我包圍。我用力嚥下一口口水。

專注，伊芙琳。專注。就是這樣。

「她錯了，」我喃喃自語，然後又提高音量對著瑪蒂重複這句話。「她整個都錯了。這裡，妳看。」

認識以來，瑪蒂有了些變化，但聽到我的指令依舊會馬上有動作。她沒有遲疑，沒有抗拒。我聽著她走近，輕盈的腳步聲穿過甫被摧殘過的花園，不出一會兒便已站在我旁邊，等著看我想要她見到的東西。

我突然想到，會不會她根本就不想看？我應該假裝體諒嗎？我想要她和我一起看，想要她明白我所理解的事物。我不想當唯一一個知道奈森幹了什麼好事的人。我可以謹守自己的秘密，但沒打算為了他緘默。尤其這次。

「看，」我說，用中指比劃著腐爛樣本變成螺旋狀的裸露下頜骨。它扭曲的樣子看似貝殼螺旋的尖頂，沿著螺旋外圍排列而成的牙齒則成了一條長長的脊柱。

「什麼？」瑪蒂這麼問，但下一秒隨即靜默。她伸出手，以手指觸摸已無血肉包覆的光裸白骨。

「她錯了，」我說。「結果失敗了。她是一次錯誤的嘗試。」我的雙眼看往前方這一列部分裸露在外的屍體，等待眼神聚焦的同時，腦海中鬆散的概念逐漸變得扎實清晰。我站直身子，沿著這列屍首踏出腳步，這次看得更仔細些，在其中幾處停下將屍體徹底拉出地表。

每一具屍體各自有不同的錯誤。離房子最遠的那一具錯誤更是離譜且明顯。她的胸部下陷；我看到了自己早期犯下的錯誤，軟骨與膠原蛋白的發展出了問題。另一個樣本看起來空洞乾癟，她的骨頭完全沒有成形。我用手撥掉覆蓋第三具樣本的泥土，筋膜過度緊繃導致的斑駁網狀紫色痕跡映入眼簾，成長速率不正確。我繼續下去，找出了奈森藏匿起來的所有錯誤。

只有最後一具屍體，被徹底挖離土壤的這一具，看起來有製作成功。但我知道，肯定有奈森不滿意的地方——最後的結果並不如他原先的期望。任何方面都有可能。她的聲音、程序、應對外在刺激的反應。她的生育能力。

奈森不喜歡她發展出來的樣子，便親手殺了她，接著重新製造。我以英文字母計算屍體的數量。總共有十二具。從A數到了L。

「瑪蒂，」我輕聲叫喚。「妳是他嘗試的第十三個。」

屋內突然傳來一陣噪音。瑪蒂別開頭，抬頭看向半開的窗戶、看向那音量不斷升高的哀號。

寶寶醒了。

＊＊＊

開始編程奈森之前，我們應該要先檢查他的個人文件。

我該為這項錯誤負責。事後一切都變得明晰，可以看出當時有多麼草率。挖出奈森、取出核心樣本、衝到實驗室製作他的替身——一切都太倉促太草率。自以為做了一切都已準備就緒的假設，實情卻是，我應該要藉由瑪蒂的存在這項事實，發現自己根本完全不了解奈森這個人的內在。

他的秘密我一無所知。瑪蒂也被蒙在鼓裡。

如上所述，我們兩人對於奈森的看法相加起來，遠比個人所擁有的見解更加全面——但終究遺漏了許多。在這個偌大的時間、精力、專注力的窗口中，他隱藏了一個野心、一個秘密、一個**項目**。

我們不知道，也沒想過要探查。這是個被絕望所驅使、不可饒恕的疏失，而我們的傲慢更佳鞏固了這個錯誤。我們都知道自己不了解奈森的一切，卻以為這樣程度的了解已然足以。我們錯了。

瑪蒂領我進屋時告訴我，在她懷孕前，育嬰室是奈森的家庭辦公室。她轉過頭對我說，這只是個暫時的安排，底下的腳步因為嬰兒的哭聲越趨失控而跟著加快。「我這一生都在打理那間房間。」

這是幫助瑪蒂埋葬屍體還未僵硬的奈森那晚，我沒見到的房間。對我而言，看看房子已妥善打理好的部分合情合理，但她沒道理向我展示育嬰房，我也沒想過開口詢問。當然了，若我有仔細想過，就會知道屋裡肯定有間嬰兒房——但我認為自己對瑪蒂家的了解已經足夠徹底了。這樣就夠了。

我以為眼目所及已經夠我理解全貌。

然而，等著我的是白色大門的另一端：育嬰房。整間房完整體現了奈森的渴望、瑪蒂的渴望、他們共同築起的生活。粉刷成綠色的牆壁下緣是白色的壁飾板，上頭裝飾著手繪的整齊深色樹枝和朵朵紫色小花。雙層窗簾掛在高懸的小窗上——一層是厚重的布料，一層是透光的織物，都緊緊拉上不讓半點光線穿透進房裡。嬰兒床上方掛著的是大黃蜂和毛氈花的風鈴玩具。地毯很厚實，角落有張搖椅，我可以看出是瑪蒂一手打造了這裡，每種顏色、每個角落、每項細節。

「真不錯。」我說道，且是發自內心地說。真心實意。

「他的書桌還在用餐區，」她回應，「但有些文件在衣櫥裡。」我滑開衣櫥的門，一眼便看見了目標物：半個衣櫃都是檔案箱，一路堆疊到小得出奇的衣架掛著的嬰兒連身服下方。瑪蒂替寶寶換尿布時，我搜查這些箱子。她一邊動作一邊輕聲低喃，甜美的的嗓音沒有讓寶寶安靜下來，但似乎使她的哭聲不再那麼淒厲了。

「她叫什麼名字？」我打開箱子時這麼問，一邊翻閱納稅申報表。

「薇萊特，」瑪蒂回應。「以奈森的祖母命名。」在更換尿布的台面上，薇萊特哭聲不止，四肢胡亂抽動的樣子就跟甫乾枯的樣本一樣。

翻找到第三個箱子，總算找到了我要的東西，打開箱蓋時哭聲正好停止。我一手抓著蓋子轉頭，剛好看見瑪蒂將寶寶抱在乳頭前坐上搖椅。突如其來的尷尬感襲來，不是因為看到她的乳房，而是因為她臉上那心滿意足的神情。

我不該看到這些。

沒有人應該看到這些。那一刻我發現，她並沒有為了任何原因調整自己的表情，她並不是在試圖讓別人感到快樂，或是感到重要、安全、內疚。她原先被設計、塑造成無時無刻思考著自己的面容、聲音及身體能觸發旁人什麼樣的反應。她被迫要管理身旁眾人的情緒。她被迫要如此小心翼翼。

但在這一刻，她的滿足感只屬於自己，沒有別人共享。她成就了一件事、只屬於她一人的一件事，誰都不能將之奪走。

我沒有過這樣的感覺。想到要把嬰兒抱在胸前我就不舒服，就跟修整樣本時需要拔掉它的指甲的感覺一樣。但我永遠不會剝奪她的獨處時刻——這個當下的所有權。而我僅僅因為人在現場，就有種局外人擅自闖入的感覺，且這感覺久久揮之不去。

我不屬於這裡。

當我掀開標有健康保險的箱子，看見裡頭那一疊黃色筆記本時，更加證實了這個感覺。總共有十三本，是我們研究所時期用的那種筆記本。奈森用粗黑的馬克筆在每個黃色封面正中央寫上他那不工整、如小孩子一般的字跡。

阿嘉莎。貝瑟妮。柯琳恩。迪娜。伊蒂絲。費絲。潔妮維芙。海倫。英格麗。喬奎琳。卡翠娜。萊拉。

瑪蒂。

裡頭寫滿了奈森的進度和方法。前十二本的最後都以佔滿整張紙的X做結尾，代表他放棄了那個樣本。其中的日期有重疊——他在舊的失敗前，就著手開始新的嘗試，好完善自己的方法。

瑪蒂的那本筆記以反思作結，整整一頁寫滿了文字。日期就在他承認外遇的前幾週。這段內容紀述了他確信自己終於成功了。他如釋重負。他興高采烈。他終於能過心目中的生活了。

他說，剩下一件事情要決定。該如何處理我。

我以一種奇異的生疏感凝視眼前這些文字。*剩下該決定的是如何處理伊芙琳*。看到他對十二個版本的瑪蒂做出那些事，我感覺好像知道他會用什麼樣的手段處置我。

「那是什麼？」瑪蒂輕聲問道。

我抬頭，意識到自己坐在地上安靜地閱讀，身旁散落了一堆筆記本，沒發現時間已經過了這麼久。瑪蒂還抱著薇萊特坐在椅子上，以規律的節奏搖動搖椅。我不知道寶寶是睡著了，還是只是安靜下來了。

我放低音量，語氣維持鎮定。我給瑪蒂看那些筆記本的封面、名字和日期。我沒有告訴她每個失敗樣本的細節，但給了她一個粗略的大綱：奈森匆忙開始、推斷方法、著手實驗、經歷了一次又一次的失敗。每次他設法複製我——為了改良我——都以失敗告終，然後他殺了複製人、埋了它，整個過程重新循環。總而言之，他似乎只花了十八個月就成功複製了我的成果。至少這是他創下的紀錄。從第一次失敗到最後一次，中間總共隔了三年。

告訴瑪蒂她是奈森成功的結果時，我沒辦法讀透她的神情。她是他成就的巔峰。「妳是一場不折不扣的勝利。」我這麼說，而她別開頭，雙脣慘白。

「他要殺了妳，」她喃喃道。在她的懷裡，薇萊特發出一聲輕柔高亢的叫聲。

「對，」我說。「看樣子是這樣。」

「他要殺了妳，」她說。「這樣一來他就可以和我在一起。然後他會把我殺了，因為他覺得自己又失敗了。這就是他處置我們的方法。」

我蓋上箱子。「對，」我這麼說。「沒錯，結論就是這樣。他會殺了我們兩個，把我們埋進院子裡，就跟其他……女人一樣。」說到「女人」這個字時我用力嚥下口水。

她們不是女人。她們不是**人**。她們不是**我**。

她們是樣本，是項目、遺骸、屍體、死屍、錯誤、數據點。她們是生物廢棄物。

但對奈森來說，她們是女人。

他並不是以單一功能為目的打造這些樣本。她們不是被用來擋子彈、用來開發器官、用來執行宿主實驗療法。她們的義務是當個妻子。他打造她們來一起生活。這或許不是種完整的生活，但他似乎刻意忽略了這點。他買了房子、衣物，替花園買了玫瑰叢。他試圖與每一個製造出來的複製人共同打造一個家園與生活，就像他試圖與我共創人生一樣。

沒有寫有我名字的筆記本。但事實是，奈森並不覺得我和被埋在花園裡的樣本有任何不同。對他而言，我們都是同個實驗的產物，我們都是承載著他的夢想的媒介。

在瑪蒂之前，並不是十二次嘗試失敗。是十三次。

我是他的第一個失敗品。

第二十八章

寶寶對瑪蒂的需求比我想的還要多更多。我跟著她們倆在房裡打轉，和瑪蒂談論那個她幾乎共同生活大半輩子的男人的真面目。瑪蒂用某個綁有複雜繩結的布料裹著薇萊特，將寶寶像是上衣一樣穿在身上。她跟我說了些關於孩子成長過程中肌膚之親的必要，還有早期兩相結合的重要性。

我總認為自己對於嬰兒發展的研究相當全面。足夠全面讓我得以用原材料打造出一個能正常運作的人。但現在我不禁納悶，是否遺漏了些什麼。瑪蒂講了些我從未聽過的用語，還有些我們倆住在一起時，她從我借她的書中學到的依附理論。她研究了我認為是以嬰兒為導向，過於簡單且屬於行為學，而非生理學的知識。

她問我是否探討過複製人早期階段經歷的孤立，是否會對它們造成長遠的影響。她問我有沒有考慮過讓複製人在剛脫離昏迷階段的前幾個小時相互見面。她問我是否確定複製人不記得修整過程。

我也反問問題，而她極有耐心地回答，遠勝過我在實驗室時展現出來的耐性。看來她比我知道的還要用功讀書。她向我形容了一個龐大無比的迷宮，裡頭蘊藏了各種緊密交織的育兒方式，也向我說明了其背後的理論，解釋她做的一些決定背後的邏輯。「我沒有父母，」

她解釋，聲音聽起來像是我自己的演講被錄成錄音帶。她的語氣既自信，又權威。篤定的語氣。

「我沒有任何可以參考的模型。對於什麼有效、什麼無效，我沒有任何既定印象。」她隔著撐著薇萊特後腦勺的布料輕輕摩挲，另一隻手則豎起一根手指，轉身消失在了育嬰室內。回來後，她抓著一本寫有她名字的黃色筆記本。

「事實上，」她喃喃道。「我可能錯了。」她將筆記本扔上廚房中島，就是奈森死亡那晚她切洋蔥的位置。「奈森替我編程了什麼重要、什麼不重要的想法。他給了我決定優先順序的能力。」她手指敲打筆記本封面，用我沒見過的方式緊嘬起雙唇。上次見到她之後，她新養成的習慣。我等著她以恍惚的眼神研究眼前的本子，一次又一次望向M這個字母頂上的交角。最後她點點頭，做出了決定。「我要讀。」她說。

「這樣好嗎？」我問。

她再次點頭，是那種不容質疑、權威鄭重的動作。「沒問題，」她回答。「這樣沒問題。所以我決定這麼做。」

她沒有進一步解釋，沒有留下任何讓我提出質疑的空間。我覺得好像拿石頭砸自己的腳——我想和她爭論，想打擊她的篤定，這樣一來就能改變她的想法。但她並沒有改變心意的打算。

她不像她**自己**在說話。像是**我**在講話。

那個瞬間，她巧妙地要求我以她認為自己想要的方式對待她。某方面看來，我依舊當她是小孩子；她要求我表現出一些對待同儕該有的尊重。

我照做，並請她解釋這麼做的理由。

「我想知道自己做決定的原因，」她這麼說，輕撫著薇萊特隆起的背部。「這是關乎薇萊特，同時也不是。我只是——」她偷看了眼布料底下，對著寶寶的臉微笑，然後又將布料蓋回原處。再次抬頭看向我時，她的表情意有所指。她的決心慎重且老練。「我知道大多時候我都是按照編程在行動，但我想要感受自己做決定，而非被程序牽著走。」她輕輕晃了一下腦袋，再次開口。「不。我不只是想要**感覺**自己在做決定。我想要**決定**。我有選擇權，且即將行使。」

突然間，我理解了她為何要這麼慎重，這麼死板。為什麼看起來像是準備幹架一場。

她準備做一件違抗我的工作成果的事。

但編程她的人不是我。我本來可以爭論，她做了什麼根本不重要，因為不論她做出什麼與編程背道而馳的決定，那都是奈森技藝不佳的證據，不關我的事。

我將一直欺騙自己。

奈森將瑪蒂做得很好，倘若她成功突破程序，則證明了我的方法並非堅不可摧。

她準備嘗試要證明自己並不屬於任何人。

同意她這個目標，等同於承認這個意圖確實可行；不同意的話，就是承認她這種自我實現的渴望，將會對我整個工作構成威脅。若這是場意志的較量，那我已經輸了。

她非常勇敢。我朝她點點頭，將手覆上筆記本之上她的手旁邊。我們的指關節有相同的輪廓，但整隻手並非完全一樣。瑪蒂的手相比之下較多厚繭，也更多細小的疤痕，指甲也比較短。我們的手反應了各自努力、等待收獲的時間印記——她的手在花園裡，埋在了大地的土壤中，而我則在實驗室內，靠著手套保護雙手。

我很容易就可以成為她的樣子。我一點也不嫉妒她有機會了解自己究竟有何能耐。

「好，」我出聲。「若有哪裡不懂就問我。」

她又看了眼布料底下。從我這個角度傾身越過廚房中島，可以看見寶寶柔軟彎曲的耳朵，還有那頭白金色的頭髮。她的頭皮上布滿藍色的血管，在薄薄的皮膚之下清晰可見。

「終於，」瑪蒂鬆口氣。「她睡著了。」

「睡了嗎？」我看了眼烤箱上的時鐘，試著想起自己是幾點抵達的。剛剛瑪蒂說過，我們只有幾個鐘頭的時間。寶寶醒來多久了？奈森多久後會到家？

「下午都這樣，」她回答。「她通常只有在幾次午睡之間清醒幾個小時。晚一點會醒著比較久。」她開始動手解開布料，將寶寶抱至胸前。「正常情況下她睡覺時我會背著她，但我們得清理花園，對不對？我先放她下來。給我一分鐘。她會哭一下——每次放下來都這樣。但再過一分鐘她就會又睡著了。」

她走到屋子後頭。我盯著台面上的筆記本，一邊側耳傾聽瑪蒂將寶寶放進搖籃裡的輕微聲響，哭聲很快傳來，隨即又停止了。我突然有股想毀了筆記本的衝動，點燃瓦斯爐上四口爐子，將書頁放在上頭任由火苗一路燃燒至我柔軟的指尖。我緊抓台面的邊緣扼住這股衝動，提醒自己保護瑪蒂免於傷害並非我的義務。她不是我的責任。甚至不是我的親人。

我沒有費心去想，部分的我之所以想摧毀筆記本，是為了保護我自己、保有我的研究。坦承這點並沒有好處。

我想要怎麼做不重要。此時此刻，非關此事。

必須讓瑪蒂做選擇。

我聽見嬰兒房的門打開又關上，完全沒有門閂的聲音。我很清楚瑪蒂的作法——她會以掌心徹底包覆住門把，輕柔、小心地轉動，等到門掩上，才會慢慢地、慢慢地將門閂轉入，沒有任何喀嚓或哢嗒聲，沒有任何突然會引起注意或吵醒人的聲響。

父親在世時，為保護自己我也精通這個作法。瑪蒂則是在孩子出生後這麼做，寶寶就可以熟睡不醒。我周圍的空氣因為她的一如往常、也因為她的徹底改變而顫動不止。

她踏入走廊，輕柔的腳步踏在地毯上。我強迫自己慢慢深呼吸；把那個門把的畫面趕出腦海。現在有一堆屍體躺在院子裡，可不是想起父親的時候。

那堆院子裡的屍體，其實沒辦法讓我停止想起父親。

吸氣四秒，吐氣五秒，保持冷靜。冷靜，伊芙琳。就是這樣。

她走進廚房時我已整理好思緒。我將父親塞回那個屬於他的地方，緩慢深沉的呼吸，一直到他不再佔據我的腦海，讓我得以清晰地思考。

「好，」瑪蒂進門後我說，「我們有多少時間能將花園恢復原樣？」

她茫然地盯著我。「想要多久都行。」她說。

我想到上一次在這間廚房裡自己低估了她的才智，費了番工夫才壓下認為她愚蠢又遲鈍的想法。「這個嘛，」我謹慎地說，「我們最好在奈森回家之前弄好，妳知道的。看那些屍體，他沒有關於那些的記憶，可能會嚇到。」

瑪蒂笑了，是種跟我截然不同銀鈴般的悅耳笑聲。「噢，那個呀！」她笑著對我搖搖頭。「不用擔心那個。完全不必擔心奈森。」

「不必擔心？」我說，忍不住也笑了出來，雖然我不知道她到底在笑什麼。她的篤定很有渲染力。

「當然不用，」她這麼說，一手覆上我的手。「因為他一踏進那道門，就等著送死了。」

第二十九章

我盯著瑪蒂那雙閃閃發光的眼眸，一顆心陡然下沉。我現在才意識到自己是如何誤解了她，一切都太遲了。我以為她將事情處理得很好，原先的恐慌已經被實際的行為給取代。最糟的是，我以為她保持鎮定是為了寶寶。

完全不是這樣。

她之所以如此泰然自若，全因為已經做好了接下來的打算。她如此冷靜，歸功於腦袋裡有了辦法。

「我們不能，瑪蒂。這不是好的解法。」我慢慢地說，試著讓聲音足夠清晰，好提醒她我很理性。這聽起來是個好主意。我需要動搖她的篤定，需要擊退她在殺死奈森這個念頭中找到的慰藉。「我們不能就這樣殺了他。」

「當然，我們**可以**，」她回應道，緊緊握住我的手，彷彿在提供一段我亟需的精神喊話。她臉上仍掛著那抹真誠的微笑，那個要我無需擔心、一切都會很順利的微笑。「我們裝設了緊急斷電開關，記得嗎？我們為了類似的情況裝設它。我只需要講出觸動開關的那句話，一切就沒事了，不是嗎？」

「不，那是——我們裝設開關，是預防他想傷害妳。」她的語氣如此理性、如此肯定，令我得在自己所屬的現實中勉力尋求一個立足點。那是我們裝設開關的原因，確保瑪蒂的安全。我瘋狂提醒自己這點。她錯了。一切都錯了。「我們安裝那個是怕妳遇到危險。」

「我們安裝那個是怕我遇到危險。」她放開我的手。「嗯，我現在有危險。他是凶手。他是一個……一個殺人犯，他是**連續殺人魔！**」她後退一步手指向後院。她沒有吼叫，還沒有吼叫，但語氣中的恐慌已經來到了臨界點。「還是妳沒看見後面那堆屍體？」

「拜託，冷靜面對這件事。」我說，交叉起雙臂。

她搖搖頭。指向院子的手開始顫抖。「不，」她說，「不，別叫我冷靜，別跟我說要理性，別跟我說我瘋了。我沒有——那些是屍體！那些是屍體且長得跟**我**一樣，他想要——」她驟然住口，放下手環抱著自己。「他想殺**我**。」

她環顧廚房，眼裡噙滿淚水，雙唇發白。我可以想像她看到的畫面：那裡有個刀架、那裡是我切洋蔥的地方，那裡是他雙手緊緊扼住我喉頭、試圖將話語擠出我喉嚨的地方。那裡是我第一次刺殺他，緊接著第二次、第三次的地方。

那裡是他死去的地方，或者說他們之中的某些人死去的地方，也可能會是我喪命的地方。

「不是他，」我低聲說。我走近瑪蒂，她退後一步遠離我，雙手無情地緊抓自己手臂。我很確定，之後那上頭會有淤痕。

「是。」她說，眼神仍盯著廚房地面。地上沒有血漬，但我懷疑她跟我一樣記得那灘血水的輪廓。

「不是。」我低下頭試圖迎上她的目光。「不是他。是原本那個人。我們不能為了他沒做過的事把他殺了。拜託，」我重複道，「**理智**一點。」

她用鼻子快速用力的呼吸。我可以看出她的內心在尖叫——但她沒有將之釋放到整個空間中。相反地，她轉動腳跟步出廚房，腳步飛快到幾乎是用跑的。我喊著她的名字，但她沒有回頭，也沒有應聲。我聽見後門打開又關上的聲音，隨後屋裡只剩我一人，以及自嬰兒房緊閉的門後隱約傳來的音樂聲。

我到後院時，瑪蒂已經雙手緊握鏟子。她又快又用力地鏟土，覆蓋著那曝露在外最多的屍體，也就是有著螺旋形下顎的那具。她快速埋好那一具，果斷跨步過去著手處理第二個。我站在後門門廊，看著她將一鏟又一鏟的土覆上第二具屍體。

這絕對是最不該說的一句話，但即便如此，我還是要說自己很能夠感同身受。要求她理智點是個錯誤。這是她在如此恐懼的時刻最不想聽到的話——彷彿那股恐懼毫無根據。

但那**確實**毫無根據。幾個小時後即將下班回家的奈森並不是殺死瑪蒂前身的那個怪物。就他所知，他是個不滿意妻子的男人，還證明了自己是個絕頂聰明的科學家，成功替自己打造了全新的伴侶。他認為這次有了更好的另一半，有了想要孩子、想要配有漂亮花園的家的另一半。第二次機會。

他以為自己愛她。他以為她愛著自己。

瑪蒂和我認為原本的奈森就是這樣，所以現在這個奈森也認為自己是這樣。

但瑪蒂似乎看不到這點。

客觀說來，我可以理解。她的處境特別艱難。但現在容不得她沉溺於恐懼和瘋狂之中。純粹是因為沒有那個時間了。

在她開始掩埋第三具屍體時，我走近加入。我以嘴巴呼吸，盡可能吸入最少的空氣，但無可避免，翻開土壤的氣味撲鼻而來。我強迫自己撐過這一切。*繼續，伊芙琳*，我告訴自己。*千萬別回頭*。

「妳不在乎，」我一走進聽力範圍內她馬上開口。「妳一點也不在乎他是個殺人凶手。」她每隔幾秒就將鏟子插入鬆散的土壤，泥土落下的聲音打斷了她的話語。「搞不好妳很高興。只要等得夠久，他就能替妳處理所有問題了，對嗎？」

我壓著怒火，提醒自己那只不過是任性小孩歇斯底里的耍脾氣行為。畢竟原本的奈森**真的**想殺她。在某種程度上這顯然帶給她創傷，是我在那第一個晚上後沒有想過的。她從未應對過這類事情，沒有聽她提過。

她有生氣沮喪的權利。我如此告訴自己，彷彿自己真能信服。

「妳知道，我不是那樣想的。」我說，伸手抓住鐵鏟。一開始她沒有鬆手，反倒用力拉扯差點推倒我——但我們的力氣相當，僵持幾秒後，她的雙肩終於放鬆。她癱坐在地，手裡仍抓著鐵鏟。我放手了。她坐在兩個仍敞開的墓穴之間，而鐵鏟就這麼用力落在了她的大腿之上。

「我知道妳沒有那樣想，」她同意我的話，抬頭望向我時，臉上的表情就如落地的雞蛋一樣破碎、心灰意冷。「但這是事實，不是嗎？第一個奈森是殺人犯。我和他住在一起兩年半，我信任他，我——」她將鏟子抓得更緊。「我和他睡一起。我懷了他的孩子。而一直以來，這些都躺在那裡。」她大動作揮舞雙手比劃了整個庭院，而不僅僅是那堆屍體。院子內還有其他許多坑坑疤疤的凹洞，沒那麼深的，我才意識到她肯定到處挖掘、想知道究竟埋有多少——想搞清楚整座花園是不是種植在一片墓園之上。「這些東西躺在這，而他一直都做足準備。一直以來，他都準備好讓我也葬身其中。」

我低頭看著她。她蹲在泥壤之上，鐵鏟橫跨過她的大腿，仿若一名懺悔者。我應該要提供些許慰藉，應該以某種方式讓她免於這可怕的一切。她抬頭望過來，神情好像在說我應該能夠理解她所經歷的種種，但我卻不想理解，也不想屈身加入她。

但我還是做了。

我在她身旁蹲下，膝蓋一著地便感覺到泥土滲入我長褲的布料中。我腦中立即浮現「毀了」兩個字，我告訴自己沒有關係。

有時候事情就是會一團亂。就是這麼回事。

「我知道，」我說。「我懂妳的感受。他也想殺我，記得嗎？」

她垂頭喪氣地靠在鐵鏟上。接著，發出了一聲宛若垂死之人的微弱嘆息後，她說道：「那麼，妳有辦法和他生活嗎，現在？妳覺得呢？」

一想到這點，我的表情一片木然。想到要搬進這間新房子和新奈森待在一起，知道他的DNA來自一個計劃殺死我的人，還想將我和其他失敗品一起葬入花床中。「那不一樣。」我回答，在還未說出口前自己就嚐到了一絲謊言的味道。

瑪蒂沒打算跟我爭論。我想她很清楚，我自己也心知肚明這個謊言嚐起來究竟是何種滋味。她眼睜睜看著鐵鏟落到地上，然後將雙手分別沒入雙膝兩側的泥地中。「妳不能這麼做。知道真相的妳沒辦法和他在一起的。我也辦不到。」她說。

「但是這個版本的奈森，」我絕望地說，「他……他甚至**不會知道**。若我們埋了那些屍體，再將玫瑰花叢種回去，他永遠都**不必**知道這件事。我們並沒有將他編程為靠謀殺解決事情的人。他從未殺過任何人。」

「但他確實行凶過，」她說。「某種程度上看來，他做過。這已經烙印在他體內某處。肯定如此。」她握緊雙拳，將手掌大小的一團泥土捏成一團後隨即放開，然後又捏起更多鬆散的土壤。「這種事會一直伴隨著一個人，就算妳做了一個全新的版本也一樣。他不會是一個全新無瑕的人。這樣對她們不公平，不是嗎？就這麼讓他繼續下去，彷彿他沒做錯過任何事？」

我搖搖頭，忍著伸手過去將她裙子上的泥土拍掉的衝動。「有什麼不同嗎？」

「什麼不同？」

我再次提醒自己——一次又一次——她並不是笨蛋，也一點都不遲鈍。話雖如此，我還是感覺到自己的耐心逐漸流失，也發現她有察覺我聲音裡的怒氣。我說得越多，就有越多東西需要說出口；我說得越多，她的雙脣就越加戒備。但我止不住自己。我忍不住。

搞不好我沒有盡力。

「這跟以前那樣有什麼不同？妳知道他是殺人犯，也知道他想殺妳。妳知道他很可惡。妳說不出口，因為妳知道他只對妳以外的人如此，這點妳心知肚明。」怒火，灼熱又螫人的怒火，如一劑嗎啡襲捲了我的喉頭——這次終於是真的了。這就是卡在拇指指甲下方的碎片，萬般容不得。「妳知道他對**我**很惡劣。所以有什麼不同呢？妳怎麼突然就沒辦法跟他在一起了？」

回答這個問題前，她的拳頭多次緊捏泥濘。她歪著頭看向我，臉上是我從未見過的嚴峻神情。最後，她吐了口氣說道：「因為她們不值得。」

我大吃一驚。「什麼？」

「那些人不應得到這種下場，」她說，輕拍雙掌，泥塵如雨點般落下。「她們之所以失敗，全是因為他的**失敗**。但我和妳，我們的失敗不關別人的事，不是嗎？我們是故意失敗的。」

我好想對她大發雷霆。我好想把她推倒在地，好想拉扯頭髮把她壓在泥濘裡，對著她尖叫**妳竟敢妳竟敢妳竟敢**——但我不能這麼做，因為我自己不也曾經有過上百次同樣的想法嗎？我不也曾抓著一瓶打開的酒坐在別墅地上，想到自己如何使盡招數讓奈森失望嗎？

我不能忿恨以對，因為這股怒火在真正被點燃前就已熄滅。相反地，我用了我希望能替自己解答的方式，回應了她的疑問。

「不，」我說。「我們沒有成功製造他，是迫不得已的選擇。如果我真的成為他希望的那個人，那不如先殺了自己吧。若妳一直試圖忽略他希望妳忽略的事，久了也會自我了斷的。」她悲痛地直搖頭，但我繼續。「這不僅是我們不應該被他如此對待。這是——總之，我們難逃一死。就算我們還有呼吸、就算我們還沒被埋進地下，終究也是死路一條。我會死，且非常確定妳也不例外。」

瑪蒂整個人萎靡不振，抬起雙手彷彿想將臉埋進其中，接著又在距離臉部幾英吋的地方停下動作，好像現在才終於發現自己的手有多髒。她垂下雙手，整個人垂頭喪氣。

她看起來精疲力盡。我想到她那精確的睡眠時程，好奇一個晚上寶寶會叫醒她幾次。她的世界沒有補眠這回事，因此免不了會這麼累。

「我甚至沒辦法達成當初被製作的目的，」她輕柔地說。「他嘔心瀝血，我還是沒辦法讓他滿意。若我連這點都做不到，那到底是為了什麼？」

我不知道該如何回答。嚴格說來她想得並沒有錯。她是人造的產物，沒有辦法達成目的，而這點已是大錯特錯。但她需要聽到不同的觀點。不知何故我有點遲鈍，想不出該對她說些什麼。我又再度感到整個情況是何等荒謬——我正在安慰一個樣本有關自我存在這項現實。我和瑪蒂對話，彷彿她是個真正的人類。

我已經將她視為一個人了。

而我無法停止這個念頭。

我不斷要自己擺脫這想法，提醒著自己不得不處理掉每個樣本的事實：這就像是走不動的手錶、像是蛀蟲的蘋果，無益且毫無用處。瑪蒂面前的土壤碰上滴落的淚水，出現了一道輕淺的痕跡，我想朝她伸手，此舉令我頭暈目眩，因為她不過就是一項物件，不過是個**破碎的物件**。但卻是個容貌嗓音與我一模一樣的破碎物品。

「這個奈森不知道妳是失敗品，」最後我這麼說道。或許我應該要跟她吵架才對，告訴她她根本不是失敗品，但這終究是個謊言，且一點也不重要。「他不知道在妳之前還有那麼多次實驗。他毫不知情。妳可以和他共度美好的生活。」

「或者，」她說道，「我們可以斷掉他的開關，讓他看起來像是自然死亡，這樣我就可以和薇萊特共度大好人生。」

我沒辦法了。我沒辦法坐在這裡和她爭論，沒辦法繼續吸入泥壤的味道。一切都太令人窒息了，我的嘴巴、喉嚨和肺部都正慢慢地被深黑的土壤給填滿。我快死在這裡了。

所以我站起身，徒勞地想拍掉腿上的土。我伸手，瑪蒂抓住後站起身。「我們不能殺他。」我說。

「為什麼不行？」她簡單問一句，彎腰抓起鏟子。

我還沒準備好答案。因為殺人不對顯然不合適；在我的理智之中，他和其他複製人沒有兩樣。若他出現錯誤，我會毫不猶豫鼓勵瑪蒂按下緊急斷電開關。因為他沒做錯事也不行——瑪蒂聽不進去，不會接受他骨子裡並不是殺人凶手這個說法。

我從另一個可能有效的角度著手，讓她在一整天結束後，爬上床躺在他旁邊時能體會到完滿的感覺。

「若將他殺了，」我緩慢地說，「我們跟原本的奈森有何不同？」

她盯著我，鬆散地抓著手中的鏟子，像是忘記了它的存在一樣。片刻過後，她轉身開始重新掩埋第三具屍體。現在她的動作稍微慢下來，沒那麼瘋狂了。她的恐慌並未殆盡；她在收拾這一切。某種程度上這似乎是種反省，是種自我安慰。這一次，我沒有阻止她的動作。

「我不覺得妳有想要聽到我的回答，」她這麼說。「並不是真的想。我覺得妳是想要我改變心意，但並不想要我回答那個問題。」

我把骯髒的雙手插進口袋，覺得有點矬。她說對了，感覺真糟。我覺得事態正逐漸脫離我的掌控。我的目的她再清楚不過，且她知道如何按按鈕阻撓這一切。

我根本不在乎那種感受。

更糟的是，這奏效了。我知道她在做些什麼，但沒有反擊的餘力。「告訴我答案。」我說，知道有了答案只會讓事情變得更糟。

她遲疑了，然後聳聳肩，掩埋第三具屍體的動作沒有停下。「我不認為妳和他有所不同，」她這麼說。「在我看來，妳將人製造出來，然後在合適的時機丟棄他們，就和奈森一樣。我覺得如果這一切都是發生在實驗室內，如果他的被害者長得不像妳，妳壓根不會感到如此矛盾，就不會認為他有做錯任何事。」

她用鏟子的背面壓實屍體上的土壤，接著轉身開始處理第四具。我沒有回應，沒有爭辯。她不斷說出口的話句句屬實，而我為此恨透了她，以一種小孩子告狀時少不了的憤怒恨著她。但我無話可說。她瞭解我，勝過我瞭解她，程度遠遠超出了我的期望。

由於無話可說，我走到棚屋裡抓了第二把鏟子，是那把瑪蒂用來幫我埋葬奈森比較小的鏟子。我動手處理第五具屍體，然後和瑪蒂一起埋了第六具、第七具。直到進行到第十一具時我們才再次開口。我小心地走動，以防離最後一具、暴露最多的那具太近。

「若妳覺得不該殺他，」瑪蒂淡淡地說，「那就得提出更好的辦法。他再……多久……四小時就到家了？而我今晚沒辦法和他待在一起。我會做我該做的事，但絕對不會再睡在他旁邊。」

我停下鏟土的動作，因為我沒有更好的辦法。我沒有可以有效且永久擊敗殺人犯的方法。她明白這點，就跟明白其他所有事情一樣。

我累到沒力氣爭論，其實部分的我認為**應該**殺死新的奈森。我可以假裝是基於某個原因路過，假裝突然發現他的屍體，已經冰冷的屍體。警察帶走屍體時，我可以將瑪蒂和寶寶藏起來。我不知道這間屋子會發生什麼事，但——

「他沒有做錯任何事，」我說，伴隨著一股如釋重負感，因為說出口的話語聲遠比內心的嗡鳴聲還要清晰許多。

聽起來自私，卻很清晰。

且我很懂得如何當個自私的人。我知道如何保護自己的利益，如何將自己置於至高無上的第一順位。瑪蒂這件事不需要成為一場道德難題，不需要掙扎於她對我的看法、以及我對自己的看法之間。這不必是個非黑即白的事件。

我像喝香檳一樣嚥下這清晰的念頭。這不必是個非黑即白的事件。我沒有弄清楚何謂對錯的必要。

只需為我自己著想。

「我也沒有做錯任何事，」瑪蒂語氣冰冷。「但這真的——」

「不，妳不懂，」我打岔。「我們完成了不可能的任務，將他製造了出來。我們本不應該成功的。這是段漫長的努力，如此跋涉後我們**成功了**。我們辦到了。我可能永遠沒辦法發表有關此的論文，沒辦法告訴任何人，但我不會讓妳殺了他。他是我最偉大的作品。」

她笑了，猛地一聲冰冷的笑。「妳最偉大的作品，」她說，語氣難以置信，幾乎有點輕浮。「當然了。我在想什麼呢?我們可不能那樣毀了妳的遠大進展。」

「我的意思是，」我說，一邊將一鏟泥土拋上奈森第十一個失敗品那了無生息、鬆弛的臉部肌膚上。*卡翠娜*，我腦海中的記憶呢喃。*她叫卡翠娜*。「他是巔峰——別笑了。」我用鏟子背面壓實墓穴頂上鬆散的土。瑪蒂走向第十二具屍體，萊拉，這句遺體的雙眼和雙唇都還在，還沒被甲蟲和蠕蟲這些本該啃蝕掉她身軀最柔軟的部分的蟲子吃掉。我站到瑪蒂面前，擋在她前方迫使她停下動作。我瞪著她，眼神就跟面對即將開除的研究助理一樣。冰冷、直接、無情、合理。*就是這樣*。

「妳是認真的。」她說，雙手在胸前交叉，但內心卻沒多少起衝突的意願。

我只消稍微用力推一下，她就會倒地。

「我冒險為妳製造出這個奈森，」我說道，試著想起父親盯著我手腕上的石膏時那冰冷無情的篤定語氣。「我永遠無法跟任何人提起他，永遠不會為他獲得任何獎項，」我這麼說，「但我不會讓妳像摧毀我畢生心血一樣毀了他。」接下來，我壓低嗓音，讓她聽到我為防止她跳出車外時用的那種語調：「不得再爭辯下去。我不是在要求妳，瑪蒂。我是在告訴妳。」

這足以撼動她甫萌芽的反抗心。她雙臂不動，但雙肩拱起成一個防禦性的弧度。我感到一股冷酷的滿足感。我贏了。我打擊她的力道足以令她想起遇見我之前自己是個什麼樣的人，在她殺了丈夫之前、在她學會自己被製造出來的細節之前的那個人。

這就是權力。我可以賦予她獨立，也能一手撤回。

這股突如其來的力量一離去，罪惡感緊隨而來，但現在不是時候。我強行壓下那股罪惡。我可以晚點再來體會那種感覺。此時此刻只屬於勝利。沒有什麼比這重要。

她目光越過我，放在最後一具還在地面上的屍體。萊拉。她的臉看向另一邊，一側臉頰還埋在塑膠袋內。謝天謝地我不必看見她空無一物的眼窩，但卻無可避免地看見她喉頭上那一圈狹窄的瘀痕。那痕跡是明顯的紫色，在頸部的上緣。那個位置是塑膠袋的底部，是她窒息時不斷掙扎拉扯的位置。

「我們得完成這些，」瑪蒂喃喃道。「要在他到家前埋了她。若我得跟他生活下去，可不想回答他有關這些的問題。至少得這樣吧。」

我咬住嘴脣內側，那股罪惡感猶存，我躲不掉它，但同時間還有別的東西存在。

一個點子。

「事實上呢，」我緩慢地說，一個方法像是羊膜中的血肉一樣在我腦海裡凝聚而成，「我覺得可以不用埋她。搞不好有辦法讓奈森活著，同時讓妳離開這裡。」

她的雙眼並沒有亮起。她看著我，好像這是一種義務，只是無盡的待辦清單中的其中一項，現在她大可以把這條也刪去了。

那股因為勝利油然而生的冰冷滿足感瞬間凍結。一切就這麼爛去了。我所有冷酷的決心、所有堅定的意志，還有一切我用來證明手段正確的方法。

這才不是勝利。提醒一個已然破碎的物品它已經破碎了，這不算是勝利。

那一刻，我最想做的是躲在上了鎖的房間裡。我想翻遍一大堆資料，確保有辦法逃離那個人，那個知道我骨子裡跟父親很相似的人。至少，我母親曾給予我逃脫的出口。

但現在無處可逃。我跑不了、躲不了，以防萬一，假期間也不能離開。我不能扔下瑪蒂。原先計劃的傷害都已經造成了。我渴望藉由這個優勢，喚醒體內殘忍的可怕因子，現在我有了優勢，必須好好利用。

我可以稍後再來修整她。之後有更多時間。

「我們得把她抬進屋，」我說，一把將鏟子扔到地上。瑪蒂點頭，眼神呆滯。她等到我移動才往前跨向敞開的墓穴。我強迫自己專注於手上的任務。**別回頭**。「抓住她的腳踝，」我指示道，眼神緊盯萊拉喉頭處的紫色繞帶。「沒多少時間了。」

第三十章

我不是第一次替死去的樣本洗澡。這是解剖過程的標準程序。確切來說，我通常都把這項工作交給助理——沖洗掉屍體冰涼皮膚上凝固的羊膜，完全是浪費我時間——但我很熟悉這個奇怪的工作，必須溫柔地進行，避免在移動軟趴趴屍體的途中不小心對它造成破壞。

有了經驗，清洗萊拉的過程相對上手。執行這個早已熟悉的工作，只要小心地將她放入浴缸後就能鬆口氣了。我們割下她已經半腐爛的衣物，扔進洗手台裡以防塵土飛散。我用手持蓮蓬頭徹底沖洗她，直到流入她雙腿間的排水孔的水變得清澈透明為止。

瑪蒂幫忙用氣味甜美的香草肥皂塗抹她的四肢，就是上次我用來洗掉手上奈森血污的那種肥皂。我搓了大把肥皂泡，一圈又一圈劃過她的肌膚，試圖將死亡的氣息抹去。沖掉肥皂泡後，她看起來像是全新的一個人。她被修整的範圍比瑪蒂還少，皮膚光滑白皙，沒有雀斑，也沒有傷疤。她的手指上甚至連繭都沒有。

我很好奇，在奈森認定她不夠格前，活了多長時間。

我通常不會幫準備解剖的樣本洗頭髮；我認為這麼做是最詭異的舉動。剃掉頭髮之前，我通常會先沖水，以便更容易檢查他們的皮膚、骨頭和腦部。但我從未真的清洗，也從未梳整。我甚至想不起來有沒有替任何人做過這件事，不論那人是死是活。這感覺不對勁，太親密、太親暱了。

但萊拉的頭髮上覆蓋著厚厚一層泥土，只用清水不夠，我不得不用點別的辦法。我好幾次笨手笨腳地抬起她的頭，想辦法將洗髮精抹到上面。她的脖子鬆垮、頭骨沉重，實在太費力了。我放下她，她的頭撞上浴缸底部發出一聲響亮的砰。

「讓我來？」瑪蒂輕聲問。我移到旁邊讓出空間給她。她向浴缸彎腰，用雙手捧起萊拉的腦袋，將手指伸入複製人濕漉漉的髮絲中。她彎下腰，全世界的人都會以為她要親吻那個死去的女人。接著她一手來到萊拉的肩膀下方，用另一手撐著頭，平穩地將她拉起呈坐姿。

我記得自己煩躁地想，這根本解決不了事情。這樣我根本沒辦法越過瑪蒂清洗萊拉的頭髮。她沒有解決該解決的問題。

但下一步，瑪蒂爬入浴缸坐在屍體身後。她裙子的面料吸收了浴缸底部以及萊拉身上的水後顏色逐漸加深。她的雙腳分別跨在萊拉的臀部兩側，用雙手手掌撐著複製人的肩膀。「這樣，」她說。她沒有看我，只是盯著萊拉搖晃不止的腦袋。「這樣會容易些。」

我先是用力吞嚥，才繼續動作。瑪蒂面對萊拉的身體就跟對待薇萊特一樣溫柔。我將一掌心的洗髮精抹上萊拉的頭髮——她的頭髮比瑪蒂長，我記得自己當時心想必須要修剪。她的下巴垂在胸膛上，泡沫全流在了臉上。當她緊閉的眼皮被泡沫覆蓋時，我瑟縮了一下後趕緊搖搖頭，心想她才不會因為刺痛而眼眶泛淚。

沖洗嘴巴是最困難的部分。

我不能要求瑪蒂替我完成這步驟——無法向她解釋為何這麼困難。所以我沒有開口，只是嚥下膽汁和恐慌，將手指伸進萊拉嘴裡摳出齒縫中的泥土。我碰到她和臉部肌膚一樣乾燥的舌頭。塵土落在了她的大腿上，像是在花園裡時泥土如雨點般落下瑪蒂的雙掌一樣。一碰到萊拉腿上的水珠，泥土混濁成了泥濘，而我暗自咒罵自己沒有先處理這部分。

但我沒有辦法先做這件事。

當她的嘴巴終於淨空了以後，我用蓮蓬頭沖洗牙齒和舌頭。還不夠。齒間的牙齦還沾有泥土。我不停沖水，但知道這樣不過是徒勞，努力了幾分鐘後，我腳跟著地向後靠。

瑪蒂看著我，等待著。她的雙眼仍舊淡漠，但當我問起有沒有多的牙刷時，稍微樣起一絲光芒。

清洗完萊拉後，我們盡可能溫柔地擦乾她的身子。她的膚況顯然沒有瑪蒂的好，且頸部狀況相當糟。但她的臉龐被塑膠袋保護地相當好，其餘部位的狀態也很不錯。當然，就在這時，我決定必須投注更多時間研究端粒融資對於腐壞的影響。清洗萊拉的整段時間，在濕淋淋的頭髮上塗抹護髮乳、在她嘴裡灌滿水好讓牙齒上的牙膏起泡、用毛巾一角輕拍她的眼瞼時——我都在腦中建構為了研究補助金必須撰寫的內容，並列好了一份提案。這段時間我計算了此項目需要多少位研究助理。

整段時間我都沒有在想手上正在做的事，也沒有假想假如我在地底下待三年，只有臉部有被塑膠袋保護，最後和萊拉會有什麼不同。我什麼都沒想，只想著研究項目。

大功告成後，我們還有兩小時做準備。

「關於這個計畫，我有個問題，」瑪蒂邊做事便問，見我點頭才繼續道：「會不會——他們看見她時，不會發現其實她已經死很久了嗎？她外表看起來很好，但只要有人細看……」

我拾起一把剪刀，看著瑪蒂新剪的短髮。一開始梳理、修剪萊拉的頭髮時，我點點頭說：「但沒有人會細看。奈森會很驚恐。他會試圖把她藏起來。妳是非法的，記得嗎？妳其實不應該存在。他不應該擁有妳。他深知這點，且他不知道自己先前殺害了其中一個妳，所以不會知道其中一個妳死後會是什麼樣子。他唯一知道的是，複製人一死亡，就會液化。」

瑪蒂來回看向手中鬆散的繩結和我手上的剪刀。「希望有效。」她喃喃地說。

「會的。」我說得好像很有把握似的。

我們替萊拉穿上瑪蒂的衣服。瑪蒂雙手撐著她的腋下，將她抬高在與眼睛水平的高度，我則雙手繞過複製人，將她背後哺乳內衣的釦子鉤上。我們幫她穿上瑪蒂其中一件質感好的衣服，是綠色面料綴有淺黃色花朵的洋裝，因為這件洋裝的袖子足夠長，領口也夠高可以擋住手臂和背部因鮮血聚積而成的烏青。她被埋在了自己的衣服內；我想奈森這次並不會想扒光她的衣服。

我們把前廳壁櫥內牢固木製掛鉤上的大衣拿開，全部推到裡邊去。我們倆背對背站在壁櫥中間，分別將所有大衣往兩側推去，盡可能讓所有都緊緊壓在一起。

瑪蒂掛上繩索，我負責將她繞上萊拉的脖子。我們一直調整到繩索剛好吻合脖子上紫色的痕跡，然後用力拉緊固定。繩子深深扎進萊拉的肌膚時，瑪蒂發出一聲微弱高亢地喊叫。

不知為何，那叫聲讓我想鬆開繩結。我可以忍受其他所有事情——但那個叫聲，那個不禁脫口而出的小小嗚咽聲，令我想將萊拉放下來。

「這對她不公平，」瑪蒂說。「一點都不公平。」

「我明白，」我說。我心中願意將萊拉視為人類的那一部分——身為一個女人，一個我從不知可以稱作家庭，那個詭異、關係疏離的家的一份子——對此感到非常不公平。萊拉被製造、被藏起、被殺害，然後被掩埋，而一切還沒完。她始終換不來自由。

我努力嘗試，非常努力地只聆聽將她視為樣本的那一部分的自己。樣本都是為了某個目的而存在。完成該任務，或是沒辦法履行職責，就是死亡的時候。死後發生什麼事不重要，其中完全不牽涉道德層面。

但這一刻呢，萊拉躺在衣櫥前的地板上這一刻呢？**不重要**感覺不像是客觀的事實，更像是在替自己的生活、自己的工作辯護。我沒辦法壓抑下這個不對勁的感受。我沒辦法要瑪蒂放手、忘了這事，只管做完眼前的工作。因為我們所裝扮的這具屍體和她長得一樣，身上穿著她的衣服、用她的洗髮精確保聞起來一樣。因為這具屍體內有我的基因。

萊拉死了，萊拉有著我們的面容，瑪蒂說的沒錯：這不公平。對任何人都不公平。

瑪蒂拉起她，雙臂緊緊抱著這個複製人的大腿，吃力地將她高高抱起。我站在折疊梯上，將繩結的一端固定上衣櫥內的掛鉤。我打上一個結、兩個、三個。盡全力牢牢固定住。

瑪蒂慢慢將萊拉放低，直到她頸部的繩子緊繃。她上氣不接下氣，額頭上滿是汗珠。我不確定，就算不是一個人，我可能也抬不起自己身體的重量。那力氣是打哪來的？

萊拉的腳指頭幾乎快碰到地面。

掛鉤不妙地嘎吱作響，但它撐住了，至少現在撐住了。若斷掉就算了——他就會發現她倒在地上。

看到她掛在那裡有種如夢似幻的感覺。過去幾個月我和瑪蒂一起製造奈森，漸漸習慣了看到自己的臉上掛著陌生的神情。睡覺時、吃飯時、嘔吐時。院子裡的屍體慘不忍睹的模樣各有不同，但全都慘到足以讓我將自己和她們區分開來。

但這個——這個不同。萊拉和我、和瑪蒂極其相似，她的表情如此平和，無疑已經死去。我告訴自己現在不是沉思的時候，接著便轉身背對她。

還有很多事要做。

我們把萊拉原本的衣服扔進垃圾袋，清掃在我抵達前瑪蒂帶進屋裡的塵土。我們走到後院，將最後一個敞開的墓穴還有草地上隨意挖掘、較淺的坑洞填滿。我們將玫瑰花叢扶正，在墓穴上頭種了蘋果樹苗，這樣奈森才不會對那些被挖掘過的部分感到疑惑。我們還澆了水，讓樹苗們順利長大。若瑪蒂承諾要在墮入黑暗前完成待辦清單上的所有事情，我們就照她說的做。

午後的這項工作，本身就令人難忘。但太陽已經西下，奈森已經回來晚了，可沒有時間欣賞這項傑作。

「好，」我說。「該走了。準備好了嗎？」

瑪蒂盯著我，然後轉身走進屋內。幾分鐘後她回來，胸前緊緊裹著薇萊特，手臂上環抱著一箱黃色筆記本。

「噢，」我說道，因為我忘了那回事。怎麼會忘記呢？但也情有可原——我專心做事，精力全放在眼前的目標上，且我也完全忘了寶寶。

「瑪蒂，」我看著薇萊特，暗自希望她自己會想通。但她沒有，必須我來告訴她。現在可沒有時間緊張、溫柔和緩地說。儘管如此，我還是試著親切一點，不要帶有殘忍的意味。「瑪蒂。我們不能帶走薇萊特。」

她茫然地看向我。「什麼？」

「我們不能帶她，」我說，這句話帶來的記憶，就和小時候折斷手腕的那聲**喀**一樣沉痛無比。那一瞬間，我告訴瑪蒂孩子必須留下，她的表情轟然垮下的那一瞬間——我開始痛恨自己。不是更早之前，也不是我殘酷待她、為圖方便狠心傷害她的時候。

我說必須留下薇萊特時，顯然她並不了解為何需要這麼做。她看起來傷心、困惑又有點憤怒，但卻沒有震驚的神情。她不知道為什麼不能帶走寶寶，但聽到這種沉痛，且對她來說這麼不必要的話語，卻沒有一絲驚訝。

她本來就預期我會說出這種話，對此我不能怪她。

「奈森回家會想看到寶寶，」我解釋。實在沒有什麼能解釋清楚，卻又不傷害到她的辦法，因為我越解釋，她就越明白我是對的。我慢慢朝她走近，彷彿嚇到她她就會馬上逃跑一樣。「就算妳死了，」我繼續道——然後，看向她的臉，很快又補上一句，「就算他**以為**妳死了。他看到萊拉的屍體後，第一時間一定是跑去檢查寶寶。若寶寶不在，他就會發現事情不對勁。」

她的眼神環繞後院，彷彿是在尋找什麼能反駁我的證據。然而，那裡當然沒有這種東西。我是對的，她心知肚明。寶寶必須留下。薇萊特沒有離開的理由，倘若如此，奈森一定會去尋找。

我們的計畫，以他決定不追尋答案為前提。再者，雖然不必向瑪蒂提及這點，但我認為讓他獨自撫養孩子對我們的計畫更為有利。他會累到不知所措，便認定調查這樁看似簡單的自殺案實為浪費時間。

我從瑪蒂手臂接過那箱黃色筆記本。

「應該把她放回去，」我說。「妳應該將她放回嬰兒床裡，然後道個再見。然後我們**必須離開了**。」

我沒打算描述她的第一滴眼淚落下前，臉皺成一團的樣子。我也沒打算體會那種感覺，我知道無論怎麼做，有部分的她這輩子都將怨我將這樣的感受加諸於她。

我沒打算解釋。

也永遠不會忘記。

我讓她自己進屋。她進去一兩分鐘後，薇萊特的哭聲傳來。就和我站在廚房，想要毀掉寫有她的藍圖的筆記本、瑪蒂將她抱上嬰兒床時的抽噎聲一樣。

但是這次，抽噎聲沒有變小。它越來越大聲，將警鈴一樣震耳。這哭聲的體積與重量似乎都不斷增加，在瑪蒂穿過後門回到院子時，成了一陣刺耳、驚恐、暴虐的大吼。

這聲音幾乎蓋過了車庫大門關上的聲響。

「我離開她了，」瑪蒂說，眼淚沿著臉頰滾滾落下，她的嗓音嘶啞，但表情相當平靜。她環抱住自己，指甲用力、殘暴、深深地掐進肌膚內。「我不——我受不了，我不能待在這裡讓她獨自睡在那，我不能替她唱歌，我只是得——」

屋內，一扇門被打開又關上。在薇萊特的嚎哭之下，我可以聽見奈森跟瑪蒂打招呼的聲音。

沒多少時間了。他進屋了，再幾秒他就會看見萊拉的屍體。

「瑪蒂，得走了。我們必須馬上離開，」我說。她雙眼圓睜、木然地看著我。「他到家了。」我說，她慢慢點頭，但我知道她根本沒在聽。

我抓住她的手肘，把她拖到屋子側邊的花園大門。我拉著她來到停車的位置，將她推入副駕駛座後彎身替她扣上安全帶。這整段時間，我仍然可以聽見薇萊特不斷地哭泣、哭泣、哭泣。

接下來，就在我打開駕駛座的門準備坐進去時，哭聲停止了。他肯定發現屍體了，也肯定跑到了寶寶身邊。薇萊特不再是孤身一人。

她和他在一起。

我們駛離那可怕的驟然寂靜，瑪蒂沒有說話，我也沒有。有太多永遠沒辦法說出口的事情了，我們只得維持沉默。回家的途中我們全程不發一語。

第三十一章

才一個禮拜，他就找上門了。

和瑪蒂一同待在屋裡的那週不容易。以前從未如此困難過。第一天她不肯下床，也不肯說話。她那樣沉默、靜止不動、不肯如我設想地快速恢復令我相當沮喪——但那週剩下的幾天我真希望她繼續縮在床上，對著我的枕頭默默地哭不停。她一直漫無目的地亂晃，直到我下指示，才以無精打采的倦怠態度開始有所動作。

她在我的房子裡遊走，用悲傷填滿每個房間逼得我差點窒息。我發現自己打開窗戶只為呼吸新鮮空氣。我睡在沙發上，避免跟她一起躺在床上，彷彿她的悲慟會滲入我、毒害我、讓我變得和她一樣支離破碎。但我沒辦法徹底避開她。白天我去工作，盡可能晚點回去，但結束一天回到家後，等著我的總是瑪蒂悲傷的低氣壓。

我比嘴上說的還要生氣。我救了她，幫助她逃離謀殺，將她從奈森魔掌中拯救出來，每次看她走進我所在的房間臉上掛著那種失落表情，我心裡總想一遍又一遍地痛罵「忘恩負義」，直到指派她某項工作為止。她好像是太想念孩子了，以致於忘記我為了幫助她而做的工作的重要性，還有那背後不可估量的風險。

我無法把她送往別處，沒有寄宿學校可以藏匿她，好讓我不再想起她生活中的無盡空虛。

她就在**那裡**，一直都在，淚流滿面地盯著牆壁。我才想到，不知道奈森有沒有替她編程哭泣的能力。在她傷心欲絕七天後，我心中惡毒的一面希望他沒有設計這項程序。

我開始覺得，不應該跟瑪蒂說要她去別間屋子作怪。當然了，她也沒地方去——除了賽耶德外，她不認識任何人，但不知為何，我猜她就算有需要也不會去找賽耶德。我也沒興趣給她一間自己的公寓，把她像情婦一樣藏著，雖然這似乎是最仁慈的選擇。

我不會假裝自己沒有想殺她的念頭，這個想法一蹦出，我便希望能因為甩開這種念頭而獲得讚揚。

我不能殺她，就跟我不能把她趕出家門一樣。就像我不能因為她哭就大吼大叫一樣。所有的一切——那一個禮拜，我一次又一次嚥下父親會說出的那種話語。那些天來他的影樣特別鮮明，像氣泡一般在我肌膚底下嗶嗶啵啵冒出又破裂。翻開土壤的氣味、玫瑰的根扎進土墓、整間房子裡裡外外全是秘密——一切都好熟悉，而瑪蒂不斷擺動雙手，靜悄悄地步下樓梯，骨子裡的我知道那正是我過去扮演的角色。她為我父親的形貌騰出了一個空間，等著這個空間被填滿，而這個空間的引力是如此巨大、如此強而有力。

但我沒有。我沒有那麼做。我沒有衝她大吼，沒有冷酷無情逼得人脊骨發寒，也沒有要她靜默服從。

我沒有殺她。我沒有殺了她，而世上沒有人能夠告訴我讓她活著是一件值得讚賞的事。

我在腦中反覆思量瑪蒂的問題，試著決定該如何告訴她我們需要一組新的牆來吸收消化她的悲傷時，門鈴響了。我的手一碰到門把，她就自己躲到樓上去了。這是春天她待在我這裡時養成的習慣，或者也可能是和奈森在一起時養成的，然後就順便帶來了——門鈴一響就進房間，以防萬一。我告訴她好幾次這樣做很可笑：我們會一起出門，在外頭、在車內、在實驗室和在商店裡都有人見過我們了。

我希望把她藏起來，但將她藏到沒人會注意到、沒人想看見的地方本來就足夠容易。然而，待在家似乎令她很恐懼，我也阻止不了她逃跑。

這次，看她那麼謹慎我真是鬆一口氣。因為這一次，我一打開門，站在前門台階上的是奈森。

他懷裡抱著薇萊特，臉上愁雲慘霧。

＊＊＊

他離開後，我拿起手機撥打一組不知道還有沒有在用的號碼。輸入號碼時我不得不檢查三遍。接通時我咬著大拇指，這是我進入寄宿學校第一週就戒掉的習慣，而我等著，半希望可以留語音訊息就好。

但她接起來了。

聽到哈囉、很高興接到妳的電話以及對啊，有段時間了，比往常久了一些。這些問候後，我並沒有說太多客套話。幾乎每次都是她打給我，這次的轉變顯然令她很震驚。我可以從她的語氣聽出她正找在找藉口掛掉電話。當我說我不會浪費彼此的時間時，對我們雙方而言這都是一種解脫。

「我需要那間房子。」我說。

「噢。」

我母親只說了這麼多，我給她看第一顆掉下的牙齒、大膽告訴她我的初吻、藏不住腫脹的手臂時，她也是這個語氣。

「我想妳應該還沒賣掉吧？」我說。「我需要它。我會跟妳買，若妳——」

「不，」她回答道，「不，不必。反正若我走了，早晚都是妳的，讓它一直空著養蚊子到那時候好像有點蠢。」

「很好。」我用力咬著大拇指，太用力了。正常來說，我會因為疼痛而驚呼——但耳邊傳來的是母親的聲音，她的嗓音總令我陷入沉默。

她安靜了一下下。我聽到電話另一頭傳來輕微的叮噹響——她肯定因為某事惴惴不安，指甲敲擊在玻璃上，或者是來回不停拉動項鍊上的吊墜。**人類這該死的抽動**，我父親有時候會這麼說她，而每當想到這句話我總會一陣猛烈痙攣，徹底斷送思鄉情緒。這是存在我雙親之間的仇恨，憎恨身邊的人、憎恨他們自己以恐懼和憤怒的方式囚禁我、憎恨他們自己迫切渴求世界上所有人都認為他們很好、我很好、認為我們的家園是建立在堅實的基礎上。我永遠沒辦法忘卻那個地方、那段生活——實在太過苦澀，苦到我差點吐出來，設法將隱含其中的毒液給吐乾淨。

「嗯，那麼，太好了，」她說。「我會把鑰匙寄給妳，我想應該只需要鑰匙吧？」

我道了謝，確認了她有我的正確地址。事情就這麼簡單。道再見後我掛掉電話，上樓讓瑪蒂離開房間。走到一半時我停步，站在台階上低頭看。

我的腳的一側緊緊貼著牆壁。

深思熟慮後，我抬起腳，重新踏上台階的正中央，腳下隨即傳來了輕微的嘎吱聲響。幾秒鐘後，階梯頂端的房門打開了。

「下樓吧，」我對從門縫往外偷看的瑪蒂說。「我們得談談。」

桌上放了兩杯茶，還有一小灘奈森掏出薇萊特的奶瓶時灑出的牛奶。瑪蒂坐在她慣用的那張椅子上，伸出一根手指劃過那灘牛奶。「我沒有買過吸乳器。」她喃喃低語。

我推開茶杯，把擦碗布扔到桌上吸乾牛奶。「什麼？」

「我從來沒買過吸乳器，」她說。「他現在一定是用配方奶。」她用掌根用力按摩左邊乳房和胸骨之間的位置。「我沒想到這麼快就讓她斷奶。最後幾天我都是直接用手擠奶，但應該要盡快停止這麼做才對，不然奶水會源源不絕。書上說這會傷害——」

「對，」我失去耐心。「妳有需要什麼嗎？」

她慢慢抬眼望向我，彷彿眼底有千斤重。「沒有，」她說。「抱歉。我沒事。妳想跟我談什麼？」

我用擦碗布來回擦拭桌面然後扔進水槽裡。茶杯互相碰撞發出的聲響令她瑟縮了一下。我強迫自己面帶微笑，以無聲的方式提供慰藉。我在她對面坐下，雙手在小小的餐桌上交握。

我等著她還以笑容。

她笑了之後，我開始告訴她奈森的要求。

＊＊＊

他抱薇萊特的方式不對。

我也不知道該如何正確地抱她——肯定地說，我來抱不會比較好——但我敢說他錯了。她在他懷裡扭動哭泣，像是蟲子般扭曲著自己的身體。她穿著一隻襪子，另一隻胖嘟嘟的腳赤裸、底部異常光滑。她的腳趾縮起又展開，臉龐皺成了一個紅色的紐結，明顯可以看出她正承受痛苦。

奈森臉上的紋路顯示出了他的極度疲憊。他一手托住她的脖子，動作輕柔但顯然很不舒服。他好像不太想碰她，這個他殺死十幾具複製人、摧毀掉一段婚姻後——摧毀掉我們的生活——換來的寶寶。

我仔細盯著他，比先前凝視我的丈夫的眼神還要密切。我面前這個男人的動作與談吐都是十足十的成年人，但事實上只有幾個月大。有太多他還未見過、體驗過的事情了，那些他自以為自己知道的事情。他不知道自己其實不是他認為的那個人。

他正踩在足以滅頂的深水中，以為自己離岸邊僅僅數英尺。瑪蒂和我是唯二知道他有多迷茫的人。

在我煮水泡茶時，他自己坐在餐桌邊，樣子像是這輩子從沒站起來過。這個版本的奈森累壞了。想到瑪蒂那些無眠的夜、無法小睡的日子，我實在沒辦法同情他。他看起來好像魂不守舍，像是走過我家大門，不知怎地發現自己竟站在月球表面。他四處張望、打量廚房、徒勞地輕拍薇萊特的背。

我看著他打量眼前環境：馬克杯和酒杯都還在流理台旁的瀝水架上；擦碗布掛在烤箱門把上；一個磁鐵都沒有的冰箱。過了尷尬的一分鐘後，他的眉毛皺起。

「實在好笑，」他說，「但我不記得我們原本的廚房長什麼樣。」

「嗯，」我回應，希望他自己替這聲回應賦予一個適合的含意。他當然不記得了——我沒有給他那份記憶。編程時，我們覺得記不記得我們家的樣子並不重要。我從不覺得他有記得的必要，從沒想到他會有機會比較我們共同裝修的房子以及我自己整修的屋子。

「很高興見到妳。」他加上這句。

確實如此，我很高興見到這個版本的奈森，這個長得和我前夫一樣，稍微單純、稍微好一點的男人。部分的我因為無法觀察他、無法看見他的發展過程感到難過。但他就在這裡，我可以親眼見到他，看他是如何地逐漸穩定下來。他移動的樣子和奈森本尊一樣，講話語調也如出一轍。這感覺就像是高中同學會見到老朋友一樣：他變了，但還是同樣那個人。我並不想和他講話，但忍不住為見到他感到高興。熟悉感，僅此而已。關乎我的好奇心的熟悉感與滿足感。

「我必須告訴妳一些……不幸的消息，」他說，將寶寶的重量挪到另一隻臂膀上。

「噢？」我遞給他一杯茶，是原本的奈森不喜歡的混合甘草茶。我一直很好奇他是**真的**不喜歡，還是在假裝不喜歡耍任性。這是種小小的放縱，我打算以這種方式取得答案。

他輕啜一口，沒有打顫、沒有扮鬼臉、也沒有瞇上眼睛。我自以為獲得了勝利：他喜歡。**我就知道**。接著他放下杯子，好奇地盯著看——可能還不至於到「喜歡」——然後他清清喉嚨。

「是關於瑪蒂，」他說。

然後他告訴我一切。

他說自己回到家後發現她已經死了。一個月前，他說。自然死亡，他又說。她心臟有問題，這個謊言像是鮮奶油一樣滑順地從他嘴裡流出。說故事時他看著我的雙眼，輕柔地責備自己製造的缺陷。他捏造一個故事，述說自己如何英勇地獨自照顧小孩一個月，最後終於崩潰來找我，這之間他所說的每一個字都流暢地毫無猶疑。

他輕輕鬆鬆就撒了謊，就和之前一樣，狗改不了吃屎。終歸到底，這就是我認識的那個男人。

他準備更詳細解釋所謂的「心臟問題」時被我制止了。我可不想再看他沉淪下去，不想看他重蹈覆徹。我只想快點結束這一切。「你需要什麼？」我問，語氣尖銳又唐突。我不想聽起來殘忍，卻又不住殘忍得入骨，也看到了造成的傷害。

「我不知道該如何是好，」他低語。「我不——我完全不知道如何照顧嬰兒。我以為我會，但是自薇萊特出生以來，我一直都在學習新的東西。就像這樣，」他說，一邊將寶寶的重量輪流放在不同的手臂。「我不知道怎麼正確地抱她。整個月我都在嘗試，甚至還——還用手機上網查。」他笑出聲。「妳能相信我們家裡沒電腦嗎？我甚至沒想過這點，我工作時都是用電腦，但家裡竟然沒有。是不是很瘋狂？」

我好不容易才吞下嘴裡的茶，通過喉嚨的感覺像是一顆很大的藥丸。屋裡當然沒有電腦。原本的奈森不希望瑪蒂上網學習有關生活的方式，他甚至不給她看書，而這並不是我所想的單純疏忽。他把她囚禁在塔裡。門沒有上鎖，但他用無知束縛了她。全是他一手設計。

這個奈森不知道這些——無從得知。但新舊奈森之間的界線在我腦中突然模糊了一瞬間，在那麼一刻我忘了他對此一無所知。**他又在說謊，我心想，假裝他不是故意的，我的內**

心深處隨之燃起一把火，此時我知道奈森本尊對我的看法沒有錯。一頭大黃蜂，他這麼叫我，帶著滿滿的厭惡與恨意，而他說的沒有錯，因為當我看向桌子對面的新奈森時，腦中所想只有一次又一次螫傷他，直到他全身腫脹、倒下死去為止。

剛才，當我問眼前這個奈森需要什麼時，並不打算語帶狠毒，並沒打算傷害他。但現在我想重傷他。「你沒有任何可以詢問的朋友嗎？」我特地在「任何」上頭加重語氣，讓這兩字聽起來更有份量。

這句話如我所望地擊中了他。他低頭看著茶，再次啜飲一口後扮了個鬼臉。「他們都沒有小孩。」他說，又在撒謊，千篇一律的謊話。他會告訴我足夠真實的真相，那些並不完全是謊言，但現在在這裡，他不願承認自己孤身一人。

表面之下，我笑得像隻貓。我太清楚他有多軟弱，熟知他那悲慘的滋味——但就在這一刻，薇萊特發出一陣像是餐椅摩擦地面的聲響，將所有一切又打回到了現實。這不是原本的奈森。這是個新的男人，這個人不應該被傷害，就像他不該被瑪蒂殺害一樣。

畢竟是我製造出了他。是我讓他變回過去那個人，是我讓他回到那間房子。如此殘酷無情並不公平。想讓他受到傷害，這樣並不公平。

我試著聆聽這個從未成為我丈夫的奈森所說的話。我試著不打岔也不催促。看著眼前這個自以為背叛我，自以為愛我愛到必須停止愛我的男人。看著他用錯誤的姿勢抱著這個根本不可能存在的嬰兒的樣子。我努力嘗試，但他的嘴型、他指關節的起伏、他喉嚨的凹陷處，全都在眼前模糊成了一團。

他的一切都是奈森，而我全然是頭大黃蜂，我沒辦法阻止自己恨他。

「總之，」他說。「我不知道自己在幹嘛，我需要幫助。我知道妳從來都不想要孩子，但是……我孤身一人，伊芙琳。我沒辦法獨立完成這件事。」

我聳聳肩。「再做一個人，」我這麼說。「第一次你成功了。這麼嘛，幾乎成功了，撇除那個心臟問題不談的話。」聽到最後幾個字時，他只是別開視線。只有這句話，他知道是絕對的謊言。

「不，」他緩慢地說。「不行，我不能再做一個。我可以理解妳覺得這很荒謬，但……我愛瑪蒂。我不能就這樣取代掉她。」這實在太痛，痛到我肺裡的空氣被抽乾，痛到我想就地被石化。但我不是石頭做的，而是由骨頭、指甲和不能飲用的水所組成。

或許，這就是我忍不住說出這句軟弱、愚蠢、悲哀的話的原因。「但你取代了**我**。」

他搖搖頭。「拜託，」他這麼說。「現在別吵這個。」

灼熱的淚水刺痛了我的雙眼，活生生像是被打了一巴掌。我眨掉淚水，告訴自己之後再來消化這些。我可以將之藏進我的蛇腹內，如同那個奈森加諸於我的痛苦：**要是有人愛妳，那人就不會讓妳被取代**。

「當然，」我說。「算了。不重要。」我的語氣粗暴。我一手伸到桌下，將指尖深深扎進大腿，在上頭插出一個凹槽直至肌肉痙攣。我忍住痛苦的驚呼，調整好表情，再次迎上他的視線。「你需要什麼，奈森？」

他結結巴巴說出一個完全不合理的要求。這個要求完全是基於他百分之百確定終有一天我會改變心意想要孩子。他總表現地像是我不想生小孩只是個暫時性的錯誤決定，只是時間早晚的問題。他總假定所有女人與生俱來就有生小孩的的念頭與渴望——至少舊的奈森是這樣——所以當他請求我撫養薇萊特時，我一點也不驚訝。

我猜，聽到我肯定的答覆，他很驚訝。

第三十二章

還是個孩子的時候，總感覺這座城市廣大無邊。我會坐在房間裡，急切地待在敞開的窗戶邊聆聽外頭汽車的聲音，眺望樹梢，看著這座城市在遠方山丘形成的地平線之下擴展。我知道父親白天時在城裡工作，但不知道需要多少通勤時間——只知道他有一台車。

那時的我不知道從父母家裡開車進城確切需要多長時間。而長大成人住在這座城市後，依舊沒有那種距離感。沒有真正的距離感。我知道差不多是五十五英里，但不知道腳底下跨過五十五英里是什麼樣的感覺。我沒有開車回去過，從未造訪過那座房子。前往寄宿學校時我就離開了它，再也沒有回頭。

我從來沒有好奇過為何母親還沒將它賣掉，也沒有鼓勵她這麼做。新屋主挖掘花園的風險太高了。就像她在電話裡說的一樣，我應該要繼承這棟屋子。她去世後我可能可以賣掉，或者也可能別無選擇地保留並維護它，在死前負責守護父母親的秘密。我想像自己會放任房子不管，讓院子蔓草叢生腐爛凋萎。瑪蒂出現之前，我從未想過要住在這裡。

但事情不同了。我感受到了那五十五英里，當道路從八個車道變成四個車道、再變成兩個車道，它在我腳底下消失的感覺。從城市轉變為市鎮的途中，建築變小、樹木變得濃密了。風景的主色調從灰色變成了綠色，最後來到轉角，四周只剩下了濃密的灌木叢。

若在太陽還未落下時開車，可以看見陽光穿透葉片間的空隙灑下點點金光。這叫作樹冠羞避——不同棵樹的樹枝會避免碰在一起，其葉片會避免擋住彼此的光照。

天黑後開車，我就會放慢速度。這條路在大約二十五英里處開始九彎十八拐，我從來都不知道在哪個彎道會突然跑出鹿或兔子。這次我開得更慢，因為倘若煞車，後座的寶寶就會驚醒。

一開始，我準備好要以拒絕他的要求傷害他。我準備好拒絕奈森，要像喝冷水一般將他的挫敗一飲而下。為了一個孩子，他背叛我，背叛我們的婚姻，背叛我的工作，現在我要讓他嚐嚐自己種下的惡果。我的這聲「不」聽來可能惡毒又帶有報復意味，但在他向我求助的那一刻，我嚐到了鮮血的滋味。我還想要更多。

然而接下來我聽到樓上傳來輕微的嘎吱聲響，一瞬間所有情緒都攪和在了一起。

我和奈森的協議很簡單。每五個禮拜，我會將寶寶送去他那邊一週。這時間長度符合他所需，讓他有參與感，感覺自己是個好爸爸。他還是笨手笨腳地抱著她，依然搞不懂她的發育和習慣。我拿了些瑪蒂讀完的書給他。他慢慢接了過去。

看到她學得比他還快，我內心的滿足感不容小覷。

奈森以為我終於開發出自己的母性本能。他以為我是要把寶寶帶到遙遠的基地，那個國內某間我進行獲補助研究的實驗室。

他從來沒問過我工作細節，假如他問了，我會告訴他實情：我正在研究長壽複製人。我正在找尋為何它們的組織衰敗速度比正常人慢那麼多。我正在尋找能改變複製人程序的方法，讓樣本可以在白天睡午覺。

我試著釐清複製人要如何像瑪蒂那樣，奈森一死就變化神速。她輕易地就反抗了原先的編程，現在我有時間思考這一切，可以看出箇中原因：有用的數據。我從沒想過複製人能辦到這點，所以從沒研究過如何讓程序更加堅不可摧。

我終於和實驗室主任開會。

我的研究重點改變了。我的補助經費增加了。

現在我有專屬的實驗室可以進行自己的工作。我再也不需要為了各種原因打理外表，不用拍實驗室主任馬屁，也不用架設螢幕為了讓董事會所有人看得一清二楚。我可以專心工作。

城外三十五英里處——距離我度過沉默、小心翼翼的童年那棟房子十五英里的地方——樹叢濃密到不會有視差。道路的兩邊各是一堵綠色的高牆，茂密地極具威脅性。我心想，等薇萊特再大一點，不知道會不會害怕這片樹林。現在她的敏銳度還辨識不出這是樹，我是從瑪蒂身上學到這點的：寶寶能辨識人臉，但還沒辦法看出森林。

她也知道我不是她母親。她可以看出我和瑪蒂的不同。我不確定是如何辦到的——搞不好瑪蒂可以告訴我——但她對我們兩人的反應不一樣。她在瑪蒂胸膛上沉睡，因瑪蒂發出的聲響咯咯笑。我抱她時，她安靜不動，還有點緊繃。和我在一起時她總處在哭泣的邊緣，但未曾真正傾倒淚水。

一直到進到瑪蒂臂彎，她才會哭出聲。

來到城外四十五英里處，樹木才再次變得稀疏。那裡有座小鎮，大多都是些小房子。那裡有間雜貨店、加油站、郵局和一間警長辦公室。道路變得筆直。路上總共有五個停車標誌，還有一座果園。我們行駛於兩排標示水位線的蘋果樹間，它們的樹幹上頭刻了灌溉時大水氾濫的水位，樹枝則扭曲地像是小孩子的書本。之後瑪蒂肯定會想來摘蘋果，我告訴她等著看吧。我總是這樣說。

我沒打算像奈森那樣藏著她。我只是還沒想好計畫，該如何領她走入這個世界，如何在不危及任何人的情況下給予她自由。不過呢，我會即時想到辦法的。只是目前我需要專注在研究上。她能理解的。

經過果園後道路變得更窄了。緊接著一個左轉、然後右轉，我們到了。

我們到家了。

每當車子在長長的碎石路車道上嘎嚓作響時，薇萊特總會驚醒。我慢慢開上車道，駛過了兩排玫瑰，這裏還有些我母親一手打理，年歲久遠又錯綜複雜的灌木叢，但母親離開後疏於照料，全都蔓生得雜亂無章。其中有幾叢是瑪蒂種的，是從她要我替她帶來的插枝中長出來的。

只要是合理範圍內，我都盡量替她帶她所要求的東西。

每次將車停上車道盡頭時薇萊特總是清醒。她不會馬上哭泣，只會抽噎幾聲，像是在牙牙學語般的輕柔聲響。一旦我將她抱離座位她就會安靜下來，像往常一樣在我懷裡安靜又滿懷戒備。我一手抱著她，另一手拿著手提包。

我比奈森抱得更好。

每次我將她從自以為是她父親的那個男人身邊帶回來時都是一樣的景況。我停好車、從後座抱出寶寶，車子再次上鎖的同時房屋大門便唰一聲敞開。瑪蒂站在門邊等我們，雙手在身前緊緊握著。她等著我們步上通往大門的小徑，指節發白、熱切渴盼。

我立刻將薇萊特交給她。不論奈森怎麼想，我都沒想要抱著嬰兒更長時間。而瑪蒂幾乎沒辦法忍受跟寶寶分開一整個禮拜；寶寶不在的整段時間她都憂愁煩躁。但這方式對所有人都好。我將寶寶交給她，她笑了，偶爾也會落淚。

接著我們進屋，在身後關上大門，三個人單獨待在一起。

瑪蒂將屋子打造成我住得下去的地方。她的成果相當不錯。我自己搬進來前一個月就把她接過來，讓她好好安頓及打理房子，而我則是在家收拾東西並協商一些工作上的交接。這是種解脫，真的，讓我得以擺脫不稱職的助理和煩死人的督察，還有那些錯綜複雜如迷宮一般的道德審查。

我叫了一年前那間搬家服務。他們記得我。

搬到城外五十幾英里處的房子後，瑪蒂將之打造成了一個家。她掀開所有覆蓋傢俱的布幔、重新安排大多數的擺設、拆掉地毯、清掉了椽子上頭的蜘蛛網。她甚至進到了花園。我警告她別管西北角那塊範圍，那是花園中最靠近房屋外牆的部分，而她沒有問為什麼。她只是照做。

她沒有碰那片範圍，也沒有碰書房。

到家後我將薇萊特交給她。這是我和瑪蒂達成的協議：只要寶寶回到家，瑪蒂可以花盡可能越多時間和孩子待在一起。薇萊特醒著時她們都待在一起，我則很少干預其中。畢竟我有工作要做。

薇萊特睡著後，或是在她父親那裡時，瑪蒂的時間就屬於我。當我發現自己處於可以拒絕奈森要求的那一刻，便向她如此要求。「不要再漫無目的的神遊，」我告訴她。「妳要擺脫那種郝薇香[1]詭異舉動。妳將再次成為真正的人類，好嗎？」

她點點頭，雙眉緊促，手指頭用力交織緊扭，我別開視線。「好，當然，任何事都好，」她說。

我雙手在身前做了個祈禱動作，因為那正是我想聽到的字。**任何事**。而這個字對大家而言都是百利無一害。薇萊特一次可以待在母親身邊幾週，瑪蒂可以見到自己的孩子。我有個勤奮不懈地的研究助理，同時還獲得一個共同研究的項目。

我將弄清楚瑪蒂的情況。我要弄明白奈森是如何打造一具可受孕的複製人，我也將釐清她是如何突破自身的程序。我們都已向前邁進了一大步。

當她們兩人彼此寒暄時，我穿過了房屋一樓。我聽著她們對彼此發出的柔聲輕語，瑪蒂低聲向她以為離開奈森後再也見不到的寶寶滔滔絮語。好比以往，整座屋子有食物的味道——瑪蒂在我來回城市的路途中下廚。她喜歡在我到家前張羅好晚餐，喜歡點燃壁中的爐火。

客廳原本的老舊沙發不見了，換成一個我買的嶄新沙發。這張沙發沒有挾帶任何回憶。我再也不去想它，如此換來的解脫感難以言喻。

我回到家，走過我長大的房子的最底層，這間瑪蒂親手打造成我們三人的歸屬的地方。夜晚我走上樓梯，將步伐踏在每一台階的正中央，一步一步進入臥房就寢。寶寶住在我兒時

1 查爾斯．狄更斯作品《遠大前程》（The Great Expectation）中的角色。由於沒有等到自己深愛人，新娘自此精神錯亂，終日穿著一襲婚紗、手拿蠟燭在大宅中遊蕩。

的房間，現在那裡改成了嬰兒房，依照瑪蒂的品味做裝飾。瑪蒂和我睡在我父母從前的房間，舊床架上擺著的是全新的床墊，夜半時分，我們背對背沉睡在上頭。有時醒來我會聽見她的呼吸聲；更多時候，我醒來卻完全沒聽見任何聲響。我聽不見，因為我倆的呼吸聲完美同步。

不過呢，回到家和上床睡覺這之間，我需要工作。有太多事情要做、太多東西要學了。我在後院的棚屋內打造一間真正的實驗室——它比不上那間我得來不易的實驗室，但完全屬於我，只屬於我，未來都將如此。它參差的品質令我想起研究生時期那不牢固的設備和二手機器。說真的，感覺挺浪漫的。

雖然實驗室已逐漸成形，但在瑪蒂和孩子對著彼此咿咿呀呀時，依舊有一堆工作要做。太多了。所以說，瑪蒂一接過寶寶後，我便徑直踏入書房。

現在，我是坐在書桌後方，而不是前面。我移走父親的物品，以我的東西取而代之。他的筆、筆記本和紙鎮在房間一角的箱子內——等到之後有時間我再整理。還有更緊迫的事情要處理。

我坐在屬於我的書房，房門緊閉。瑪蒂知道我在工作時不能打擾，除非是要送晚餐過來。我試著不要太常工作到錯過晚餐——我們會一起坐在餐桌邊，像是一家人般共享餐點。但有時候我實在別無選擇，瑪蒂就會送來一盤溫熱的餐點，讓我得以繼續工作。她也知道我工作時得保持安靜，所以會盡可能讓寶寶不出聲。她知道我需要全神貫注。

這條規則有個例外。每週一次——每個禮拜，沒有例外——瑪蒂晚上會放下寶寶，敲敲門進入我的書房。我讓她進來，她照做，接著坐上我對面的椅子。每次她都會帶著一本寫滿問題的記事本。那些是有關她閱讀時的疑惑，她不理解、或是還未完全整合的資訊，還有我在進行研究時對她所做的事的問題。

這段時間，一週一次，是她問問題的時間。我盡全力回答。父親的沙漏也在角落的箱子裡。我不需要沙漏，因爲我給瑪蒂的時間不止一小時。我一直回答到問題解決，或者直到寶寶醒來為止。

我不是怪物。

我們在這裡打造了美好的生活。我有我的工作、我的空間。瑪蒂有薇萊特。我們或許不認識太多人，但沒有關係。我們在這裡很快樂，在這個我們打造的家園。

這樣更好。這樣對我們更好。我們擁有需要的一切。

我想得越多，就越確信根本不需改變任何事。

謝詞

傳統上來說，書籍的這個部分是要用來表達感謝。我想，這本書，需要一點不同的東西——它需要透過真正具有意義的話來表達感激之情。有幾點需要說明。看著這本我所撰寫的書，若不提及那些將它帶到這世界上來的人，那就太不誠實了。對其中一些人說「謝謝你」實在不夠；對其中一些人說「謝謝你」實屬欺騙。

沒有以下這些人，就沒有這本書：

那些在我青少年時期，以及二十歲出頭時誘騙我、虐待我的成年男子，他將手指頭壓在我仍然溫熱的腦袋，使盡全力緊抓，將我塑造成一個以為傷害也是一種愛的人；

那些鼓勵他、包庇他、保護他、從他的行為中獲利的人；

那些時機到來時幫助我逃離他的人；

那些支持我、不支持我的人；

那位告訴我我可以擁有自我的治療師；

那位分享香菸給我，要我不要買機車的牧師；

歡迎我、愛我、榨乾我，最終沒有我容身之處的教會；

我所嫁予的那位非常良善的男人，還有那些婚姻破碎後照顧我倆的人們；

那些在我失去重心時引領我的朋友；

那位最後一刻買泳衣送我，和我一起將鼻子埋在羽毛圍巾裡嗅聞的朋友；

我的作家經紀人兼好友，宋東元（DongWon Song），他在這本書只是個還未成形的點子時就愛上了這本書；

我傑出的編輯，米莉安・溫伯格（Miriam Weinberg），她賦予我家的定義，讓我體會到孤身一人時沒辦法感受的富足；

波特蘭 Angel Face 酒吧的調酒師，他要我在努力撰寫這本有關虐待、誘騙和身份認同的初稿時，真誠喜歡威士忌；

那位告訴我發生在我身上之事絕對錯誤的治療師；

那些閱讀過初稿、修稿、定稿的朋友，他們的鼓勵是我的基石；

Toe 整個團隊，他們以無與倫比的才華孕育、促成了這本書；

那些在我的身體動彈不得時支持我的朋友；

幫助我重新站起來的醫療專家；

仁慈有耐心的夥伴們，以及性格相對的夥伴們；

那位想將指紋烙印上我腦袋的夥伴，他告訴我我有權對任何想傷害我的人動怒；

那位告訴我我可以面對覺得自己不夠勇敢的回憶的治療師；

支持、批評我及我的作品的寫作社團；

向我示出耐心、良善、堅定同情心的同性戀團體；

將我的作品遞給讀者的書商及圖書館員；

向我展示了何謂仁慈與家庭的夥伴們；
我們周圍的美麗家園與家庭；
最重要的是，讀者們。此書為你而寫。

傷害並不是愛的形式，你的家不需是個充滿恐懼的地方。若你或是你認識的人是家暴的受害者，這是國家家庭暴力熱線的二十四小時求助專線（1-800-799-SAFE）以及國家性侵害求助專線（1-800-656-HOPE）。http://ncadv.org/resources. 該網站有更多相關資源。

高寶書版集團
gobooks.com.tw

TN 287
複製人妻
The Echo Wife

作　　者　莎拉．蓋利（Sarah Gailey）
譯　　者　蕭季瑄
主　　編　楊雅筑
封面設計　謝捲子
內頁排版　賴姵均
企　　劃　鍾惠鈞

發 行 人　朱凱蕾
出　　版　英屬維京群島商高寶國際有限公司台灣分公司
　　　　　Global Group Holdings, Ltd.
地　　址　台北市內湖區洲子街88號3樓
網　　址　gobooks.com.tw
電　　話　(02) 27992788
電　　郵　readers@gobooks.com.tw（讀者服務部）
傳　　真　出版部　(02) 27990909　行銷部 (02) 27993088
郵政劃撥　19394552
戶　　名　英屬維京群島商高寶國際有限公司台灣分公司
發　　行　希代多媒體書版股份有限公司/Printed in Taiwan
初　　版　2021年 12 月

國家圖書館出版品預行編目(CIP)資料

複製人妻 / 莎拉.蓋利(Sarah Gailey)著；蕭季瑄譯. -- 初版. -- 臺北市：英屬維京群島商高寶國際有限公司臺灣分公司出版：希代多媒體書版股份有限公司發行, 2021.12
面；　公分. -- (文學新象；TN 287)

譯自：The Echo Wife

ISBN 978-986-506-287-3(平裝)

874.57　　110018456